JUTTA MEHLER

Milchlinge

KRIMINALROMAN

emons:

Bibliografische Information der Deutschen Nationalbibliothek
Die Deutsche Nationalbibliothek verzeichnet diese Publikation
in der Deutschen Nationalbibliografie; detaillierte bibliografische
Daten sind im Internet über http://dnb.d-nb.de abrufbar.

© Emons Verlag GmbH
Alle Rechte vorbehalten
Umschlagmotiv: Florian Stern/LOOK-foto
Umschlaggestaltung: Tobias Doetsch
Gestaltung Innenteil: César Satz & Grafik GmbH, Köln
Druck und Bindung: CPI – Clausen & Bosse, Leck
Printed in Germany 2016
ISBN 978-3-95451-804-3
Originalausgabe

Unser Newsletter informiert Sie
regelmäßig über Neues von emons:
Kostenlos bestellen unter
www.emons-verlag.de

Dieser Roman wurde vermittelt durch die Aulo Literaturagentur.

Wenn du schon kein Stern am Himmel sein kannst,
sei wenigstens eine Lampe im Haus.

Chinesisches Sprichwort

1

Fanni warf die Schranktür zu, drehte den Schlüssel im Schloss und presste die Hand gegen die Türfüllung, als könne sie damit verhindern, dass der Kasten je wieder aufgehen würde.

Der Lärm, den das Zuknallen verursacht hatte, ließ Sprudel von der Preistafel aufblicken, auf der er die Abmessungen des Flurschrankes studiert hatte. Als er Fannis Gesichtsausdruck wahrnahm, weiteten sich seine Augen.

»Fanni? Bitte, Fanni, nicht!«

Selbst wenn sie gewollt hätte, wäre es ihr nicht möglich gewesen, zu antworten. Sie starrte durch Sprudel hindurch nach irgendwo. Ihre Miene zeigte eine Mischung aus Entsetzen, Pein und – etwas wie Reue.

Reute sie es, die Tür geöffnet zu haben?

Sprudels Argwohn wuchs, schien sich zu Gewissheit zu verdichten, als er einen ungläubigen Blick auf den Schrank warf, gegen dessen Tür Fanni noch immer drückte.

Sie nickte müde.

Als sie Sprudel zurückschrecken sah, nickte sie noch einmal nachdrücklicher.

Er atmete durch, trat auf sie zu, legte ihr den Arm um die Schultern und zog sie von der Schranktür weg.

Fanni lehnte sich an eine Garderobenwand, die mit Kleiderbügeln aus Plexiglas dekoriert war, und nickte ein drittes Mal.

Sprudel drehte den Schlüssel im Schloss.

Da ist er wieder, dachte Fanni, als Sprudel die Schranktür zögernd ein Stück weit aufzog. Dieser Geruch nach Tod und Verwesung. Schwach zwar, bei geschlossener Tür so gut wie nicht wahrnehmbar, bei offener aber kaum zu verkennen.

Sprudel hatte die Schranktür wieder geschlossen. »Wir sollten gehen, Fanni. Zu helfen ist da nicht mehr.« Er sah sie flehentlich an.

Und der will mal Kriminalkommissar gewesen sein? Das Schlimmste ist, wenn man sich selbst vergisst!

Fanni gab ein leises Schnauben von sich. Wie konnte ihre Gedankenstimme nur so gehässig daherreden. Sprudel *war* früher Kriminalkommissar gewesen und bestimmt kein schlechter. Und nach seiner Pensionierung hatte er mit ihr zusammen mehr als ein halbes Dutzend Morde aufgeklärt. Auch wenn sie sich wegen ihrer partiellen Amnesie – die zwar im Laufe der Zeit ein paar Löcher bekommen, im Großen und Ganzen jedoch Bestand hatte – nur bruchstückhaft daran erinnern konnte, gab es keinen Zweifel daran. Ihre älteste Tochter Leni hatte Stunden damit verbracht, ihr die Erinnerung an die ausgelöschten sechs Jahre durch Erzählungen zu ersetzen. Daher und durch hin und wieder wie Blitzlichter aufflammende Gedächtnisfetzen wusste Fanni, wie gefährlich diese Mordermittlungen gewesen waren, wie knapp sie und Sprudel manchmal davongekommen waren, wie sehr sie der beinahe erfolgreiche Anschlag auf ihr Leben am Rande der marokkanischen Wüste aus der Bahn geworfen hatte.

Was Wunder also, dass Sprudel lieber so tun würde, als wären sie überhaupt nicht hier; als hätte Fanni den Flurschrank nie geöffnet; als wären sie vor dem Betreten des Einrichtungshauses übereingekommen, dass der alte Schrank noch gut genug war.

Die Realität sah allerdings anders aus.

Es ließ sich nicht mehr abstreiten, dass Fanni wieder einmal eine Leiche entdeckt hatte – dieses Mal in einem Schrank.

Die Menschen stolpern nicht über Berge, sondern über Maulwurfshügel!

Fanni machte ärgerlich, aber kaum vernehmlich »Grrr…«. Dann sagte sie leise: »Wir können uns nicht einfach davonmachen, Sprudel. Auf dem Schlüssel sind unsere Fingerabdrücke. Meine sind auch auf dem Holz. Und abgesehen davon …« Sie sprach nicht weiter.

War es strafbar, wenn man einen Leichenfund nicht meldete, oder bloß unmoralisch?

Sprudel seufzte tief. »Du hast ja recht. Fingerabdrücke hin oder her. Wir können das Risiko nicht eingehen, dass ein Kind an der Schranktür herumspielt und die Leiche entdeckt.«

Die ja wohl schon ein Weilchen unbemerkt in dem Dielenkasten steckt!

Fanni musste ihrer Gedankenstimme ausnahmsweise beipflichten.

Sprudel zog den Schrankschlüssel ab, dann sah er sich unschlüssig um.

»Infoschalter«, sagte Fanni.

Als sie eine knappe halbe Stunde zuvor die Treppe zur ersten Etage hinaufgestiegen waren, wo laut Übersichtsplan Wandgarderoben und Schuhschränke – Dielenmöbel eben – ausgestellt waren, hatte Fanni neben dem Durchgang zur Abteilung für Einzelteile einen ringförmigen Tresen gesehen, über dem ein Schild mit der Aufschrift »Information« hing. Sie wies in die Richtung, in die sie gehen mussten, rührte sich jedoch nicht von der Stelle.

Auch als Sprudel sich in Bewegung setzte, blieb Fanni stehen wie einzementiert. Sie wartete darauf, aus diesem Alptraum zu erwachen. Konnte das denn Wirklichkeit sein?

Im größten Einrichtungshaus von Bad Kötzting befand sich eine Leiche in einem der Dielenschränke – was merkwürdig genug war –, und ausgerechnet Fanni Rot hatte sie aufgestöbert.

Dabei hatte sie doch bloß wissen wollen, wie die Fächer im Schrank angeordnet waren, dessen Front aus Buchenholz sich im Eingangsbereich des Birkenweiler Anwesens neben der bemalten Truhe wirklich gut machen würde.

Dazu wäre ein heller Teppich schön, dachte Fanni.

Hallo? Ein erneuter Anfall von Gedächtnisverlust? In dem Schrank vor deiner Nase hat man eine Leiche verstaut – männlich, würde ich sagen. Höchste Zeit, was zu unternehmen!

Infoschalter, wiederholte Fanni in Gedanken. Wir müssen zum Infoschalter gehen, nach dem Geschäftsführer fragen und ihm den Leichenfund melden.

Aber sie hatte vergessen, wie man die Füße hebt und über einen mit blauer Auslegware bespannten Boden geht.

»Fanni?« Als ihr Sprudel die Hand auf den Rücken legte und sie mit sanftem Druck vorwärtsschob, fiel es ihr wieder ein.

»Rufen Sie bitte den Geschäftsführer. Und glauben Sie mir, die Sache ist dringend«, sagte Sprudel zu der Frau am Infoschalter, die ihn aus kajalumrandeten Augen habichtartig ansah. Am Revers ihrer streng geschnittenen moosgrünen Jacke steckte ein Schildchen mit dem Aufdruck »Ella Kraus«.

Statt etwas zu erwidern oder zu tun, wurde ihr Blick aus den Habichtaugen eine Nuance härter, die spitze Nase wirkte nun tatsächlich wie ein Schnabel.

Warum hat man den Eindruck, als wollte sie euch in Stücke hacken? Wer nicht lächeln kann, sollte keinen Laden eröffnen!

Fanni schluckte ein weiteres wütendes »Grrr« hinunter. Nun hatte sie sich endlich daran gewöhnt, Gespräche zu führen, die nur in ihrem Kopf existierten; hatte die Stärken ihrer Gedankenstimme anerkannt (Warnungen, Ermunterungen, zweckdienliche Vorschläge) und ihre Schwächen (Schmähungen, Flüche, Spott und Häme) wenn auch nicht verziehen, so doch ertragen. Sie empfand es jedoch als Zumutung, dass diese Stimme nun auf einmal anfing, Volksweisheiten von sich zu geben. Mit Grauen dachte sie an den Sommer im vergangenen Jahr, als die Gedankenstimme sie mit Never-Sprüchen bombardiert hatte. Es war geradezu ein Labsal gewesen, als sie wieder damit aufhörte.

»Den Geschäftsführer, bitte«, sagte Sprudel nachdrücklich.

Ella Kraus schüttelte so vehement den Kopf, dass die Klammer, die ihre glatten braunen Haare am Hinterkopf zusammenhielt, wie ein Boot auf rauer See hin- und hergeworfen wurde. »Der Geschäftsführer ist nicht zu sprechen, aber wenn Sie mir sagen, worum es geht, kann ich vielleicht —«

Sprudel ließ sie nicht vermelden, was sie vielleicht konnte. Er zückte sein Handy. »Ich werde die Polizei rufen.«

Ella Kraus hob abwehrend die Hand, ihre Zunge fuhr hektisch übers Lipgloss. »Aber ich bitte Sie!«

»Polizei oder Geschäftsführer«, erwiderte Sprudel unerbittlich.

Ella Kraus nahm den Hörer des Telefons auf dem Infoschalter ab und sagte nur: »Platz einundzwanzig.«

Zwei Minuten später kam ein Mann in Anzug und Krawatte – Fanni schätzte ihn in den späten Dreißigern – auf sie zu. Er wirkte selbstsicher, beinahe lässig, was durch seine Größe von gut eins fünfundachtzig, seine sportliche Erscheinung, die markanten Züge und den modisch-flotten Haarschnitt noch unterstrichen wurde.

»Heudobler«, stellte er sich vor.

Heudobler? Komischer Name. Klingt nach Almhütte, Bergbauer und Weidevieh!

Fanni bemühte sich, die Gedankenstimme auszublenden.

»Darf ich Sie in mein Büro begleiten?«, sagte der Geschäftsführer.

Fanni und Sprudel verneinten unisono.

»Würden *Sie* bitte mit *uns* kommen?«, entgegnete Sprudel.

Heudobler wirkte überrascht, nickte jedoch freundlich. Mit einem geschäftsmäßigen »Danke, Frau Kraus« wandte er sich vom Infoschalter ab, um Sprudel zu folgen.

Bevor sie sich ebenfalls umdrehte, fing Fanni den Blick auf, mit dem Ella Kraus ihren Vorgesetzten bedachte.

Wer einmal das Meer gesehen hat, dem gefällt kein anderes Gewässer!

Wenn Heudobler für Ella Kraus das Meer ist, dann hat sie wohl schlechte Karten, sagte sich Fanni. Sie himmelt ihn an. Er zeigt ihr die kalte Schulter. Was für ein Fiasko.

In der Öffentlichkeit tut er das. Wer weiß denn schon, was im Hinterzimmer zwischen den beiden vorgeht?

Fanni schaute sich noch einmal um, weil ihr die Vorstellung der beiden als Paar nicht recht gelingen wollte. Dabei fing sie auch den Blick auf, den Ella Kraus ihr und Sprudel hinterherschickte.

Argwöhnisch!

Das war zu mild ausgedrückt, fand Fanni, und sie fragte sich erschrocken, weshalb Ella Kraus ihnen mit stechenden Habichtaugen nachsah.

Erneut lehnte Fanni am weiß lackierten Paneel einer Garderobenwand und betrachtete Sprudel, wie er den Schlüssel ins Schloss des Dielenschranks steckte, ihn vorsichtig drehte, dann zur Seite trat und die Schranktür langsam aufzog, sodass Heudobler freie Sicht hatte.

Fanni vernahm einen heftigen Atemstoß.

»Dem Geruch nach ist die Leiche nicht gerade eben erst im Schrank versteckt worden«, sagte Sprudel. Er schloss den Schrank wieder ab und hielt Heudobler den Schlüssel hin. »Wir wollten als Erstes Sie über unsere Entdeckung informieren. Möchten Sie die Polizei selbst rufen, oder soll ich es tun?«

Heudobler reagierte nicht auf Sprudels Frage.

Weil er auch nicht nach dem Schlüssel griff, machte Sprudel Anstalten, ihn wieder einzustecken.

Endlich kam Leben in den Geschäftsführer.»Ich telefoniere von meinem Büro aus.« Er schnappte sich den Schlüssel, und mit einer Handbewegung forderte er Fanni und Sprudel auf, ihm zu folgen.»Sie müssen mit mir kommen. Sie müssen abwarten, bis die Polizei da ist. Sie müssen ins Verhör genommen werden.«

Ins Verhör genommen! Meint der Kerl etwa, ihr beide habt das Opfer massakriert und in den Kasten gestopft?

Warum sollte er das ausschließen?, überlegte Fanni. Er kennt uns ja nicht. Wir könnten Psychopathen sein. Könnten den Mann erschlagen und Stunden später zurückgekommen sein, um so zu tun, als hätten wir ihn ganz zufällig gerade im Schrank entdeckt.

Die Aussicht auf Verhöre, Verdächtigungen, Skepsis und Argwohn machte Fanni mit einem Mal so müde und so matt, dass sie befürchtete, ihre Knie würden einknicken.

Benommen schaute sie Heudobler nach, der bereits den Gang zwischen den Schuhschränken entlangeilte. Am Infoschalter blieb er stehen und flüsterte Frau Kraus ein paar Worte zu, die eine Reihe spitzer Schreie heraufbeschworen.

Heudobler ließ die Fingerknöchel auf den Tresen krachen, um Ella Kraus zum Schweigen zu bringen. Dann blickte er in Fannis Richtung und bedeutete ihr und Sprudel mit einer ungeduldigen Geste, ihm endlich zu folgen.

Fanni konnte ein Stöhnen nicht unterdrücken. Warum sie? Warum immer nur sie? Wie viele Leute waren wohl heute schon in dem Möbelgeschäft aus und ein gegangen? Warum hatte niemand außer ihr in den Schrank geschaut? Nicht einmal eine der Putzfrauen? Plötzlich fühlte sie, wie sich Sprudels Arm um ihre Taille legte. Dankbar schmiegte sie sich an ihn und ließ sich von ihm führen.

Für die Welt bist du nur irgendjemand, aber für irgendjemand bist du die Welt! Auf Sprudel kannst du dich immer verlassen!

Ja, das konnte sie. Sprudel war ihr Halt, ihre Insel im Ozean. Das wusste sie. Genauso wie sie wusste, dass sie beide zusammengehörten, obwohl ihrer Beziehung etwas Wichtiges fehlte. Etwas, das ihnen abhandengekommen war, weil Fanni sich an dieses »Etwas« nicht erinnern konnte.

Was soll das Geschwafel? Dieses »Etwas« ist die Zuneigung, die du Sprudel entgegenbringst. Und die fühlt sich heute so an wie gestern wie vorgestern und wie voriges Jahr!

So einfach war die Sache nicht. Fanni vermisste die innere Gewissheit, dass diese Zuneigung stets da gewesen war. Nichts, am allerwenigsten Worte, konnte diese Erfahrung ersetzen.

Du liebst ihn doch?

Ja.

Du kommst gut mit ihm aus?

Ja.

Du kannst dir ein Leben ohne ihn nicht vorstellen?

Nein.

?

Nein, ja, nein. Ich kann mir ein Leben ohne ihn nicht vorstellen.

Was zum Henker fehlt dann?

Erinnerungen, die unser Dasein lebendig machen, dachte Fanni. Greifbare Erinnerungen, die mir das Vergangene nicht wie eine Nachrichtenmeldung erscheinen lassen.

Sie wusste, wie sehr auch Sprudel darunter litt, obwohl sein Gedächtnis intakt war.

Und genau das, dachte Fanni, mag der Grund sein, warum es für ihn noch schwerer ist. Er weiß, was wir füreinander empfunden haben, was wir zueinander gesagt haben, wie es war, wenn wir …

»Nehmen Sie bitte Platz«, sagte Heudobler und zeigte auf eine kleine Sitzgruppe – vier Schwingsessel um einen runden Tisch –, die sich in der Ecke gegenüber einem ausladenden Schreibtisch befand.

Er hatte Fanni und Sprudel die Tür seines Büros aufgehalten, hatte die beiden eintreten lassen und die Tür dann zugemacht. Gewichtig. Nachdrücklich.

Als wollte er euch in Haft nehmen!

Fanni ließ sich in einem der Sessel nieder, der wie ein Trampolin federte. Sie würde vollkommen still sitzen müssen, wenn sie nicht seekrank werden wollte.

Heudobler hatte sich an seinen Schreibtisch gesetzt und nach dem Hörer des Festnetzanschlusses gegriffen.

»Ich empfange Sie am Hintereingang«, sagte er soeben. »Lassen Sie uns vorerst bitte kein Aufsehen machen.«

Offenbar war Heudoblers Gesprächspartner mit dem Vorschlag einverstanden, denn Heudobler bedankte sich und schien auflegen zu wollen, hielt jedoch inne. Anscheinend wurde ihm noch eine Frage gestellt. Seine Antwort lautete: »Die Herrschaften sitzen in meinem Büro. Nein, ich werde sie keinesfalls gehen lassen.«

Fanni wandte sich an Sprudel. »Wie er wohl gestorben ist?«, flüsterte sie ihm zu.

»Zweifellos gewaltsam«, erwiderte er. »An seiner Schläfe klebt Blut.«

Blut. Fanni schloss die Augen und ließ das Bild erstehen, das sich ihr geboten hatte, als sie die Schranktür öffnete.

Der Tote hockte, den Rücken an die rechte Seitenwand gepresst, mit angewinkelten Knien auf dem Schrankboden. Die Arme waren vor der Brust verschränkt, der Kopf – nach vorn geneigt und hinuntergesunken – ruhte auf ihnen. Das Gesicht des Toten war nicht zu sehen gewesen, nur ein Schopf blonder Haare, die in alle Richtungen abstanden, als hätte sie jemand verwuschelt.

Wie hatte Sprudel Blut an der *Schläfe* entdecken können?

Er musste sich täuschen. Oh ja, er täuschte sich. Fanni hatte das Bild nun ganz genau vor Augen. Der Hinterkopf, der sich dem Betrachter anschaulich darbot, wies einen runden Blutfleck wie eine Tonsur auf, von der allerdings ein kleines Rinnsal ausging und – ja, insofern hatte Sprudel doch recht – in Richtung linker Schläfe versickerte.

Fanni ließ ihre Wahrnehmungen eine Weile Revue passieren, förderte dieses und jenes Detail zutage: starke, sehnige Hände, ein Label auf der Sweatjacke des Toten, Sportschuhe, ein Regenschirm, der an der Kleiderstange über dem Toten hing und dessen Spitze wie ein Pfeil auf den kreisförmigen Blutfleck am Hinterkopf zeigte.

Sie wollte Sprudel davon berichten, registrierte aber, dass Heudobler das Telefonat beendet hatte, weshalb sie es vorzog zu schweigen. Heudobler stand wortlos auf und strebte der Tür zu.

Dort drehte er sich noch einmal um, blickte Fanni und Sprudel gebieterisch an. »Sie dürfen das Zimmer nicht verlassen, bis ein Beamter mit Ihnen gesprochen hat. Bitte halten Sie sich daran.« Ohne auf eine Antwort zu warten, was sowieso vergeblich gewesen wäre, stürmte er davon.

»Das Opfer war noch jung«, sagte Sprudel, als Heudoblers Schritte auf dem Flur verklungen waren.

»So jung auch wieder nicht«, erwiderte Fanni. »Der Handrücken ist von Sehnen und bläulichen Adern durchzogen, wie es bei einem Zwanzigjährigen bestimmt nicht der Fall ist.«

»Wie alt schätzt du ihn?«, fragte Sprudel. »Dreißig?«

»Hm«, machte Fanni.

Sprudel sah sie fragend an, wartete offenbar darauf, dass sie noch etwas hinzufügte.

»Ist dir an seiner Kleidung nichts aufgefallen?«, sagte Fanni.

Sprudel kniff die Augen zusammen, als könne man hinter geschlossenen Lidern sehen, was der tatsächlichen Beobachtung entgangen war.

»Nein«, gab er dann zu.

»Sportsachen«, sagte Fanni. »Markensportsachen.«

Sprudel machte ein verdutztes Gesicht. »Trägt doch heutzutage jeder.« Er warf einen Blick auf Fannis Bluse. »Jack Wolfskin, Mammut, Fjällräven. Leute in Funktionskleidung kannst du überall finden – in der Kirche, im Konzertsaal …«

Als Fanni gereizt die Augen verdrehte, hielt er inne.

»Du meinst, er war tatsächlich Sportler? Bergsteiger vielleicht. Das würde die sehnigen Hände erklären, die dir anscheinend aufgefallen sind.«

Fanni vollführte eine abwehrende Bewegung, was ihr auf der Stelle leidtat, weil ihr Stuhl sofort mitwippte. »Du hast ja recht.

Man läuft heutzutage in Sportkleidung rum, wenn nicht gerade Dirndl und Lederhose angesagt sind.«

Sprudel beugte sich über den Tisch und legte ihr die Hand auf den Arm. »Die Polizei wird bald wissen, wer er ist und was er ist. Morgen können wir es in der Zeitung lesen.«

Er ahnte nicht, wie gründlich er sich irrte.

2

Fanni schaute auf ihre Armbanduhr und stellte fest, dass sie schon eine halbe Stunde lang in diesem leidigen Schwingsessel saß, der ihr das kleinste Zucken übel nahm, indem er zu schaukeln anfing wie eine Kinderwiege.

Gereizt stand sie auf, trat ans Fenster und musste erkennen, dass es auf einen Hinterhof hinausging. Reihenweise Müllcontainer, mit Kisten bestückte Paletten, stapelweise Möbelroller, haufenweise alte Kartons, nichts, was man sich gern angesehen hätte.

Sie wandte sich ab, machte ein paar Schritte in den Raum zurück, betrachtete ein Poster des Eiffelturms, das an der Wand über dem Tisch hing, sowie eines von Big Ben dicht daneben, ging weiter und blieb dann vor dem Schreibtisch stehen.

Heudobler schien entweder so gut wie nichts zu tun zu haben, oder er war Ordnungsfanatiker.

Fannis Blick fand ein einzelnes Blatt Papier – der Computerausdruck einer Preisliste, soweit sie erkennen konnte. Daneben, genau genommen parallel dazu, lag ein Filzstift. Die Tischplatte aus Mahagoni glänzte wie frisch poliert. Rechts außen stand ein Monitor mit Tastatur davor, links gab es eine Telefonanlage, dahinter entdeckte Fanni ein Foto. Es zeigte eine ausnehmend hübsche junge Frau in einem bauchfreien Top und kurzen Hosen. Sie lachte in die Kamera, die leicht gewellten brünetten Haare flogen im Wind.

Fanni drängte sich das Bild ihrer Tochter Leni auf, die aus ihrem letzten Urlaub eine ganze Reihe ähnlicher Fotos geschickt hatte. Um das bewerkstelligen zu können, hatte sie Fanni ein Tablet geschenkt, auf dem eine Funktion installiert war, die sich »WhatsApp« nannte. »Damit lässt sich viel schneller und einfacher kommunizieren«, hatte Leni ihr erklärt. »Vor allem Fotos lassen sich ganz leicht verschicken.«

Leni und Marco hatten ihren Sommerurlaub in Spanien verbracht, und danach waren sie für einige Tage an die Küste Liguriens gekommen, wo Sprudel ein Häuschen besaß, weil sie – wie Leni sich ausdrückte – ja mal nach dem Rechten sehen mussten.

Dieses Nach-dem-Rechten-Sehen hatte letztendlich dazu geführt, dass Fanni und Sprudel im September in Bad Kötzting landeten.

»So kann es nicht weitergehen. Ihr beide braucht irgendeine Form von Unterstützung, kompetenter Unterstützung«, hatte Leni gesagt, als ihr klar geworden war, wie tiefgreifend Fannis Gedächtnisverlust ihre Beziehung zu Sprudel störte. Sie hatte ihrer Mutter geraten, es mit einer Behandlung in der TCM-Klinik in Bad Kötzting zu versuchen.

Fanni hatte selbst schon von dieser Einrichtung gehört, in der unter deutsch-chinesischer Führung nach »traditionell chinesischer Medizin«, kurz TCM, behandelt wurde. Sogar in aussichtslosen Fällen würden gute Erfolge verbucht, hieß es. Fanni wusste auch, dass der Klinik eine Ambulanz angeschlossen war, wo sich diejenigen kurieren lassen konnten, die nicht stationär aufgenommen werden wollten. Kurieren. Von Leiden, die heilbar oder wenigstens zu lindern waren. Partielle Amnesie gehörte nicht dazu.

Sie hatte den Vorschlag schon ablehnen wollen, als Leni sagte: »Konfuzianische Heilsysteme können dir vielleicht nicht dein Gedächtnis zurückgeben, aber womöglich bringen sie dir bei, mit diesem Defizit umzugehen.«

Das hatte Fanni zu denken gegeben. Sie musste lernen, sich mit den Löchern in ihrer Vergangenheit zu arrangieren. Wenn sie es nicht tat, würden die Erinnerungslücken ihr Leben, ihre Beziehung zu Sprudel kaputtmachen. So weit durfte sie es nicht kommen lassen.

Um bei diesem Lernprozess zu helfen, war Fanni der alte Konfuzius so willkommen wie jeder andere. Oder stammten die chinesischen Heilmethoden gar noch aus einer vorkonfuzianischen Ära?

Wie auch immer, sie hatte zugestimmt, und nun waren sie und Sprudel schon seit einer knappen Woche in Bad Kötzting.

»So, so, dann wolln mer uns mal mit den Hauptzeugen befassen.«

Erschrocken stellte Fanni das Foto auf die Schreibtischplatte zurück. Ganz in Gedanken versunken, hatte sie es in die Hand genommen und minutenlang angestarrt. Hastig kehrte sie zu ihrem Schwingsessel zurück, ließ sich vorsichtig darauf nieder und warf einen Blick auf ihre Armbanduhr, der ihr verriet, dass seit dem Leichenfund bereits mehr als eine Stunde vergangen war.

Der Ermittlungsbeamte, der nun ihr gegenüber Platz nahm, betrachtete sie abschätzend. Fanni revanchierte sich mit einem Hochziehen der Augenbrauen.

Was durchaus angebracht ist! Sieht er nicht aus wie ein Bierkutscher, der seine gesamte Freizeit im Wirtshaus verbringt?

Fanni stimmte ihrer Gedankenstimme zu. Der Beamte, der sie gleich vernehmen würde, war ein vierschrötiger Kerl mit Händen wie Dreschflegel. Auf dem feisten Hals saß ein runder Kopf mit müden Augen und einem schlaffen Mund.

Und sieh dir bloß die Nase an! Zeugt sie nicht von einer immensen Vorliebe für Zwetschgenbrand?

Fanni musste ein Schmunzeln unterdrücken. Die Nase ihres Gegenübers wirkte wie eine überreife Pflaume.

»Sie zwei ham also die Leiche im Schrank gefunden«, sagte Pflaumennase.

Fanni und Sprudel nickten einträchtig.

»Und warum ham Sie in den Schrank reingschaut?«

Fanni stöhnte auf. Hatten sie es mit einem kompletten Deppen zu tun?

Sprudel übernahm es, auf die albern anmutende Frage des Beamten zu antworten, der aller Wahrscheinlichkeit nach Kriminalkommissar war, aber bisher noch nicht einmal seinen Namen genannt hatte.

Schnell zeigte sich, dass er alles ganz genau wissen wollte. Warum waren die Herrschaften ausgerechnet heute hierhergekommen? Warum hatten sie sich nicht von einem Verkäufer beraten lassen, der den Schrank dann für sie geöffnet hätte? Warum hatten sie ausgerechnet diesen Schrank von innen sehen wollen?

Fanni hörte nur noch mit halbem Ohr zu, bis Pflaumennase sagte: »Wissen S', wie das Ganze für mich ausschaut? Sie ham den

Mann gestern attackiert, bis er bewusstlos war, und ihn dann im Schrank verstaut. Heut sind S' nachschauen kommen, was aus ihm geworden ist.«

Fanni konnte nicht an sich halten. »Und als wir festgestellt haben, dass er tot ist, sind wir so blöd gewesen, den Geschäftsführer zu informieren.«

Pflaumennase grinste verschlagen. »Das war nicht blöd, das war gscheit. Weil Sie nämlich vorhin beobachtet worden sind, wie Sie in den Schrank reingschaut ham. Und sind S' mir net bös, aber die Zeugin sagt, Sie ham sich schon recht sonderbar benommen.«

»Wie würden Sie sich denn benehmen, wenn Sie in einem Möbelgeschäft wären und in einem der ausgestellten Schränke einen Erschlagenen finden würden?«, fragte Fanni.

Pflaumennase lächelte selig und zeigte mit dem Finger auf sie. »Jetzt ham Sie sich aber verplaudert, meine Dame. Erschlagen ist er worden. So, so.« Seine Stimme wurde schulmeisterlich. »Das nennt man Täterwissen.«

Großer Gott! Halt die Klappe, Fanni! Der Kerl ist irre! Der dreht dir schneller einen Strick, als du eine Schranktür zuschlagen kannst!

Sprudel versuchte es mit Vernunft. »Der Tote hatte Blut an der Schläfe. Da ist es doch naheliegend, anzunehmen, dass er erschlagen wurde.« Weil Pflaumennase nicht antwortete, fragte er noch: »Haben Sie ihn schon identifiziert?«

Die von vielen kleinen Äderchen durchzogenen Wangen des Kommissars färbten sich purpurn. »Das trauen Sie sich fragen? Ham *Sie* nicht dafür gesorgt, dass das Mordopfer keine Papiere einstecken hat? Keinen Ausweis, keinen Führerschein, kein gar nichts? Gestehen S' lieber gleich, dass Sie ihm eins übern Schädel gegeben und seine Taschen ausgeleert ham. Warten S' lieber nicht ab, bis wir Ihnen alles nachgewiesen ham. Sagen S' mir lieber sofort, wer er ist und warum Sie ihn umgebracht ham.«

Weil Fanni und Sprudel ihn sprachlos anstarrten, fügte er hinzu: »Schaun S', die Sach ist doch klar. Wenn's jemand anders gewesen wär, dann hätt der doch den Schlüssel abgezogen, damit niemand in den Schrank hineinschauen kann.«

Da hat Pflaumennase wirklich logisch überlegt. Und mir nix, dir nix stehst du unter Verdacht, Fanni Rot!

Fanni hatte jetzt vollauf genug. Genug von haltlosen Beschuldigungen und von neunmalklugen Weisheiten sowieso.

Sie erhob sich zu voller Größe (was nicht eben viel war, ihr jedoch ermöglichte, auf Pflaumennase hinunterzublicken). Mit geradezu gefährlich leiser Stimme sagte sie: »Wir haben den Toten aus purem Zufall im Schrank gefunden und haben ihn nie zuvor gesehen. Das ist alles, was es zu sagen gibt. Und jetzt werden wir gehen. Wir sitzen schon viel zu lange untätig hier herum.«

Der Kommissar (falls ihm dieser Titel zustand) schaute verdutzt zu ihr auf. Fanni starrte kalt auf ihn hinunter.

Als er zum Sprechen ansetzen wollte, ließ Fannis Basiliskenblick ihn den Mund wieder zuklappen.

Nach einigen Augenblicken sagte er matt: »Dann gehn S' halt.« Energischer fügte er hinzu: »Aber halten S' sich zur Verfügung der Polizei. Und denken S' schon mal über Ihr Alibi nach.« Er stach den Zeigefinger in die Luft. »Lassen S' unten am Eingang vom Kollegen Ihre Personalien aufnehmen und sagen S' ihm, wie Sie zu erreichen sind.«

Noch bevor er zu Ende gesprochen hatte, war Fanni bereits aus dem Zimmer. Sprudel folgte ihr eilig.

Sie taten wie geheißen, meldeten sich bei einem Polizisten, für den am Eingang Stuhl und Tisch aufgestellt worden waren, zeigten ihre Ausweise vor und gaben an, dass sie zurzeit im Gästehaus Meier in Weißenregen wohnten. Er benötigte doppelt so lange, wie Fanni ihm zugestehen wollte, bis er alles vermerkt hatte.

Irgendwann standen sie dann draußen in der Zufahrt zum Einrichtungshaus und sahen sich betroffen an.

»Was für ein Schlamassel«, sagte Fanni schließlich. »Hätte ich doch die blöde Schranktür nach dem ersten Blick hinein sofort zugeschlagen und ihr schleunigst den Rücken gekehrt.«

»Säßen wir dann nicht noch tiefer in der Tinte?«, erwiderte Sprudel. »Offenbar sind wir ja beobachtet worden, und über kurz oder lang hätte man die Leiche im Schrank entdeckt. Der Zeuge hätte sich an uns erinnert, und wir wären erst recht verdächtig gewesen.«

»Was heißt ›erst recht‹?«, regte sich Fanni auf. »Was der pflaumennasige Kerl sich da zusammenphantasiert, ist doch völlig abwegig. Warum macht er seine Arbeit nicht vernünftig – Ermittlungen, verstehst du, Sprudel, Ermittlungen sollte er anstellen –, anstatt sich an ein Hirngespinst zu klammern.«

Vielleicht legt er es ja darauf an, dass Fanni Rot die Initiative ergreift?

Fanni schüttelte unmerklich den Kopf. Einen Kriminalbeamten, der ihre Einmischung in seinen Fall begrüßte, hatte es noch nie gegeben, und es würde ihn auch niemals geben. Jede Vernunft und Erfahrung sprachen dagegen.

Fanni und Sprudel hatten mittlerweile den Kundenparkplatz des Einrichtungshauses überquert und waren jetzt notgedrungen am Straßenrand stehen geblieben, weil so starker Verkehr herrschte, dass es fast unmöglich schien, die Fahrbahn, die Bad Kötzting mit Miltach im Westen und Arnbruck im Osten verband, zu kreuzen.

Wo wollt ihr denn eigentlich hin? Bevor man eine Leiter besteigt, sollte man sich vergewissern, dass sie an der richtigen Wand lehnt!

Fannis Blick glitt über die Stadt, die direkt vor ihr auf der gegenüberliegenden Seite des Flusses lag, und blieb an der Kirchenburg haften. Hinter der Wehranlage erhob sich die Stadtpfarrkirche.

Bereits Anno Domini 1179 schriftlich erwähnt!

Die Bemerkung rief Fanni in Erinnerung, was sie im Stadtführer darüber gelesen hatte.

Das Schloss, dessen Mittelpunkt die Kirche bildete, war im 12. Jahrhundert der Stammsitz der Chostinger gewesen. Fanni hatte nie zuvor von diesem Geschlecht gehört. Jene Chostinger schienen jedoch gut betucht gewesen zu sein, denn sie hatten ihren Besitz schwer befestigt: äußere Ringmauer, Burggraben, innerer Ring, quadratischer Turm, Schießscharten …

Die Kirchturmuhr schlug ein Uhr mittags.

Essenszeit!

Fanni hatte keinen Appetit. »Ich muss ein Stück laufen, Sprudel.«

Er nickte. »Ich weiß.«

»Was weißt du?«

»Dass dich nur ein strammer Marsch wieder ins Lot bringen kann.«

Letztendlich konnten sie doch noch die Straße überqueren und schlugen dann den Weg am Fluss ein, der sich Uferpromenade nannte.

Dass das schmale Sträßchen am Ufer entlangführte, ließ sich nicht abstreiten. Es als Promenade zu bezeichnen, schien Fanni aber – selbst ohne die »Promenade des Anglais« in Nizza als Vergleich heranzuziehen – geradezu unanständig. Das Gässchen war keinen halben Meter breit und zu beiden Seiten mit wild wuchernden Stauden, Brennnesseln und japanischem Springkraut bewachsen. Es endete schon nach kurzer Zeit an einer Brücke, auf der die Hauptverkehrsstraße über den Fluss führte.

Weil sie nicht schon wieder umkehren wollten, folgten Fanni und Sprudel dem Verkehrsweg über die Brücke, wo sie feststellten, dass sich die »Uferpromenade« auf der anderen Seite fortsetzte.

»Der Mann im Schrank scheint tatsächlich erschlagen worden zu sein, und offenbar hat man ihn nicht identifizieren können«, sagte Fanni, als sie sich wieder am Wasser befanden. »Oder glaubst du, dieser seltsame Kommissar hat uns was vorgeflunkert?«

Sprudel verneinte. »Warum hätte er das tun sollen?« Gedankenvoll fuhr er nach einer Weile fort: »So unlogisch ist das eigentlich gar nicht, was er sich zusammenreimt, wenn man die Sache von seiner Warte aus betrachtet: Zwei Fremde mit ziemlich dubiosem Hintergrund – hast du seine Miene gesehen, als ich seine Fragen nach unseren Lebensumständen beantwortet habe? Nicht verheiratet, Wohnsitz in Italien … – tauchen urplötzlich in Bad Kötzting auf.«

»Ja«, knurrte Fanni, »ich habe die Miene von dem Trottel gesehen. Vermutlich hat er genau in diesem Moment das Urteil über uns gefällt.«

»Ein für hiesige Verhältnisse recht zwielichtiges Paar«, sprach Sprudel bedächtig weiter, »erscheint also in dem beschaulichen Städtchen Bad Kötzting, wo seltener ein Mord geschieht, als der Weiße Regen den Schwedenstein überschwemmt, und prompt gibt es einen Toten. Es handelt sich um einen Mann, der genauso wenig von hier ist – andernfalls wäre die Leiche bereits identifiziert, weil in Kötzting vermutlich jeder jeden kennt – und der merkwürdigerweise keine Papiere einstecken hat, keinen Ausweis, keinen Führerschein, nichts. Drängt sich ein Szenario, wie es der Kommissar entworfen hat, nicht geradezu auf?«

Sprudel blieb stehen und deutete auf das Gleis der Regentalbahn, das in einiger Entfernung vorbeiführte. »Das Paar und das Opfer, spekuliert der Kommissar höchstwahrscheinlich, sind gemeinsam angereist oder haben sich hier getroffen. Jedenfalls kannten sie sich. Vielleicht sind sie zusammengekommen, um ein Problem zu lösen, einen Konflikt beizulegen, sich über einen Streitpunkt zu einigen. Was auch immer, es gelingt ihnen nicht. Im Gegenteil. Die Sache spitzt sich zu, und das zwielichtige Paar beschließt, den Zankapfel auf nicht ganz alltägliche Weise aus dem Weg zu schaffen.«

»Und dafür sucht es sich die Flurmöbelabteilung des größten Einrichtungshauses in der Region aus«, sagte Fanni ironisch.

Sie verhielt den Schritt, weil die »Uferpromenade« nun endgültig endete, indem sie in einen Campingplatz mündete. Kurz davor verwies ein Schild auf ein »Flussfreibad«, das jedoch nirgends zu sehen war. Fanni vermutete, dass es sich bloß um diejenige Stelle handelte, an der die Kinder im Sommer ins Wasser sprangen, weil es hier durch ein Wehr aufgestaut war.

Erstaunt stellte sie fest, dass etliche Wohnwagen auf dem Campingplatz standen. Die meisten wiesen ein Vordach auf, das fast so stabil wie ein Anbau befestigt zu sein schien.

»Dauercamper«, murmelte sie. Widerwillig musste sie zugeben, dass das von einigen Bäumen beschattete, an eine Pferdekoppel grenzende Wiesengelände direkt am Fluss für einen Campingplatz ideal war.

»Sie müssen den Mord ja nicht geplant haben«, sagte Sprudel.

Fanni brauchte einige Sekunden, bis ihr klar wurde, wovon er sprach.

»Stell es dir so vor«, fuhr er fort, »die drei stiefeln – egal, was sie dorthin verschlagen hat – im Möbelhaus herum. Sie kommen dabei wieder auf ihre Kontroverse zu sprechen, überwerfen sich mehr und mehr, bis, sagen wir, dem Mann der Kragen platzt. Er schlägt zu –«

»Womit denn?«, unterbrach ihn Fanni.

Das brachte Sprudel aus dem Konzept.

In dem Schrank befand sich nicht nur eine Leiche!

»Kann man jemandem mit einem Schirmgriff den Schädel einschlagen?«, fragte Fanni.

»Wenn er mit Metall verstärkt ist, bestimmt«, antwortete Sprudel. »Wie kommst du ausgerechnet darauf?«

»An der Kleiderstange hing einer«, sagte Fanni.

»Ein Schirm? Im Schrank, neben der Leiche?«

»Direkt über ihr.«

Damit kam Sprudel wieder in Fluss. »Das Paar und das Opfer befinden sich in der Garderobenabteilung. Überall hängen Schirme zur Dekoration herum. Der Mann greift sich einen und schlägt zu. Das Opfer bricht vor dem Dielenschrank zusammen. Der Täter und seine Komplizin sehen sich um. Niemand in der Nähe. An eine Überwachungskamera, die es auch tatsächlich nicht gibt – sonst müsste der Kommissar nichts mutmaßen –, denken sie nicht. Kurz entschlossen packen sie das Opfer, verstauen es im Schrank, schließen ab, stecken den Schlüssel ein und machen sich davon.«

»Aber am nächsten Tag kommen sie wieder«, sagte Fanni. Es gefiel ihr gar nicht, dass die auf sie beide als Täter zugeschnittene Theorie durchaus überzeugend klang.

»Das zeigt, dass sie den Mord nicht geplant hatten«, fuhr Sprudel fort. »Die Tat hat sie selbst überrascht. Ist sie wirklich geschehen? Ist ihr Bekannter tatsächlich tot? Sie wollen sich vergewissern. Und als sie die Leiche im Schrank wirklich vorfinden, verfallen sie auf den Gedanken, den Fund ganz harmlos zu melden.«

Fanni warf einen letzten Blick auf den Campingplatz, dann wandte sie sich ab, um den Rückweg anzutreten. Nach einer Weile sagte sie: »Du hast recht. Man könnte es sich wahrhaftig so vorstellen – sofern man mit genügend Vorurteilen behaftet ist.«

»Wir sollten darüber nachdenken, was sich als Verteidigung vorbringen ließe«, meinte Sprudel.

»Ein Alibi«, kam es spontan von Fanni.

»Ein Alibi«, wiederholte Sprudel. Es hörte sich erleichtert an. Mit den nächsten Worten versetzte ihm Fanni einen Dämpfer. »Fragt sich, für welchen Zeitraum wir eins brauchen.«

Sprudel blieb stehen und blickte konzentriert auf einen Strudel im Fluss. »Der Todeszeitpunkt müsste – extrem weit gegriffen – zwischen gestern früh und heute Vormittag liegen. Was haben wir da gemacht?«

Jetzt fokussierte auch Fanni den Blick auf den Strudel. »Gestern war Freitag. Da sind wir nach dem Frühstück, so um kurz nach zehn, nach Gotzendorf aufgebrochen, in den Weiler, aus dem die Rote Res stammen soll – hat sie nun eigentlich dem Räuber Heigl die Treue gehalten oder nicht? Dort haben wir den Wagen stehen lassen und sind auf dem Kamm des Kaitersbergs bis zu den Rauchröhren gewandert.«

Ihr Blick verlor sich, als sie an den Moment ihrer Ankunft bei den zwei riesigen Felstürmen dachte. »Fast wie früher«, hatte Sprudel halb befreit, halb wehmütig geseufzt und sie in die Arme genommen. »Wie früher, als wir auf den Großen Falkenstein gestiegen sind, den Rachel, den Lusen.« Halb zu sich selbst hatte er hinzugefügt: »Mir ist, als hätte ich eine Last abgeworfen.«

Fanni hatte zugeben müssen, dass auch sie sich schon seit Tagen besser fühlte – leichter, unverkrampfter.

»Und wer kann das bezeugen?«, sagte Sprudel.

Im ersten Moment kapierte Fanni nicht, was er meinte. Dann sagte sie ernüchtert: »Theoretisch alle, die wir auf dem Weg getroffen und durchwegs freundlich gegrüßt haben. Praktisch allerdings niemand. Selbst wenn wir die Leute noch ausfindig machen könnten, wer würde sich schon an uns erinnern?«

Sprudel nickte mit Nachdruck.

»Gegen drei am Nachmittag sind wir zu unserer Wohnung zurückgefahren«, rekonstruierte Fanni weiter. »Wir haben geduscht, schnell was gegessen und sind dann gleich wieder ins Auto gestiegen, weil wir um vier in der Klinik einen Behandlungstermin hatten.«

»Stimmt«, sagte Sprudel. »Wir sind mit dem Auto hingefahren, weil wir es zu Fuß nicht pünktlich geschafft hätten.«

Für ihren Aufenthalt in Bad Kötzting hatten Fanni und

Sprudel eine kleine Ferienwohnung im Ortsteil Weißenregen gebucht. Weißenregen – bekannt wegen der weithin sichtbaren Wallfahrtskirche – lag auf einem Hügel südwestlich der Stadt. Fanni hatte das Domizil dort oben mit voller Absicht gewählt. Allerdings nicht, weil sie zu beten und opfern gedachte, sondern weil zwischen dem Gästehaus Meier und der TCM-Klinik gut zweihundert Meter Höhenunterschied und eine Strecke von fast zwei Kilometern zu überwinden waren.

»Für die eine Stunde zwischen vier und fünf haben wir also ein Alibi«, sagte Fanni, »da sind wir nachweislich in der Klinik gewesen. Dann sind wir nach nebenan in den Kurpark gegangen, weil das Wetter noch so schön war.«

»Wo uns wieder eine Menge Leute gesehen haben, die wir nicht kennen«, fügte Sprudel hinzu.

»Es war schon fast sieben, als wir heimgefahren sind«, sagte Fanni.

Mit einem heftigen Ruck wandte sich Sprudel ihr zu. Er war blass geworden. »Wir sind nicht direkt heimgefahren.«

Fanni schnappte nach Luft. »Daran hab ich überhaupt nicht mehr gedacht.«

Der Wetterbericht für den Samstag war schlecht gewesen. Ein Regentag, der nicht zu Wandertouren einlud. Deshalb hatte Fanni vorgeschlagen, sich die freie Zeit in dem beliebten Einrichtungshaus am Ortsrand von Bad Kötzting zu vertreiben, um nach einem Flurschrank für das Birkenweiler Haus Ausschau zu halten, der geräumig genug war, Wintermäntel, Anoraks, Regenkleidung, Skihosen, Mützen und Handschuhe zu fassen, einen Fellsack für Lenis Baby …

Da das Möbelhaus fast auf dem Heimweg lag, hatte Sprudel kurz entschlossen den Blinker gesetzt und war abgebogen, um sich über die Öffnungszeiten zu informieren.

»Unter der Woche ist bis neunzehn Uhr dreißig offen«, hatte Fanni verkündet und mit einem Blick auf ihre Armbanduhr festgestellt, dass ihnen bis Ladenschluss noch eine Viertelstunde Zeit blieb, sich im Erdgeschoss umzusehen, wo es Haushaltswaren und Dekoartikel gab.

Das hatten sie getan, und die Verkäuferin bei den Glaskaraffen würde sich todsicher an sie erinnern können, weil Sprudel reaktionsschnell eingegriffen und sie davor bewahrt hatte, eine der teuersten Karaffen zu zerdeppern, die sie gerade mit einem Preisschild versehen hatte und auf ein Bord stellen wollte.

Viertel nach sieben am gestrigen Abend. Das kam der Tatzeit vermutlich sehr, sehr nahe.

»Damit wird er uns festnageln«, sagte Sprudel.

»Und nicht nur damit«, kam es fast flüsternd von Fanni.

Sprudel sah sie mit hochgezogenen Brauen an.

Fanni packte ihn am Arm. »Erinnerst du dich, was passiert ist, als wir an den Bilderständern vorbeigegangen sind?«

Sprudel schien keine Ahnung zu haben, was sie meinte.

»Da war die dicke Frau mit der prallen Tüte«, half ihm Fanni auf die Sprünge. »Ich bin ihr ausgewichen, und dabei habe ich einen Mann angerempelt, der sich ein gerahmtes Poster angesehen hat. Ich habe mich bei ihm entschuldigt, er hat sich umgedreht, mir die Hand auf den Arm gelegt und gesagt, *ihm* tue es leid. Wir haben noch ein paar belanglose Worte gewechselt, dann bin ich weitergegangen.«

Sprudel schien noch immer nicht zu wissen, worauf sie hinauswollte.

»Hast du dir den Mann angesehen?«, fragte Fanni.

Sprudel zuckte zusammen. »Du meinst …?

Fanni nickte. »Ich bin mir ziemlich sicher. Die Sportkleidung, die blonden Haare …«

Sprudel stöhnte. »Wenn er es tatsächlich war, wird man womöglich deine DNS … beziehungsweise seine DNS …« Er beließ es dabei. Es war wirklich nicht nötig, auszuwalzen, dass man Fannis Spuren nicht nur am Schrankschlüssel und an der Schranktür, sondern womöglich auch an der Leiche finden würde.

Pflaumennase wird einen Freudentanz aufführen!

Würde man es sich so einfach machen? Sollte die Polizei nicht wenigstens mit einem Motiv aufwarten?, dachte Fanni.

Sie gab Sprudels Arm frei und sagte mit Nachdruck: »Für einen begründeten Verdacht müsste Pflaumennase belegen können, dass ich – dass wir den Toten gekannt haben. Daran wird er sich die Zähne ausbeißen.«

Die Tatsache, dass Sprudel eine Antwort schuldig blieb, zeugte von einer gewissen Skepsis.

Schweigend legten sie die Strecke bis zur Hauptstraße zurück, gingen jedoch bei der Brücke, die sie auf der anderen Seite des Flusses wieder zur Uferpromenade geführt hätte, geradeaus weiter und folgten einem Sträßchen, das in Richtung Stadtmitte führte.

Als sie die Bärwurzerei Liebl passierten, sagte Sprudel: »Bleibt zu hoffen, dass sich einiges klärt, sobald der Todeszeitpunkt feststeht und der Tote identifiziert ist.«

Fanni bedachte die Schaubrennerei mit gleichgültigen Blicken, während sie antwortete: »Und wenn er unbekannt bleibt? Wenn niemand ihn vermisst?«

Sprudel war näher an die Auslage mit der gläsernen Destille getreten und beäugte sie mit sichtlicher Faszination. Fanni wartete ein paar Meter weiter am Straßenrand und ließ den Blick über die herausragenden Bauwerke der Stadt schweifen: St. Veit mit Spitzhelm; altes Rathaus und Stadtpfarrkirche mit Zwiebeltürmen; Kirchenburg; und weit hinter dem Stadtrand die Rehaklinik »Luitpold-Maximilian« sowie das Capio Pflegezentrum.

Als sie sich wieder der näheren Umgebung zuwandte, fiel ihr gegenüber der Schnapsbrennerei eine Koppel mit unverkennbar edlen Pferden auf. Zugleich kam ihr in den Sinn, dass in und um Kötzting schier auf jedem grünen Fleck Pferde grasten.

Sie fragte sich gerade, weshalb das so war, als das Stichwort »Pfingstritt« in ihrem Kopf aufblitzte.

Mehr als neunhundert Reiter, hatte es in der Broschüre der Stadtverwaltung geheißen, nahmen jedes Jahr am Pfingstmontag an einer Bittprozession teil, die von Bad Kötzting durchs Zellertal nach Steinbühl führte.

Sprudel hatte die Anordnung von Behältern, Röhren und Kolben zur Genüge studiert und kehrte nun an Fannis Seite zurück.

Sie nahm das Gespräch wieder auf. »Kann es sein, dass es auch mal nicht gelingt, eine Leiche zu identifizieren?«

»Selbstverständlich«, erwiderte Sprudel. »Wenn auch selten. Man zieht ja alle Register, um die Identität herauszufinden. Fotos gehen an die Medien, laufen durch die Polizeicomputer, Fingerabdrücke werden verglichen, DNS wird gecheckt, Zahnabdrücke werden überprüft. Falls es aber nirgendwo einen Treffer gibt, wird die Sache schwierig. Vor allem dann, wenn der Gesuchte von irgendwoher aus dem Ausland kommt.«

»Gefällt mir gar nicht«, verkündete Fanni. Sie wartete nicht ab, bis Sprudel fragte, was genau ihr nicht gefiel, sondern fuhr fort: »Es gefällt mir nicht, tatenlos herumzusitzen und darauf zu hoffen, dass die Polizei den Fall klärt. Besser, wir kümmern uns selbst darum, aus der Sache herauszukommen.«

Wäre sie ganz aufrichtig gewesen, dann hätte sie hinzugefügt: »Und servieren ihnen den Täter auf dem Silbertablett.«

Miss Bayerwald Marple will also wieder einmal ihr Schicksal herausfordern und sich Hals über Kopf in Mordermittlungen stürzen!

3

Sprudel hätte ausgesprochen einfältig sein müssen, um nicht zu wissen, worauf es wieder einmal hinauslief. Dass er keine Sekunde im Zweifel darüber war, zeigte sich in dem Vorschlag, den er nun machte.

»Vielleicht sollten wir Marco um Hilfe bitten.«

»Er könnte uns die Ermittlungsergebnisse der Kripo verschaffen«, stimmte Fanni ihm zu. »Wir müssen wissen, woran wir sind. Wir müssen dem Mörder auf die Spur kommen, damit wir diesen Pflaumennasen-Kommissar samt seinem absurden Verdacht gegen uns loswerden.«

»Richtung Kurpark?«, fragte Sprudel, als sie die Engstelle beim Schilderladen erreicht hatten und geradeaus auf den Benediktenbrunnen am Rathaus zugingen.

Fanni nickte zerstreut.

Einige Schritte hinter dem Eingang zum Posthotel sagte sie: »Aber wir müssen Leni irgendwie raushalten. Ich will nicht, dass sie sich Sorgen macht. Die Schwangerschaft stresst sie mehr als genug.« Sie folgte Sprudel in den Durchgang am »Haus des Gastes«. »Ich weiß gar nicht, was schlimmer für sie ist: dass sie sich ständig übergeben muss oder dass man sie wegen der Schwangerschaft aus dem Labor an den Schreibtisch verbannt hat. Arme Leni. Schreibtischarbeit. Auswertungen und Statistik. Ich kann mir vorstellen, wie sie das nervt.«

Daraufhin stiefelten sie stumm die Straße hinunter, bis sie den Kurpark erreichten, an dessen Ostgrenze sich die TCM-Klinik befand.

Sie tauchten in die gepflegte Grünanlage ein, die stets eine besänftigende Wirkung auf Fannis Gemüt hatte. Wenn sie über die gewundenen Wege schritt, den See mit der Wasserfontäne in der Mitte umrundete, die vereinzelt aufgestellten Skulpturen betrachtete, fühlte sie eine innere Ruhe und Zufriedenheit, als würde ihre Seele gestreichelt.

Je stiller man ist, desto mehr kann man hören!

Im Moment legte Fanni allerdings Wert darauf, die Stimme ihres Schwiegersohnes zu hören.

Sie ließ sich auf eine der Ruhebänke fallen. »Wir sollten Marco auf seiner Dienststelle anrufen. Ich finde, die Umstände rechtfertigen es, hinter Lenis Rücken mit ihm zu verhandeln.«

»Aber wenn sie uns draufkommt, werden wir nichts zu lachen haben.« Sprudel zog eine leidvolle Grimasse.

»Rein gar nichts«, gab ihm Fanni recht. »Leni kann eine fürchterliche Giftspritze sein, wenn sie sich überrannt fühlt. Aber haben wir eine Wahl?«

Sprudel seufzte. »Bringen wir es hinter uns.«

Fanni setzte sich bequem zurecht und wartete darauf, dass Sprudel sein Mobiltelefon zückte. Sie selbst hatte wie üblich keines dabei.

Bevor Sprudel die Verbindung herstellte, sah er Fanni fragend an. »Erklärst du es ihm?«

»Nein, du«, beschied ihm Fanni und verschränkte zum Zeichen, dass sie nicht beabsichtigte, Sprudels Handy entgegenzunehmen, die Arme vor der Brust.

Marco befand sich offenbar gerade in seinem Büro, denn schon nach wenigen Augenblicken begann Sprudel zu sprechen.

Fanni ließ den Blick müßig über die Parkanlage schweifen.

Ob sie wollten oder nicht, sie und Sprudel würden Ermittlungen anstellen müssen. Sie konnten ja schwerlich Däumchen drehen, während dieser Provinz-Kommissar sie als Mörderpaar zu verkaufen versuchte. Sie mussten handeln, mussten jede verfügbare Quelle anzapfen. Falls Pflaumennase allerdings etwas davon mitbekam, würde er ihnen gewiss auch daraus einen Strick drehen. Sollte er von dem Kontakt zu Marco erfahren, könnte er es so hinstellen, als wollten sie die Arbeit der Kripo zu ihren Gunsten ausspionieren.

»Danke, Marco«, sagte Sprudel soeben. »Und denk dran: kein Wort darüber zu Leni.«

Fanni musste grinsen. Marcos Wortkargheit war legendär. Ausgerechnet ihn daran zu erinnern, Stillschweigen zu bewahren, war, wie einen Eiswürfel um Kühlung zu bitten.

Sprudel steckte sein Handy weg und sah Fanni fast flehentlich an. »Halb drei schon. Und wir haben noch nicht zu Mittag gegessen.«

Fanni legte ihm die Hand auf die Schulter und drückte ihm einen Kuss auf die Wange. »Was hältst du von einem Stück Torte?«

Sprudel wirkte geradezu beglückt. »Torte? Allen Ernstes?«

Fanni hatte letzthin in puncto Ernährung ein strenges Regiment geführt. Das musste sein, fand sie, weil Sprudel ein merkliches Bäuchlein angesetzt hatte. »Mach dir bitte klar«, hatte sie ihm ins Gewissen geredet, »dass in unserem Alter Gewichtszunahme unweigerlich in einen Teufelskreis führt.« Und sie hatte sich nicht gescheut, ihm diesen Teufelskreis mit all seinen Tücken zu schildern. »Zu viel essen macht dich träge, du legst dich lieber auf die Couch, als irgendeine Form von Sport zu betreiben. Durchs Herumfläzen setzt du aber noch mehr Speck an und wirst immer träger. Bald bekommst du es mit Arthrose zu tun, mit Herz-Kreislauf-Problemen, mit Stoffwechselerkrankungen – irgendwann endest du im Rollstuhl und bald darauf in einem Pflegebett der Geriatrie.«

Sprudel hatte die Logik ihrer Darstellung eingesehen, hatte sich mit dem geänderten Speiseplan abgefunden und damit begonnen, weitgehend auf Kuchen und Plätzchen zu verzichten. Statt Doppelrahmbrie strich er nun klaglos Avocadocreme aufs Körnerbrot und aß zum Nachtisch statt Mousse au Chocolat einen Apfel, eine Handvoll Trauben oder ein paar Datteln. Bald hatte er vergnügt eingeräumt, dass ihm die frugale Ernährung ausgesprochen guttat, und war stolz in ein Paar Hosen geschlüpft, das er ein halbes Jahr zuvor als zu eng sitzend aussortiert hatte.

Fanni tätschelte seinen Arm. »Fünf Kilo abgespeckt. Dein Body-Mass-Index liegt jetzt bei zweiundzwanzig. Das ist okay. Da kann man sich zwischendurch auch mal ein Stück Torte leisten.«

Sprudel erhob sich regelrecht beflügelt und legte auf dem Weg zum Stadt-Café, das dem Kurpark am nächsten lag, ein flottes Tempo vor, während er sein Gespräch mit Lenis Ehemann wiedergab.

Obwohl nicht direkt zuständig, hatte Marcos Dienststelle bereits einen Bericht über den Mordfall in Bad Kötzting vorliegen.

Hängt wohl damit zusammen, dachte Fanni, dass alle Hebel in Bewegung gesetzt werden, um den Toten so schnell wie möglich zu identifizieren. Man schickt hinaus, was man an Fakten zu bieten hat, und hofft auf Rückmeldungen.

»Ein Abgleich seiner Fingerabdrücke mit der Kartei hat keinen Treffer gebracht«, berichtete Sprudel, »deshalb wurde ein retuschiertes Foto des Toten an die Medien geleitet.«

Auf dem kurzen Anstieg in der Ludwigstraße forcierte Sprudel das Tempo noch, sodass sie das Stadt-Café in weniger als fünf Minuten erreichten.

Sie hatten Glück, dass soeben ein Ecktisch frei wurde, denn der Gastraum war gut besetzt. Sprudel stürzte geradezu an die Kuchentheke, um seine Wahl zu treffen. Wenig später stellte die Bedienung ein Stück Prinzregententorte vor ihn hin.

Gib jedem Tag die Chance, der schönste deines Lebens zu werden!

Fanni hatte sich für eine Quarkschnitte entschieden. Man musste ja nicht gleich übertreiben.

Mit einem glückseligen Lächeln schob sich Sprudel den ersten Bissen in den Mund.

Fanni probierte ihre Quarkschnitte und war überrascht, wie gut sie schmeckte. Die Konditorei musste für ihre Erzeugnisse bekannt sein, daher die vielen Gäste im Café.

Fanni sah sich um und spitzte die Ohren. Niederbayrischer Dialekt dort und da, aber auch Hochdeutsch, Fränkisch und – täuschte sie sich? Nein. Sächsisch.

Sie wurde auf eine etwas schrille Stimme aufmerksam, die aus dem Geräuschpegel herausstach und offenbar vom Nebentisch kam. Dort saßen zwei Frauen von Mitte bis Ende dreißig. Die eine – frisch blondiert, durchgestylt, Glitzersternchen und Blümchen auf den Fingernägeln – war die Quelle dieser Stimme. An ihrem Stuhl lehnten Tüten von Schuhhaus Liebl und Modehaus Gartner.

Sie ist beim Friseur gewesen, dachte Fanni. Und natürlich im Nagelstudio und danach noch shoppen.

Die andere Frau war kaum zu vernehmen, ohnehin schien sie der Schrillen eher einsilbig zu antworten. Fanni musste den Oberkörper verlagern, um sie in den Blick zu bekommen. Die

Frau trug ein streng geschnittenes Kostüm. Die glatten braunen Haare hatte sie am Hinterkopf mit einer Klammer …

Das ist die Kraus vom Möbelhaus!

Kein Zweifel. Es handelte sich um die Angestellte vom Infoschalter, die ihr und Sprudel so feindselig nachgesehen hatte.

»Ich habe im Nagelstudio davon gehört«, quäkte die schrille Stimme, »aber keiner hat mir sagen können, wer er ist.«

Offensichtlich hatte Ella Kraus erzählt, dass die Polizei im Möbelhaus wegen eines Todesfalles ermittelte. Mehr brauchte sie anscheinend nicht kundzutun, weil sich der Leichenfund längst herumgesprochen hatte.

Keineswegs überraschend. Sag dein Geheimnis nicht dem Wind!

Nein, wirklich überraschend war das nicht.

Das Möbelhaus war, besonders im Eingangsbereich, wo die Dekorationsartikel und Haushaltswaren angeboten wurden, an diesem Vormittag ausnehmend gut besucht gewesen. Zudem war der Mordfall vermutlich schon in den Nachrichten gelandet.

Fanni horchte auf, als die schrille Stimme wieder in ihr Ohr drang. »Wie, die Liesi kennt den?«

»Ja, stell dir vor …«

Erst jetzt bemerkte sie die dritte Frau, die mit am Tisch saß. Eine hohe Topfpflanze verdeckte sie fast ganz.

Fanni rückte ihren Stuhl ein Stück nach rechts, um sie ins Visier zu bekommen. Es handelte sich um eine leicht mollige, in modisches Aubergine gekleidete Mittvierzigerin, die der Schrillen gegenübersaß. Sie sprach eher gedämpft, weswegen ihr Fanni konzentriert auf den Mund sehen musste, um etwas verstehen zu können.

»Vorhin bei der Manu«, sagte die Mollige. »Da ist doch der Fernseher gelaufen —«

»Ja, ja«, fiel ihr die Schrille ungeduldig ins Wort. »Sie haben es in der Rundschau gebracht und ein Foto von dem Toten eingeblendet. Und wie jetzt? Die Liesi hat gesagt, sie kennt den?«

Die Mollige bejahte.

»Die Liesi!« Die Schrille schüttelte den Kopf. »Ausgerechnet die Liesi.« Sie schien kurz nachzudenken, dann sagte sie entschieden: »Vergiss es. Auf die Liesi kannst nicht gehen. Die Liesi ist zurückgeblieben. Plemplem. Dumm wie ein Heuhaufen. In meinem Laden dürfte die nicht rumhocken. Die Manu ist viel zu gutmütig, Nichte hin oder her.« Sie schwieg einen Moment und fuhr dann fort: »Woher will sie ihn denn kennen? Hat sie was darüber gesagt?« Halb zu sich selbst fügte sie hinzu: »Warum habe ich eigentlich nichts davon mitbekommen?«

Die Mollige erwiderte etwas, das Fanni nicht verstand, aber im nächsten Augenblick ergriff die Schrille bereits wieder das Wort. Fanni dankte dem Geschick, dass sie die Gesprächigste der drei war.

»Die Polizei sperrt dich wegen groben Unfugs ein, wenn du ihr mit dem Schmarrn kommst, den die Liesi verzapft hat.« Nach einem kurzen Einwurf der Molligen fuhr sie fort: »Ja, ich weiß, dass die Liesi in der TCM putzt. Wahrscheinlich glaubt sie tatsächlich, dass er ihr im Qigong-Raum beim Staubwedeln begegnet ist.« Sie beugte sich verschwörerisch zur Molligen hinüber. »Ganz ehrlich, ich an deiner Stelle würde nicht zur Polizei gehen. Die Liesi ist plemplem, und damit basta.«

Sprudel hatte sein Tortenstück längst aufgegessen und trank soeben seinen Milchkaffee aus. Als Fanni ihn ansah, machte er eine fast unmerkliche Kopfbewegung zum Nebentisch.

Ah, auch Sprudel hat gelauscht. Der Mund des Menschen ist oft gefährlicher als der Rachen eines Tigers!

Nebenan fand gerade ein Themawechsel statt. Die Schrille zupfte einen dieser modischen Rundschals – Loopschals wurden sie genannt, hatte Fanni sich sagen lassen – aus einer ihrer Einkaufstüten und legte ihn sich um. »Vielleicht ist es doch nicht die richtige Farbe ...«

Fanni wandte sich ab. Bis auf Weiteres würde es um Geschmacksfragen gehen, um modischen Stil und Trends. Nichts von Interesse. Zeit zum Aufbruch.

Als sie auf die Straße traten, machte Sprudel Anstalten, den direkten Weg hinauf nach Weißenregen einzuschlagen, wo ihr Apartment lag, aber Fanni hielt ihn zurück.

»Bevor wir nach Hause gehen, müssen noch ein paar Kalorien

runter. Du willst doch keinen Schock kriegen, wenn du dich das nächste Mal auf die Waage stellst.«

Sprudel wirkte erschrocken. »Wir haben doch sowieso noch eine halbe Stunde bergauf zu laufen bis zu unserer Wohnung.«

»Keine Sorge«, versetzte Fanni, »ich denke nur an einen klitzekleinen Abstecher in die TCM-Klinik.«

Sprudel atmete beruhigt aus, doch im nächsten Moment zog er die Stirn in Falten. »Steht etwa Qigong auf dem Programm?«

Obwohl er und Fanni nicht stationär in die TCM-Klinik aufgenommen waren, sondern ambulant behandelt wurden, wusste Fanni (sie hätte gar nicht sagen können, woher), dass die täglichen Qigong-Stunden in der Klinik morgens um neun und abends um siebzehn Uhr stattfanden. Heute war allerdings Samstag. Fielen sie am Wochenende aus? Vermutlich. Aber wenn dem so war, dann würde der Raum ja vielleicht gerade heute gründlich geputzt werden.

Fanni und Sprudel waren vor der Schaufensterfront des Modehauses Gartner stehen geblieben. Nun traten sie auf den Zebrasteifen, um die Straße zu überqueren, denn direkt gegenüber befand sich der von zwei steinernen Löwen bewachte Eingang der Klinik.

Fanni stiefelte durchs Foyer und hielt auf die Treppe nach oben zu, als wäre sie hier zu Hause.

An der ersten Stufe drehte sie sich zu Sprudel um. Diskret deutete sie auf eine kleine Sitzgruppe neben dem Eingang. »Warte hier auf mich, Sprudel. Allein falle ich weniger auf.«

Sprudel kehrte wortlos um, und Fanni konnte hören, wie er sich in einen der mit schwarzem Leder bezogenen halbrunden Sessel gleiten ließ.

Sie eilte die Treppe hinauf, hastete durch einen Flur, stieg eine weitere, schmalere Treppe empor, weil der Pfeil zum Qigong-Raum auf sie wies, und fand sich erneut in einem langen Gang, wo ihr eine Asiatin in weißem Kittel entgegenkam. Die junge Frau grüßte freundlich, Fanni grüßte zurück und lief weiter. Sie hielt auf eine doppelflügelige Tür am Ende des Ganges zu, auf die der Pfeil unmissverständlich zeigte, und hatte die Tür schon fast erreicht, als sie hinter sich eine weibliche Stimme hörte.

»Heute Qigong schon fertig. Sechs Uhr Schluss.« Die Asiatin war stehen geblieben, hatte sich zu Fanni umgedreht und sah sie bedauernd an.

Hinter der Tür hörte Fanni ein Scharren und Rascheln. Sie fuhr sich mit der Hand an den Hals. »Ich habe meinen Schal liegen lassen und wollte ihn holen.«

Die Asiatin lächelte, machte eine kleine Verbeugung und ging weiter.

Fanni drückte die Klinke hinunter. Der Putzeimer stand mitten im Raum. »Liesi?« Fanni sah sich suchend um. Erst als sich das Mädchen aufrichtete, wurde sie auf sie aufmerksam. »Hallo, Liesi.«

»Hallo?« Liesi hatte auf Knien kauernd in einer Nische den Sockel einer Statue abgewischt.

Fanni wusste nicht recht, wie sie anfangen sollte. Wenn es stimmte, dass Liesi geistig eingeschränkt war, empfahl es sich, sie zu behandeln wie ein Kind. Was aber, wenn nicht?

Dann hält sie dich für meschugge!

Fanni beschloss, es darauf ankommen zu lassen. Was die Schrille über das Mädchen gesagt hatte, konnte nicht völlig aus der Luft gegriffen sein. In jedem Gerede fand sich normalerweise ein Quäntchen Wahrheit.

Sie lächelte gewinnend. »Du bist aber gründlich, Liesi.«

Das Mädchen stand auf. »Muss alles blitzsauber werden.« Sie fuhr mit dem Lappen über eine Zierleiste.

»Das wird es«, meinte Fanni liebenswürdig. »Und alle werden sagen, dass die Liesi eine ganz Tüchtige ist.«

Liesi rubbelte an der Leiste herum und machte ein finsteres Gesicht.

Falsche Taktik, Fanni! Anscheinend ist sie erst kürzlich gerüffelt worden!

Fanni biss sich auf die Lippen. Sie musste Liesis Zutrauen gewinnen. Wer konnte ihre Arbeit kritisiert haben? Allenfalls der Hausmeister oder eine der Putzfrauen.

Sie wagte einen neuen Vorstoß. »Also, die Qigong-Lehrer werden ganz bestimmt sagen, dass du eine ganz Tüchtige bist.«

Liesi spülte den Lappen aus und nickte beipflichtend. »Die haben mich noch nie angegrantelt.«

»Siehst du«, sagte Fanni, »die Qigong-Lehrer halten große Stücke auf dich. Kennst sie alle beim Namen?«

Liesi ließ den Lappen im Wasser versinken und begann, an den Fingern aufzuzählen:»Tan Lin, Kim Hong, He Xie.«

Hexi?

»Und wer von den dreien ist der, den du heute in den Fernsehnachrichten gesehen hast?«

Liesi schaute sie verwirrt an.

Das arme Ding kann sich nicht erinnern. Dem beschränkten Mädel ist höchstwahrscheinlich gar nicht bewusst, dass sie heute Nachmittag behauptet hat, sie kennt den Toten!

Vielleicht. Vielleicht aber funktionierte Liesis Verstand wie ein Gefährt auf Schienen – eingleisig, schematisch –, und Fanni hatte die Frage falsch gestellt.

Sie setzte anders an.»Weißt du noch, was heute im Fernsehen gekommen ist? Früh am Nachmittag. Kann sein, dass du da gerade bei deiner Tante gewesen bist.«

»Ich habe die neuen Fläschchen mit dem Nagellack einsortiert«, sagte Liesi.

Aussichtslos. Es ist besser, nichts zu tun, als mit viel Mühe nichts zu schaffen!

So schnell wollte Fanni jedoch nicht aufgeben.»Das hast du bestimmt gut gemacht«, sagte sie.»Und während du die Fläschchen einsortiert hast, sind im Fernsehen Nachrichten gekommen.«

Liesi nickte.

Fanni wählte die nächsten Worte mit Bedacht.»Und in den Nachrichten haben sie das Foto von einem blonden Mann hergezeigt.«

»Dem mit dem eingebundenen Daumen«, kam es von Liesi wie aus der Pistole geschossen.

Das Mädel darf man doch nicht ernst nehmen!

»Wie heißt denn der?«, fragte Fanni.

»Popeye.«

Was sag ich die ganze Zeit? Sie plappert nur Unsinn!

Fanni ignorierte ihre Gedankenstimme.»Woher kennst du denn den Popeye?«

»Er hat He Xie abgeholt.«

»Hier?«

»Mhm.«

»Wann?«

»An dem Tag, wo ›Ritter Trenk‹ und an dem, wo ›Garfield‹ im Fernsehen gekommen ist.«

Das war zwar in gewisser Weise präzise, aber wenig aufschlussreich.

Fanni atmete zweimal tief durch und versuchte es anders. »Hexi hat eine Qigong-Stunde abgehalten. Danach hat Popeye sie abgeholt. Du hast die beiden getroffen, als du zum Putzen gekommen bist.«

Liesi nickte und kicherte. »Sie heißt He – Xie. Das ist chinesisch.«

Na also. So beschränkt war Liesi gar nicht.

»Popeye. Ist das auch chinesisch?«, erkundigte sich Fanni.

Liesi zuckte die Schultern.

»Hat He Xie dir gesagt, dass er so heißt?«

Liesi verneinte. »Aber sie hat mir zwei von den Schokokugeln geschenkt.«

Fanni kam die junge Asiatin in den Sinn, die ihr auf dem Flur entgegengekommen war. »Hat He Xie auch heute die Qigong-Stunde gehalten?«

Liesi schüttelte den Kopf und sah plötzlich ganz traurig aus. »He Xie ist doch fort. Heim zu ihren Eltern. Die wohnen an einem Fluss. Der heißt Li. Bloß ›Li‹.« Der Name des Flusses brachte Liesi wieder zum Kichern.

Wunderbar. Da müht man sich ab, und was kommt dabei heraus? Die Frau, die »Popeye« offenbar kennt, sitzt im Flieger nach Shanghai, Peking, Hongkong oder weiß der Kuckuck wohin!

Auf einmal beugte sich Liesi geschäftig über den Putzeimer, spülte den Lappen und wrang ihn aus. »Ich muss noch schnell den Boden aufwischen.«

Bevor Fanni sich über Liesis plötzliche Eile wundern konnte, vernahm sie eine sonore Stimme in ihrem Rücken. »Ich fürchte, nach achtzehn Uhr ist der Raum für Patienten geschlossen.«

Sie wandte sich um und sah sich einem untersetzten Mittfünfziger eindeutig europäischer Abstammung gegenüber, der

müde und abgespannt wirkte. Er trug weiße Hosen und eine
weiße Jacke, wie man es von Masseuren oder Pflegern gewohnt
war. Fannis Blick suchte das Namensschild am Revers.

»Wir haben uns nur ein bisschen unterhalten, die Liesi und
ich«, entgegnete sie ihm freundlich.

Er zog ungläubig die Brauen hoch.

Fanni schaute zurück in den Raum und registrierte, wie Liesi
sich beeilte, mit ihrer Arbeit fertig zu werden.

Der Kerl macht ihr doch nicht etwa Angst?

Fanni fasste ihn wieder ins Auge, musterte seine breiten Schultern, den bulligen Hals, das energische Kinn, die Hakennase, die
schwarzen Haarsträhnen, die ihm in die Stirn hingen. Die Brauen
darunter wanderten noch ein Stück höher.

»Liesi ist traurig«, beeilte sich Fanni zu sagen. »Weil He Xie
heute abgereist ist.« Als darauf keine Antwort kam, fügte sie hinzu:
»Schlimm, wenn man sich von seinen Gefährten trennen muss,
und wirklich miserabel, wenn man den Freund zurücklassen
muss. Sie kannten He Xies Freund doch sicherlich.«

Die Augen des Untersetzten wurden wachsam. »Nicht, dass
ich wüsste.«

Bevor Fanni nachhaken konnte, hörte sie ihn sagen: »Ich muss
Sie bitten, das Mädchen nicht länger bei der Arbeit zu stören.« Er
drehte sich seitwärts und zeigte den Flur hinunter, sodass Fanni
nichts anderes übrig blieb, als an ihm vorbeizugehen und den
Weg zur Treppe einzuschlagen.

Dort kam ihr Sprudel entgegen. »Fanni, da bist du ja endlich.
Ich habe mir schon Sorgen gemacht.«

Sie nahm ihn bei der Hand und zog ihn mit sich treppab.

Im Foyer rannten sie fast in ein Paar hinein, das aus einem Sei-
tengang kommend auf die Eingangstür zustrebte. Sowohl Fanni
und Sprudel als auch das Paar blieben abrupt stehen, alle vier
murmelten Entschuldigungen. Als sich der Mann ihr zuwandte,
erkannte Fanni ihn.

»Herr Heudobler?«

Er wirkte einen Moment lang verwirrt, dann klärte sich seine
Miene. »Oh. Ach ja. Was für ein Zufall. Nett, Sie zu treffen.

Leider haben wir uns heute Morgen unter wenig erfreulichen Umständen kennengelernt und waren wohl alle ziemlich gestresst.«

Fannis Blick sprang zu seiner Begleiterin. Sie schien etwas jünger zu sein als er, war hübsch zurechtgemacht – sportliche Frisur, dezentes Make-up, schicker Pullover –, und ihre Gesichtszüge kamen Fanni irgendwie bekannt vor.

»Meine Schwester Karin Heudobler«, sagte Heudobler.

Natürlich! Sie sieht ihm ähnlich, keine Frage!

»Sind Sie auch hier in Behandlung?«, fragte Karin Heudobler.

»Ambulant«, antwortete Fanni wahrheitsgemäß. »Wir wohnen nicht in der Klinik. Sie wohl schon?«

Karin Heudobler bejahte. »Seit drei Wochen.«

Es entstand ein fast peinliches Schweigen, das Fanni hastig brach. »Tut Ihnen der Aufenthalt in der Klinik gut?«

Karin Heudobler nickte. »Ich denke schon.«

Eine Plaudertasche ist sie nicht gerade!

Erneut gab es eine unwillkommene Stille, bis Heudobler sagte: »Karin war eine hervorragende Sportlerin, bis sie vor fünf Jahren einen fatalen Skiunfall hatte.«

Fanni machte ein verdutztes Gesicht, weil sie den Zusammenhang nicht gleich herstellen konnte. Erst nach einigen Augenblicken dämmerte ihr, dass Karin Heudobler wahrscheinlich unter Langzeitfolgen litt, die hier behandelt wurden. Karin schien Fannis anfängliche Verwirrung aufgefallen zu sein, denn sie erklärte rasch:

»Die Knochenbrüche von damals haben mir all die Jahre Beschwerden verursacht, trotz Reha, trotz Krankengymnastik, trotz aller Pillen und Pülverchen.«

»TCM ist unsere letzte Hoffnung«, fügte ihr Bruder hinzu.

Bevor Fanni oder Sprudel etwas dazu bemerken konnten, wies er auf den Ausgang. »Ich glaube, wir haben denselben Weg. Sie wollten doch auch gerade gehen, oder? Und ich bin hergekommen, um Karin abzuholen. Wir möchten einen Abendspaziergang machen.«

Er öffnete die Tür und hielt sie geöffnet, bis Fanni, Sprudel und Karin an ihm vorüber waren.

Draußen, zwischen den beiden steinernen Löwen, blieben die vier unschlüssig stehen.

»Woher kennen Sie meinen Bruder?«, fragte Karin.

Fanni setzte sie ins Bild.

»Und wer ist der Tote?«, fragte Karin, während sie die breite Treppe zur Straße hinunterstiegen.

»Unbekannt«, antwortete Heudobler einsilbig.

Später am Abend, als Fanni und Sprudel in ihrem Apartment am Esstisch saßen (sie hatten eine Flasche Rotwein geöffnet, ein Dinkelbaguette aufgeschnitten und Schafskäse, Oliven und Tomaten dazu angerichtet), mussten sie sich eingestehen, dass sie mit dem Spitznamen »Popeye« der Identität des Toten im Schrank kein bisschen näher gekommen waren.

»Wir sollten uns an He Xies Kolleginnen halten«, sagte Sprudel. »Irgendjemandem wird sie doch von Popeye erzählt haben.«

Und wenn nicht, könntet ihr dem Mädel ja eine E-Mail schreiben: »Hallo, Hexi, wer ist Popeye?«

Fanni fand den Vorschlag ihrer Gedankenstimme gar nicht schlecht. Wie He Xie per Mail zu erreichen war, würden die Kolleginnen sicherlich wissen.

Bevor sie laut aussprechen konnte, was in ihrem Kopf vorging, klingelte Sprudels Mobiltelefon. Er meldete sich, reichte es jedoch gleich darauf an sie weiter.

»Kannst du nicht dein eigenes einschalten?«, sagte Hans Rot vorwurfsvoll.

Fanni grinste. »Könnte ich schon …«

Ihr Exmann lenkte umgehend ein. »Klar, deine Sache.« Eine kurze Pause entstand, dann fuhr er ein wenig verlegen fort: »Warum ich anrufe … was ich sagen wollte …« Er räusperte sich. »Habt ihr Zeit und Lust, morgen zum Mittagessen zu uns zu kommen? Es gibt da was zu besprechen. Das könnten wir zwar auch am Telefon«, fügte er hastig hinzu, »aber Sabine besteht darauf, euch zum Essen einzuladen.«

Noch während er sprach, versuchte Fanni mit beredten Gesten, Sprudel über den Grund des Anrufs in Kenntnis zu setzen.

Ein Besuch bei Hans Rot und seiner Partnerin in Erlenweiler. Warum nicht? Sie hatten Sabine bisher noch nicht näher kennengelernt, aber Leni hatte nur Gutes von ihr zu berichten gehabt. Und bei einem kurzen Zusammentreffen vor zwei Tagen hatte Fanni Hans' neue Lebensgefährtin wirklich sympathisch gefunden. Eigentlich sprach nichts dagegen, der Einladung nachzukommen.

Sprudel begriff recht schnell, und hob beide Hände, als würde eine Pistole auf ihn gerichtet. »Entscheide du«, formten seine Lippen.

»Wir kommen sehr gern«, sagte Fanni.

4

Sabine hatte sich mit der Zubereitung des Essens offenbar große Mühe gegeben. Als Vorspeise gab es gebratene Pilze, die hervorragend schmeckten.

»Sabine ist in Sachen Schwammerlgerichte eine echte Spezialistin«, sagte Hans Rot stolz. »Sie kennt sogar solche Raritäten wie den Milchling.«

»Was wir hier auf dem Tisch haben, heißt ›Milchbrätling‹«, warf Sabine ein.

Fanni hatte von diesem Pilz schon öfter gehört. Früher war er wohl häufiger zu finden gewesen, schien jedoch von Jahr zu Jahr seltener zu werden. Sie selbst hatte nie Spaß am Pilzesuchen gehabt, hatte sich nicht einmal dafür interessiert, welche essbar waren, welche nicht. Manchmal hatte sie von Frau Praml, ihrer früheren Nachbarin, ein paar Maronen und den einen oder anderen Steinpilz geschenkt bekommen, die sie dann mit einer Sahnesoße zubereitete. Aber seit Tschernobyl verzichtete Fanni weitgehend auf Pilzgerichte. Das auf ihrem Teller war es allerdings wert, eine mögliche Überdosis radioaktiver Strahlung in Kauf zu nehmen.

»Der Milchbrätling ist einer der wenigen essbaren Milchlinge«, erklärte Sabine gerade, »er gilt als Delikatesse.«

»Zu Recht«, stimmte Fanni zu.

»Sabine ist heute früh extra auf Schwammerlsuche in den Buchberger Wald gegangen«, erzählte Hans Rot. »Eierschwammerl und Steinpilze wollte sie heimbringen.«

»Und dabei bin ich unverhofft über die Milchbrätlinge gestolpert«, ergänzte Sabine. Sie machte ein schuldbewusstes Gesicht, als sie hinzusetzte: »Ich fürchte, sie stehen auf der Roten Liste. Man sollte sie nicht mitnehmen. Aber ich habe einfach nicht widerstehen können.«

Sie sammelte die leeren Teller ein, wobei sie verwundert den Kopf schüttelte. »Unglaublich, welche Mengen von Pilzen heuer wachsen, sogar solche, die man für so gut wie ausgestorben gehalten hat.«

Fanni nickte. Die Zeitungen waren voll davon. »Fünfzig Steinpilze in einer kleinen Mulde bei Kieslau gefunden«, konnte man
in den Schlagzeilen lesen oder »Handtellergroße Pfifferlinge am
Haidstein« und »in weniger als einer Stunde zwanzig Kilo Maronen gesammelt«.

Dabei sind gerade die Maronenröhrlinge noch immer so stark
mit Cäsium belastet, ging es Fanni durch den Kopf.

Als Hauptgericht servierte Sabine einen zarten Rinderbraten
samt Spätzle und Blaukraut.

Mit einem Schmunzeln registrierte Fanni, wie Hans rein-
haute.

*Sabine ist genau die Richtige für ihn! Den wahren Geschmack des
Wassers erkennt man in der Wüste!*

Hoffen wir es, dachte Fanni. Sie gönnte Hans ein spätes Glück
mit Sabine von ganzem Herzen.

Aber nicht aus purem Altruismus, gib es zu!

Wozu es leugnen? Wüsste sie Hans zufrieden und gut versorgt,
müsste sie keine Gewissensbisse mehr haben, ihn verlassen zu
haben.

Verblüfft stellte sie fest, wie leicht es ihr fiel, Sabine zu mögen;
auch Sprudel schien sich in Gesellschaft von Sabine und Hans
wohlzufühlen.

Wir könnten Freunde werden, dachte Fanni.

*Verträgst du dich nicht sowieso mit Hans viel besser, seit du von ihm
getrennt lebst?*

Ja, dachte Fanni. Ich kann neuerdings sogar über seine Witze
lachen.

»Wo und wie habt ihr euch eigentlich kennengelernt?«, fragte
sie.

»Beim Drachenstich«, antwortete Hans schmunzelnd und ließ
sich nicht lange bitten, die ganze Geschichte zum Besten zu
geben.

Im vergangenen Frühjahr war er eines Sonntags nach Furth
im Wald gefahren, um sich die in der ganzen Region berühmte
Veranstaltung anzuschauen. Da Hans von jeher ein guter Detail-
beobachter gewesen war, hatte er ganz nebenbei unter den Zu-
schauern einen Taschendieb ausgemacht. Als der Dieb sich an

eine Dame heranpirschte, die ganz in seiner Nähe stand, hatte Hans sie mit festem Griff davor bewahrt, beklaut zu werden. Damit war ein Kontakt hergestellt, und die beiden kamen sich schnell näher.

Fanni hatte sich ehrlich gefreut, als Leni ihr von Hans' Eroberung berichtet hatte. Sie wünschte ihm von Herzen eine Frau, die – wie hatte Leni sich ausgedrückt? –»mit Hans Rot und Erlenweiler kompatibel« war.

Hans klopfte sich an die Stirn.»Über was ich mit euch reden wollte ...«

Fanni sah ihn aufmunternd an.

Er will sie heiraten, wetten? Und jetzt müsst ihr euch darum kümmern, dass die Sache mit der Scheidung endlich abgeschlossen wird!

»Es geht um Minna«, sagte Hans Rot.

Minna. Fanni richtete sich überrascht auf.

Fannis Enkeltochter Minna hatte nie Schwierigkeiten gemacht, war immer die Stille, Besonnene gewesen und schrieb in der Schule, im Gegensatz zu ihrem Bruder Max, durchweg gute Noten.

»Minna wünscht sich Reitstunden«, sagte Hans, »ist quasi über Nacht eine Pferdenärrin geworden. Deswegen habe ich ihr einen Gutschein für einen Reitkurs am Kieselhof geschenkt. Minna will den Kurs unbedingt noch in den Sommerferien machen. Das heißt, die Sache wird knapp.« Er verstummte.

Worauf will er denn hinaus?

Nach einem Schluck Bier sprach Hans weiter: »Ich – und Minna auch – haben damit gerechnet, dass sie bei euch in Birkenweiler bleiben kann, solange der Kurs dauert. Aber ihr seid ja auch nächste Woche noch in Bad Kötzting.« Erneut machte er eine Pause, sah Fanni unsicher an, bevor er weitersprach. »Wäre es dir recht, wenn sich Sabine um Minna kümmern würde? Dann könnte Minna hier bei mir wohnen. Sabine würde ein paar Tage Urlaub nehmen und herkommen.«

Seit wann schert sich Hans Rot um deine Meinung oder Zustimmung zu seinen Plänen? Steckt da etwa ein neuer, tiefgreifender Einfluss dahinter?

Fanni betrachtete Sabine, die soeben den Kaffee hereinbrachte, mit neuem Respekt. Was, wenn sie Hans nicht nur guttat, sondern ihm auch Manieren, Takt und Fingerspitzengefühl beibrachte?

Dann wäre sie nicht mit Gold aufzuwiegen. Und ist dir eigentlich schon aufgefallen, wie gut sie ausschaut?

Das war wohl kaum zu übersehen.

Sabine musste um die fünfzig sein, also ein schönes Stück jünger als Hans Rot. Sie hatte klare Gesichtszüge, freundliche blaue Augen, die von vielen kleinen Fältchen eingerahmt waren, und niedliche kleine Ohren. Die brünetten Haare mit den grauen Strähnen darin trug sie im Nacken zu einem Knoten zusammengefasst.

Was findet sie bloß an dem alten Knacker?

»Fanni?«, fragte Hans irritiert, weil er offenbar schon eine Weile auf Antwort wartete.

»Klar ist es mir recht«, beeilte sie sich zu sagen. An Sabine gewandt fügte sie hinzu: »Danke, dass du Minna bemuttern willst. Macht es dir wirklich nichts aus, deine Urlaubstage dafür zu opfern?«

»Nein«, antwortete Sabine schlicht. »Ich freue mich auf eure Enkelin.« Lächelnd fügte sie hinzu: »Wenn sie da ist, müsst ihr uns noch mal besuchen kommen, versprochen?«

Fanni versprach es ihr gern.

Später, als Fanni und Sprudel sich verabschiedeten, fragte Hans: »Fahrt ihr jetzt gleich nach Bad Kötzting zurück?«

»In einer Stunde ungefähr«, erwiderte Fanni. »Wir müssen in Birkenweiler noch ein paar Sachen holen. Warme Kleidung vor allem, es hat ja ziemlich abgekühlt.«

Die Antwort schien Hans zu gefallen, er machte ein recht zufriedenes Gesicht. »Das trifft sich ja besser als erwartet. Könnt ihr danach noch mal herkommen und Sabine mitnehmen?«

»Nach Bad Kötzting?«, fragte Fanni verblüfft.

»Da wohnt und arbeitet sie doch«, antwortete Hans in einem Ton, als wäre das eine allgemein bekannte Tatsache.

Weil Fanni im Moment die Worte fehlten, sprang Sprudel ein und versprach, Sabine gegen fünf abzuholen.

»Die Aussicht auf einen guten Posten hat mich nach Bad Kötzting verschlagen«, erzählte Sabine auf der Fahrt übers Kalteck.

Zuvor hatte sich das Gespräch eine Zeit lang um die Rots gedreht. Sabine hatte sich nach Minnas Lieblingsspeisen erkundigt, nach ihren Lieblingsfächern in der Schule, nach ihren Lieblingsfilmen, und Fanni hatte so weit wie möglich Auskunft gegeben.

Ändern sich solche Dinge nicht stündlich bei den Bälgern?

»Wenn wir dich irgendwie unterstützen können«, hatte Fanni angeboten, »dann ruf uns auf Sprudels Mobiltelefon an. Hans hat die Nummer. Über Sprudels Handy sind wir am allerbesten zu erreichen.«

Sabine hatte ganz sichergehen wollen und sich die Nummer in ein kleines Büchlein notiert.

Danach hatte Fanni sie gefragt, welches Geschick sie nach Kötzting verschlagen habe. Denn dass Sabine keine urwüchsige Bayerwäldlerin war, konnte man an ihrer Sprache erkennen. In ihrem Wortschatz gab es kein »sched« kein »hamma«, »damma« und kein »gemma«.

»Ich bin hauswirtschaftliche Betriebsleiterin«, antwortete Sabine, »und habe viele Jahre in einem Rehazentrum in Liezen am Pyhrnpass gearbeitet.«

»In der Steiermark?«, warf Fanni ein.

Sabine nickte. »Da bin ich geboren und aufgewachsen, und mir hat es dort immer gefallen. Aber als ich die Chance bekam, in der Bad Kötztinger TCM-Klinik zu arbeiten, hat mich nichts mehr gehalten. Traditionell chinesische Medizin, Ernährung nach den fünf Elementen und Kräuterkunde … Das hat mich so ungeheuer fasziniert, dass ich einfach zugreifen *musste*.«

Fannis Faszination galt im Moment weniger der Kräuterkunde als der Tatsache, dass Sabine in der TCM-Klinik quasi zu Hause war.

»Erinnerst du dich, wie das Gespräch heute Nachmittag mal kurz auf diesen unbekannten Toten aus dem Einrichtungshaus kam?«, fragte sie, ohne eine Begründung für den abrupten Themawechsel zu liefern.

Oder endlich damit rauszurücken, wer ihn gefunden hat!

Sabine bejahte. »Hans hat damit angefangen.«

»Hast du den Mann vielleicht irgendwann einmal in der Klinik gesehen?«, erkundigte sich Fanni.

»Den Toten?«

»Als er noch gelebt hat, meine ich«, verdeutlichte Fanni.

»Wie sollte ich das denn wissen?«, erwiderte Sabine. »Ich habe ja keine Ahnung, wie er ausschaut.«

Fanni sah sie überrascht an. »In den Fernsehnachrichten ist doch ein Foto von ihm …«

Sabine winkte ab. »Wann hätte ich Zeit gehabt, mir die Fernsehnachrichten anzuschauen? Wir haben ja gestern bis Mitternacht Besuch von den Nachbarn gehabt und heute früh …« Sie unterbrach sich, denn Sprudel fuhr soeben auf die Brücke, die über den Weißen Regen ins Zentrum von Bad Kötzting führte. Nur wenige Meter hinter der Brücke lag der Kurpark Auwiesen. An seinem rechten Rand befand sich die TCM-Klinik.

»Setzt mich einfach bei der Klinik ab«, sagte Sabine, anstatt den angefangenen Satz zu beenden. »Ich wohne ganz in der Nähe.«

Sprudel blinkte links und lenkte den Wagen auf den Parkplatz unterhalb der Klinik, wo er ihn in einer Bucht abstellte.

Fanni und er stiegen zusammen mit Sabine aus und begleiteten sie noch bis zur Straßenecke, dann machten sie kehrt, um zum Wagen zurückzukehren. Das Klinikgebäude, dessen Fenster hell erleuchtet waren, lag jetzt direkt vor ihnen.

Festbeleuchtung sogar im Souterrain. Ist etwa Abendessenszeit in der Klinik? Jedes Gericht streng nach Maßgabe der fünf Elemente zubereitet? Man ist, was man isst!

Fanni sah auf ihre Armbanduhr und stellte erstaunt fest, wie spät es geworden war, tatsächlich schon Abendessenszeit. Unvermittelt kam ihr zu Bewusstsein, dass die Dämmerung längst eingesetzt hatte. Am Himmel waren schwarze Wolken aufgezogen, die das restliche Licht nun gierig verschluckten.

Als Fanni weitergehen wollte, sah sie den Schatten. Er befand sich unter einem Fenster seitlich der Flügeltür, die ins Foyer führte. Sie drückte kurz Sprudels Hand, dann legte sie den Finger an die Lippen. Sprudel nickte. Vorsichtig trat Fanni an einen der Wache haltenden Löwen heran, benutzte ihn als Deckung und

50

fasste die Gestalt ins Auge, die sie zuvor als Schatten empfunden hatte. Sie war nun deutlicher zu erkennen, denn ein Lichtstreifen fiel auf die Stelle, an der sie stand, und erleuchtete einen Teil ihres Gesichts.

Das ist doch schon wieder die Kraus vom Infoschalter im Einrichtungshaus, die gestern Nachmittag mit der Schrillen im Café saß!
Ella Kraus, kein Zweifel. Was machte sie denn da?
Was für eine Frage! Sie steht am Fenster und glotzt ins Foyer!
Warum?, fragte sich Fanni. Was gibt es da zu sehen?
Um das herauszufinden, wirst du selber ein Blickchen riskieren müssen!

Das konnte Fanni jedoch nur, indem sie hineinging, wenn sie Ella Kraus den Beobachtungsposten nicht streitig machen wollte.

Kurz entschlossen schritt sie die Stufen hinauf, öffnete die Tür und trat ein. In einem der Ledersessel neben dem Eingang saß ein Herr mit Beinschiene und blätterte in einer Broschüre. Der Sessel stand direkt unter dem Fenster, durch das Ella Kraus starrte, was bedeutete, dass sich der Herr außerhalb von Ellas Sichtfeld befinden musste.

Links von ihm, ebenfalls außer Sicht von Ella Kraus, hatte eine ältere Dame gerade den Deckel von dem Bowlengefäß genommen, in dem Trinkwasser für Besucher bereitstand, das – Fanni trank regelmäßig davon – wunderbar aromatisch schmeckte, weil Zitronen- und Orangenscheiben darin schwammen.

Du kannst hier nicht stundenlang Maulaffen feilhalten! Versuch es doch mal mit Methode. Willst du Salz aufheben, so feuchte deinen Finger an!
Fanni visierte das Fenster an, und ließ dann den Blick auf einer gedachten Linie quer durchs Foyer gleiten.

Er traf auf die Geschwister Heudobler.

Die beiden standen in einer Nische und sprachen miteinander.
Schwesterchen scheint sich ein bisschen in Rage geredet zu haben!
Karin Heudoblers Wangen waren gerötet, ihre Brust hob und senkte sich, als wäre sie außer Atem. Ihr Bruder strich ihr besänftigend über den Arm; sie schüttelte seine Hand jedoch ab und wandte sich zur Treppe.

Ihr Bruder sah ihr nach, machte aber keine Anstalten, ihr zu folgen.

Er wird gleich auf den Ausgang zukommen! Wenn du ihm nicht schon wieder begegnen willst, musst du schleunigst Leine ziehen!

Fanni eilte nach draußen. Statt mit Heudobler zusammenzutreffen, wollte sie lieber sehen, wie Ella Kraus sich verhielt, sobald er aus der Tür trat.

Die Dame vom Infodesk lief Heudobler nach.

Fanni hatte sich zu Sprudel gesellt, und sie waren, Geistesabwesenheit vortäuschend, scheinbar ziellos davongeschlendert.

Nachdem Heudobler erschienen und in entgegengesetzter Richtung davongegangen war, beschrieben sie einen Bogen, sodass sie ihn ins Blickfeld bekamen. Sie konnten beobachten, wie Ella Kraus ihm bis zum Haus des Gastes in einigem Abstand folgte, dann ihre Schritte beschleunigte, aufholte und ihn ansprach.

Sie hat es auf ihn abgesehen, das war ja schon gestern nicht zu verkennen. Die Frau ist die einzige Beute, die ihrem Jäger auflauert!

Sprudel schien zu demselben Ergebnis gekommen zu sein, denn er flüsterte Fanni »Beziehungsstress« ins Ohr.

So war es wohl, weshalb es keinen Grund gab, hinter den beiden herzustiefeln.

Fanni und Sprudel verständigten sich wortlos, schwenkten herum und schlugen den Weg zum Parkplatz ein, wo der Wagen auf sie wartete.

Fanni hätte nicht erklären können, was sie dazu bewog, an der Eisenbahnunterführung, durch die man in den Kurpark kam, stehen zu bleiben und auf die andere Seite zu spähen.

Was sie dort im Licht einer Bogenlampe sah, ließ sie überrascht nach Sprudels Arm greifen. »Schau.«

Neben der abstrakten Skulptur aus bläulich gefärbtem Eisenblech, die quasi den Eingang kontrollierte – in Fannis Augen ein Vogelwesen aus der Märchenwelt –, stand ein Paar, das in gedämpftem Ton, jedoch unverkennbar heftig miteinander diskutierte.

»Ist das nicht Sabine?«, flüsterte Fanni.

Sie war es zweifellos. Das Licht der Parklampe enthüllte nicht nur ihre Gesichtszüge, sondern ließ auch das helle Beige ihrer dreiviertellangen Jacke aufleuchten und das Blau der kleinen

Reisetasche, die sie dabeigehabt und nun neben sich abgestellt hatte.

Und wer ist der Kerl?

Fanni verengte die Augen, um Sabines Gesprächspartner schärfer ins Bild zu bekommen.

Das ist doch dieser miesepetrige Stiernacken, der dich aus dem Qigong-Raum vertrieben hat! Was stand noch mal auf seinem Namensschild?

Fanni versuchte, sich den Aufdruck ins Gedächtnis zu rufen. »Kazol«, sagte sie nach einer Weile halblaut zu Sprudel. »Der Mann, mit dem Sabine spricht, heißt Kazol. Ich bin ihm gestern in der Klinik über den Weg gelaufen. Er muss da angestellt sein, als Masseur oder so.«

Und warum zankt sich der Masseur mit der Oberköchin? Schmeckt ihm das Essen nicht?

Fanni hätte nur zu gern gewusst, worum es bei der Diskussion ging und weshalb Sabine, statt nach Hause zu gehen, den Kurs gewechselt und hierher zurückgekommen war.

»Sie hat uns an der Nase herumgeführt«, sagte Sprudel in leisem, aber deutlich vorwurfsvollem Ton. »Sieht es nicht ganz so aus, als hätte sie sich nur deshalb am Kurpark absetzen lassen, weil sie noch eine Verabredung hatte?«

Könnte man denken! Aber genauso gut kann es eine Zufallsbegegnung sein. Wenn man durch ein Rohr einen Leoparden betrachtet, kann man nur einen Flecken sehen!

Soeben schüttelte Sabine vehement den Kopf und eilte davon. Aber Kazol blieb an ihrer Seite.

Fanni zog Sprudel am Ärmel. Sie wollte den beiden unbedingt folgen.

Doch Sprudel hielt sie zurück. »Bleib stehen«, sagte er bittend. »Wir können es nicht riskieren, den beiden nachzuschleichen. Die Hauptwege sind recht gut beleuchtet. Sabine könnte uns entdecken.«

Fanni zog in gespielter Entrüstung die Brauen hoch. »Wer redet denn von nachschleichen. Wir schleichen doch niemandem nach. Wir machen nur einen kleinen Abendspaziergang im Kurpark, weil wir festgestellt haben, dass wir noch ein bisschen

Bewegung brauchen. Außerdem wollten wir uns schon längst einmal die Plakate im Kurpavillon ansehen. War nicht von einem Konzert die Rede ...«

Sprudel rollte die Augen, gab jedoch nach.

Als hätte Fanni ihnen damit die Route vorgegeben, schlugen Sabine und Kazol den Weg zum Pavillon ein, der sich südlich des Sees mit der Fontäne befand. Das Dach des luftigen, mehr sechseckigen als runden Bauwerks wurde von massiven Stützpfosten aus Holz getragen. Fünf der Segmente zwischen den Pfosten bestanden aus Glasplatten, das sechste war offen.

Sabine und Kazol betraten den Pavillon und querten ihn so schnell, dass Fanni meinte, es müsse einen rückwärtigen Ausgang geben, durch den sie ihn wieder verlassen wollten. Aber dem war nicht so. Sabine blieb neben dem vom Eingang am weitesten entfernten Stützpfeiler stehen.

Fanni und Sprudel umrundeten den Pavillon in gebührendem Abstand, bevor sie sich der Rückseite näherten, wo Sabine und Kazol hinter der Glasscheibe standen.

Der Pfosten bot kaum Deckung, doch abseits der Hauptwege war es ziemlich dunkel, und eine kleine Hecke gewährte zusätzlichen Schutz.

Aber bei Weitem nicht genug! Was, wenn die beiden euch bemerken? Dann wird die Sache peinlich!

Darauf lassen wir es ankommen, beschloss Fanni.

Erleichtert registrierte sie, dass die Stelle, die sich als Lauschposten am besten eignete, tief im Schatten lag und dass es zwischen dem Holzbalken und der Glaswand einen Spalt gab.

Fanni und Sprudel spitzten die Ohren.

»Du darfst nicht zur Polizei gehen, hörst du«, sagte Kazol soeben mit einer Stimme, in der unterdrückte Wut mitschwang.

Sabines Antwort kam scharf. »Und ob ich das darf. Und ich werde es auch tun.«

Kazols Ton schlug um, wurde beschwörend. »Sabine, bitte. Er ist es nicht wert, dass du alles ans Licht zerrst, dass du das Fundament zerstörst, das ich mir hier mühsam aufgebaut habe. Er ist es wirklich nicht wert. Im Grunde war doch alles seine Schuld.«

Sabines Stimme blieb hart. »Mag sein. Aber so ein Urteil steht *dir* am allerwenigsten zu.«

Kazol hörte sich geradezu kläglich an, als er entgegnete: »Denk doch an Schneckchen. Sie wird darunter zu leiden haben. Man wird mit dem Finger auf sie zeigen.«

Sabine lachte freudlos auf. »Als ob sie das nicht gewohnt wäre.« Was Kazol darauf erwiderte, war nicht zu verstehen. Seine Antwort klang wie das Knurren eines gereizten Hundes.

Fanni zuckte zusammen, denn im nächsten Moment schoss er quer durch den Pavillon und rannte in Richtung See davon. Einen Augenblick später konnte man seine Schritte auf dem Belag aus Holzplanken hören, die am Ufer verlegt waren und als Plattform für Sonnenliegen dienten.

Sabine war im Pavillon zurückgeblieben.

Fanni hörte sie seufzen.

Sie und Sprudel wagten kaum zu atmen. Das kleinste Geräusch konnte sie verraten.

Dann würdet ihr beide aber ordentlich in Erklärungsnot geraten!

Nicht mehr als Sabine selbst, ging es Fanni durch den Kopf, und sie erwog, sich bemerkbar zu machen. Es waren schlichtweg ein paar Fragen fällig.

Doch bevor sie sich dazu durchringen konnte, Diskretion und Deckung aufzugeben, setzte sich Sabine in Bewegung. Schleppenden Schrittes verließ sie den Pavillon und schwenkte nach rechts. Ihre Silhouette erschien noch einmal kurz im Licht einer Laterne, dann war sie verschwunden.

Fanni starrte in die Dunkelheit, fragte sich, in was für eine Sache Sabine da verwickelt war und ob Bad Kötzting tatsächlich als das biedere Städtchen betrachtet werden konnte, für das es sich ausgab.

Hinter der Hecke raschelte es leise. Fanni horchte auf, meinte, verhaltene Atemzüge zu hören.

Gibt es etwa noch einen Lauscher?

Sprudels Arm legte sich um ihre Schultern. Sie umrundeten den Pavillon, betraten den Hauptweg und strebten der kleinen Bahnunterführung zu, durch die man wieder auf den Parkplatz kam. Als sie den schmalen Tunnel erreichten, bemerkte Fanni, dass von der anderen Seite her eine Frau auf sie zukam. Fanni blieb stehen, um sie vorbeizulassen.

Was will die um diese Zeit noch ganz allein im Kurpark?

Sie könnte ein Rendezvous haben, dachte Fanni. Obwohl es eigentlich viel zu kalt ist, Händchen haltend auf einer Parkbank zu sitzen.

Als die Frau auf gleicher Höhe mit ihr war, ließ ihr Fanni einen prüfenden Blick zukommen und erkannte sie auf der Stelle.

Ella Kraus! Heudobler scheint sich ja nicht lange mit ihr abgegeben zu haben!

»Guten Abend«, sagte Fanni freundlich, wurde jedoch keiner Antwort gewürdigt.

5

Fanni war noch nie eine Frühaufsteherin gewesen. Und auch Sprudel war keiner von jenen Rentnern, die schon morgens um sieben vor der Bäckerei warten, bis sie endlich öffnet und die Frühstücksbrötchen herausrückt.

Einvernehmlich hatten sie sich geweigert, Behandlungstermine zu akzeptieren, die sie vor acht Uhr morgens aus dem Bett gescheucht hätten.

So kam es, dass die beiden am Montag um halb zehn beim Frühstück saßen, als es an der Tür ihres Apartments klingelte.

Sie sahen sich erschrocken an. Wer sollte sie hier besuchen? Wer wusste überhaupt, dass sie hier wohnten?

Das kann nur die Vermieterin sein. Vielleicht muss sie an den Stromzähler oder den Wasserzähler ran!

Diese Erklärung schien Fanni so vernünftig, dass sie sich beeilte, an die Tür zu kommen, um zu öffnen.

Vor ihr stand Pflaumennase.

»Brandel, falls Sie sich nicht an mich erinnern«, stellte er sich diesmal vor, während er sich an Fanni vorbeidrängte.

Sprudel hatte sich inzwischen ebenfalls vom Frühstückstisch erhoben und kam ihm entgegen, sodass dem Kommissar der Weg in den Wohnraum abgeschnitten war und er wohl oder übel stehen bleiben musste.

Brandel zückte ein Notizbuch, das er vor Fannis Augen wie einen Scheibenwischer hin- und herbewegte. »Jetzt erklärn S' mir des mal.«

Sprudel trat beiseite und winkte Brandel ins Zimmer. »Was möchten Sie denn erklärt bekommen?«

Brandel blätterte in dem Notizbuch und pochte mit dem Zeigefinger auf eine der Seiten. »Warum das da steht? Und zwar als allerletzter Eintrag.« Er drehte das Büchlein so, dass Fanni und Sprudel das Geschriebene lesen konnten. »Fanni Rot«, stand da, daneben Sprudels Mobilfunknummer.

Sie fasste das Notizbuch schärfer ins Auge.

*So hat es doch ausgesehen, oder? Das Büchlein, in das Sabine Sprudels
Nummer geschrieben hat. Dunkelgrün mit winzigen Goldpünktchen!*
»Wo haben Sie das her?«, fragte Fanni scharf.
»Aha«, erwiderte Brandel zufrieden. »Kemma uns jetzt aus?«
Sprudel hatte offenbar ebenfalls die richtigen Schlüsse gezogen.
»Das muss das Notizbuch von Sabine Maltz sein. Wir haben sie
gestern in unserem Wagen mit nach Bad Kötzting genommen.
Auf der Fahrt hat sie sich meine Handynummer aufgeschrieben.«
Er streckte die Hand aus. »Sie muss ihr Büchlein später im Park
verloren haben. Wir können es ihr zurückbringen. Sie arbeitet
in der TCM-Klinik.«

Brandel schlug das Büchlein zu und steckte es blitzschnell in
seine Jackentasche, als müsse er es vor Sprudels diebischen Fingern
in Sicherheit bringen. »Wie kommen Sie darauf, dass sie es im
Park verloren hat?«

»Weil wir beobachtet haben, dass sie nach unserer Ankunft
noch dort spazieren gegangen ist«, antwortete Sprudel.

Brandels Ton wurde schneidend. »Sie ham sie verfolgt.«

Sprudel ließ sich nicht einschüchtern. »Das ist ein öffentlicher
Park. Wir wollten uns noch ein bisschen die Beine vertreten
und haben Frau Maltz beim Pavillon gesehen. Hat sie dort ihr
Notizbuch verloren?«

»Sie hat's nicht verloren.«

Weil Sprudel daraufhin völlig perplex wirkte, sagte Fanni:
»Warum kommen Sie dann hierher und fuchteln uns damit vor
der Nase herum? Warum ist es nicht bei Frau Maltz, wo es hingehört?«

»Weil es sich um ein Beweisstück handelt«, erwiderte Brandel
barsch.

Fanni versuchte, ein Stöhnen zu unterdrücken. Musste man
dem Kerl denn alles aus der Nase ziehen?

Doch bevor sie eine weitere Frage stellen konnte, fuhr er fort:
»Es beweist, dass Sie sich gekannt ham. Und grad vorhin ham S'
zugegeben, dass Sie sie als Letzte gesehen ham.«

Was sollte das denn nun wieder heißen?

*Wer unterwegs stets nach der Länge des Weges fragt, hat wirklich lang
zu gehen!*

Obwohl es kaum noch Zweifel gab, sträubte sich Fannis Hirn zu akzeptieren, was Brandels Worte bedeuteten.

Sprudels Verstand arbeitete konsequenter. »Frau Maltz ist – tot?«

»Ermordet«, kam es nun tonlos aus Fannis Mund.

»Ah, da schau her. Sie wissen's.« Brandel hörte sich überaus zufrieden an.

»Wir wissen gar nichts«, fuhr Sprudel auf. »Wir haben Frau Maltz gestern, wie gesagt, im Wagen mit nach Bad Kötzting genommen und am Kurpark aussteigen lassen. Wenig später haben wir sie am Pavillon mit jemandem reden sehen. Das ist alles. Als sie sich von uns verabschiedet hat und auch später am Pavillon, war sie lebendig und wirkte gesund. Wenn sie jetzt tot ist, liegt doch wohl der Gedanke nahe, dass sie ermordet wurde oder einen eher merkwürdigen Unfall hatte.«

Brandel verzog das Gesicht zu einem höhnischen Grinsen. »Und als Mörder liefern Sie mir den großen Unbekannten, mit dem Frau Maltz angeblich im Park gesprochen hat.«

»Es ist kein Unbekannter«, antwortete Sprudel trocken.

Brandels Grinsen verblasste.

Fanni berichtete in kurzen Worten, dass sie den Mann tags zuvor in der TCM-Klinik getroffen hatte, wo er die Berufskleidung eines Masseurs oder Pflegers trug und ein Namensschild mit dem Aufdruck »Kazol« anstecken hatte. Dann sah sie den Kommissar flehentlich an. »Was ist denn mit Sabine passiert?«

Ein Anflug des höhnischen Grinsens kehrte zurück. »Ich denk mir, Sie wissen's. Wenn nicht, dann schaun S' halt die Nachrichten an. Und jetzt bleibt es natürlich erst recht dabei: Sie halten sich zur Verfügung. Könnt sein, dass wir bald einen förmlichen Verhörtermin für Sie ham.« Er wandte sich zum Gehen, drehte sich jedoch noch mal um und sagte: »Was den Toten im Schrank betrifft, da schaut's ja gar nicht gut aus mit Ihrem Alibi. Grad zur Tatzeit sind's im Möbelhaus gesehen worden.«

Er hatte es also schon herausgefunden. Aber Fanni hatte nicht vor, sich damit ins Bockshorn jagen zu lassen. »Wenn Sie sich die Mühe gemacht hätten, gründlich nachzuforschen, wüssten

Sie, dass wir uns nur im Erdgeschoss aufgehalten haben, und das nicht mehr als zehn Minuten.«

Es kam auf dem Lokalsender in den Zehn-Uhr-Nachrichten, nach Meldungen über eine Epidemie in Afrika, Kämpfe im Nahen Osten, einen Kursrutsch an der Börse und einen Wirbelsturm auf den Philippinen.

Sabine Maltz war am frühen Morgen im Kurpark Auwiesen aus dem Wasser gefischt worden. Ein junger Mann, der bei »Lindner Bräu« als Abfüller arbeitete und auf dem Weg zur Arbeit war, hatte die Leiche entdeckt.

Das Brauhaus samt Gaststätte und etlichen Nebengebäuden befand sich am jenseitigen Ufer des Weißen Regen. Quer durch den Kurpark und dahinter über einen schmalen Steg führte für Fußgänger der kürzeste Weg von der Stadtmitte zum Brauerei-Gasthof Lindner, wo (weil die Inhaber alteingesessen und offenbar zutiefst heimatverbunden waren) »Kaitersberg Export« und »Chostingator« gebraut wurden.

Fanni versetzte sich in Gedanken in den Pavillon und versuchte dahinterzukommen, in welche Richtung man sich am Ausgang wenden musste, um zu dem Steg zu gelangen.

Rechts! Keine Frage, man biegt nach rechts ab und kommt nach ein paar Schritten auf einen Weg, der schnurgerade über den Steg zum Lindner-Bräu führt!

Man biegt nach rechts ab. Das hatte Sabine getan.

Und wo wollte sie hin? Ins Brauhaus auf eine Halbe Chostingator?

Unwichtig, dachte Fanni. Vielleicht wollte sie nach dem Streit mit Kazol tatsächlich ein Gläschen trinken oder einfach nur eine Runde um den Park drehen, um nachzudenken.

»Am Lindnersteg also«, sagte sie laut. »Der Täter hat sie an dem Brückchen, das bloß ein Dutzend Schritte vom Pavillon entfernt liegt, erwischt. Dort hat er sie umgebracht und ins Wasser geworfen.«

»So scheint es sich abgespielt zu haben«, stimmte ihr Sprudel zu. »Aber lass das nicht vor Brandel verlauten. Sonst behauptet er wieder, du hättest Täterwissen, und glaubt, damit noch was in der Hand zu haben, mit dem er uns drankriegen kann.«

Fanni ging nicht auf seine Warnung ein. »Meinst du, Kazol ist zurückgekommen?«

Sprudel nickte. »Der Gedanke drängt sich geradezu auf.« *Kazol ist wütend umgekehrt, hat Sabine am Steg gestellt und der Sache ein Ende gemacht!*

Fanni sog scharf die Luft ein, als ihr endgültig und unwiderruflich klar wurde, dass die sympathische Frau, mit der sie gestern den halben Tag verbracht hatte, die für sie gekocht hatte und die als Hans Rots Partnerin bald zur Familie gehört hätte, tot war – ermordet.

Sie hätte sich gern wieder hingesetzt und (bei einer weiteren Tasse Kaffee) mit Sprudel den Verlauf des gestrigen Abends durchgesprochen.

Jedes Detail war jetzt wichtig.

Wie viel Zeit war zwischen Kazols Abgang aus dem Pavillon und Sabines Aufbruch verstrichen? Was genau hatten Sabine und Kazol zueinander gesagt? Hätten die beiden zufällig noch einmal zusammentreffen können? War sonst noch jemand im Kurpark unterwegs gewesen?

Der Lauscher am Pavillon, falls es wirklich Atemzüge waren, die du dort gehört haben willst! Wahrscheinlich hat bloß ein Igel geseufzt. Aber sonst? Doch, ja natürlich! Die Kraus! Du hast ihr ja noch Platz gemacht in der Unterführung!

Ella Kraus. Was spielte sie für ein Spiel?

Wir werden uns um sie kümmern müssen, dachte Fanni. Aber als Erstes müssen wir versuchen, uns an den exakten Wortlaut des Gesprächs zwischen Sabine und Kazol zu erinnern. Wir müssen das, was wir gehört zu haben glauben, miteinander abgleichen und notieren.

Unglücklicherweise blieb ihnen keine Zeit für eine Diskussion. Wenn sie noch rechtzeitig zu ihren Behandlungsterminen kommen wollten, mussten sie sich sputen.

Sag doch ab!

Fanni erwog den Vorschlag, verwarf ihn jedoch schnell wieder. Sie wollte die Gelegenheit nicht verstreichen lassen, in der TCM-Klinik, wo Sabine ihren Arbeitsplatz gehabt hatte und offenbar auch Kazol angestellt war, Augen und Ohren offen zu halten.

Wenn sie etwas über den Streit zwischen den beiden herausfinden wollte, dann musste sie dort ansetzen, wo man beide kannte. Während sie in ihre Jacke schlüpfte, warf sie einen kurzen Blick auf die zwei Computerausdrucke, die sie an der Innenseite der Wohnungstür befestigt hatte.

J. Sprudel: 15. September, 11:00 Uhr – Akupunktur – Dr. Lian Feng.

F. Rot: 15. September, 11:00 Uhr – Tuina – Dr. Shi Wei.

Sie hatten noch fünfundzwanzig Minuten, eher ein paar weniger, denn die Tür zum Behandlungsraum öffnete sich meistens schon kurz vor dem festgelegten Termin.

»Sollten wir nicht lieber den Wagen nehmen?«, fragte Sprudel.

Fanni sah ihn vorwurfsvoll an. »Wir laufen – allerdings ein bisschen schneller als sonst.«

Zwanzig Minuten später näherten sie sich der Pforte der TCM-Klinik, die im selben Moment ungestüm aufflog.

Kommissar Brandel hetzte die Eingangsstufen hinunter. Als er sah, wer ihm entgegenkam, blieb er abrupt stehen und streckte anklagend den Zeigefinger aus. »Sie! Ham Sie vielleicht glaubt, Sie können mich nach Strich und Faden verarschen?«

Fanni und Sprudel schauten ihn erschrocken an, dann schüttelten sie die Köpfe.

»Was ist denn nun schon wieder?«, fragte Fanni unwirsch.

»Das Dumme ist, dass nix ist«, bellte Brandel. »Nix ist mit dem Kerl, den Sie mir als Mörder verkaufen wollten.«

»Kazol?«, fragte Fanni unsicher.

»Kazol«, äffte Brandel sie nach.

»Haben Sie mit ihm gesprochen?«, insistierte Fanni, weil Brandel nach seiner Ungezogenheit die Lippen zusammenpresste.

Daraufhin explodierte er. »Einen Kazol gibt es nicht, mit dem kann man nicht sprechen. Den haben Sie doch einfach erfunden. Niemand in der TCM kennt einen Kazol.«

Die Sache könnte heikel werden!

Fanni zuckte die Schultern. »Dann habe ich seinen Namen auf dem Schild halt nicht richtig gelesen. Möglich, dass der Aufdruck anders gelautet hat. Aber das ändert nichts an der Tatsache, dass Sprudel und ich gestern Abend Sabine Maltz zusammen mit einem Mann im Kurpark gesehen haben. Wir könnten Ihnen eine Beschreibung von ihm geben.«

Brandel winkte ab. »Eine Beschreibung von einem Phantom? Nein, danke. Wenn Sie nichts Besseres zu bieten ham …« Damit ließ er sie stehen.

Der junge Asiate, der wenig später Fannis Rücken durchrüttelte, als wolle er Wanzen und Flöhe ausmerzen, trug weiße Hosen und eine weiße Jacke, an deren Revers sein Namensschild steckte: »Dr. Shi Wei«.

Er ist genauso gekleidet wie dieser Kazol gestern!

»Haben *Sie* Ihrem deutschen Kollegen die Tuinatechnik beigebracht?«, fragte Fanni, weil ihr nichts Besseres einfiel, um Kazol aufs Tapet zu bringen.

Dr. Wei hielt einen Moment inne. »Kollege? Deutsch?«

»Ich meine den untersetzten Europäer mit den schwarzen Haaren und der Hakennase«, präzisierte Fanni.

Shi Wei begann wieder zu klopfen und zu knuffen. Er arbeitete eine Weile schweigend, dann antwortete er: »So ein Kollege ist hier nicht.«

Na prima, Fanni Rot sieht Gespenster! Hat Kommissar Brandel etwa recht, wenn er hinter diesem Kazol, den du hier getroffen haben willst, ein Phantom vermutet?

Hat er nicht, empörte sich Fanni gegen ihre Gedankenstimme. Dieser Wei lügt mich an.

Warum sollte er das tun?

Fanni presste ihre Nase in das Atemloch der Massageliege und dachte lange darüber nach – was jedoch zu nichts führte.

Als Dr. Weis Hände begannen, ihre Schulterblätter ins Schlingern zu versetzen, sagte sie: »Wie schade, dass He Xie nach China zurückgekehrt ist. Sie wird den Patienten fehlen und Ihnen sicher auch.«

Der Doktor arbeitete schweigend weiter. Aber Fanni hatte nicht vor, ihn so leicht davonkommen zu lassen. »Sicherlich waren Sie oft mit ihr zusammen.«

Die Antwort ließ eine Weile auf sich warten. »He Xie ist für Qigong ausgebildet.«

Ja und? Führen Akupunkteure, Masseure und Qigong-Spezialisten etwa einen heiligen Krieg gegeneinander?

»Außerhalb der Therapieräume, meine ich«, sagte Fanni. Erneut erntete sie Schweigen, bis sie sich ärgerlich räusperte.

»He Xie kommt aus Südchina«, sagte Dr. Wei daraufhin erkennbar verächtlich.

Und was ist daran verkehrt?

Fanni überlegte noch, wie sie die Frage formulieren sollte, als er hinzufügte: »Ich dagegen komme aus Peking.«

Shi Weis Ton ließ keinen Zweifel zu. Für ihn, den Pekinger, waren Südchinesen Niemande. Er ignorierte sie, nahm sie einfach nicht zur Kenntnis. Verhielt er sich Europäern gegenüber ähnlich?

»Fertig«, sagte der Doktor.

Fanni kroch unter dem Laken hervor, das er vor der Massage über ihre Beine gebreitet hatte.

Fertig, na gut, dachte sie. Hat sowieso keinen Sinn, den Herrn aus Peking was zu fragen.

Sie hoffte, dass Sprudel bei Lian Feng mehr Erfolg haben würde.

Die winzige Chinesin, auf deren Namensschild »Dr. Lian Feng« stand, schüttelte den Kopf, während sie Sprudel eine Akupunkturnadel in den Handrücken stach. Er hatte sie nach Kazol gefragt und ihn nach Fannis Vorgaben beschrieben. Sprudel selbst hatte den Mann am Vorabend nur schemenhaft erkennen können, aber Fanni war ihm ja zuvor im Neonlicht eines Klinikflurs begegnet.

»Nie gesehen hier in Klinik. Nie gehört Name«, sagte Lian Feng.

Sprudel kniff die Augen zu. Zum einen, weil er nicht sehen wollte, wie Dr. Feng mit der nächsten Nadel mitten auf seine Stirn zielte, zum andern erschütterte ihn die abschlägige Antwort.

Sollte Kommissar Brandel recht haben? War Kazol – oder wie auch immer der Kerl heißen mochte – in der TCM-Klinik tatsächlich ein Unbekannter?

Sprudel versuchte, ein Stöhnen zu unterdrücken, was ihm nicht zufriedenstellend gelang.

»Machen Nadeln Schmerz?«, fragte Lian Feng besorgt.

Sprudel verneinte. Die Nadeln spürte er gar nicht. Etwas anderes bereitete ihm Schmerzen: eine Befürchtung, eine aufsteigende Angst.

Ist es nicht schlimm genug, sagte er sich, dass Fannis Gedächtnis seit der Sache in Marokko riesige Löcher aufweist – fängt es jetzt auch noch an, ihr Trugbilder vorzugaukeln?

»Nur ein Nadel noch in Fuß«, sagte Lian Feng.

Sprudel versuchte, die Ängste abzuschütteln und sich auf seine Aufgabe zu konzentrieren. Er hatte Informationen zu sammeln, und je gründlicher er das tat, umso hilfreicher konnten sie sein. Als er nach He Xie fragte, lächelte Lian Feng wehmütig.

»He Xie zurück in Lijiang bei Familie.«

Lian Feng, erfuhr Sprudel, war vor gut einem Jahr zusammen mit He Xie nach Bad Kötzting gekommen. Die beiden hatten ihre Freizeit oftmals gemeinsam verbracht und sich recht gut verstanden.

Enge Freundinnen waren sie aber offenbar nicht gewesen. Lians melancholisches Lächeln schien mehr dem eigenen Heimweh zu entspringen als dem Kummer über die Trennung von He Xie.

»Nein«, antwortete Lian auf Sprudels Frage. »He Xie keine feste Freund in Deutschland. Verlobter wartet in Lijiang. Deswegen zurückgegangen.«

Sie kicherte, als Sprudel den Namen Popeye erwähnte. »He Xie bestimmt nicht Freund mit Namen Popeye.« Während sie »eye« sagte, stach sie eine Nadel in Sprudels Knie. »Sie auf Scherz hereinfallen.«

Daraufhin ließ sie ihn allein auf der Behandlungsliege zurück. »Sie entspannen. Sie ruhen. Sie lassen fließen Qi«, trug sie ihm auf, bevor sie die Tür hinter sich schloss.

Als sie eine halbe Stunde später zurückkehrte, um die Nadeln zu entfernen, fragte Sprudel, ob sie mit He Xie in Verbindung geblieben sei, über WhatsApp beispielsweise oder – beinahe schon altmodisch – indem sie E-Mails mit ihr austauschte.

Lian Feng verneinte. »He Xie Lijiang, ich Kötz-ting. Sehr verschieden.«

65

»Ist das nicht unglaublich?«, regte sich Fanni auf, nachdem Sprudel ihr von seinem Gespräch mit Lian Feng berichtet und sie ihm ihre Pleite bei Shi Wei gestanden hatte. »Wir laufen gegen Wände. Zeugen und Verdächtige lösen sich in Luft auf. Keiner kennt den toten Popeye, keiner kennt den Mann, mit dem Sabine im Park war. Keiner scheint sich im Mindesten fragwürdig zu verhalten. Nur wir beide geraten immer mehr ins Zwielicht. Was sollen wir bloß tun?«

Vor allem solltet ihr euch beeilen! Viel Zeit bleibt euch nicht mehr, bis Brandel mit Haftbefehl und Handschellen in eurem Apartment aufkreuzt!

Fanni rang nach Atem und klammerte sich schutzsuchend an Sprudel.

»Wir sollten uns noch mal mit Marco in Verbindung setzen«, sagte der. »Mal sehen, was er über den Mord an Sabine weiß.« Er sah sich kritisch um. »Lass uns zum Telefonieren nach draußen gehen.«

Fanni hatte nach ihrer Massage in dem breiten Flur vor den Behandlungsräumen, wo es vereinzelte Sitzgruppen gab, die durch Topfpflanzen oder Mauervorsprünge voneinander getrennt waren, auf Sprudel gewartet. Er hatte sich während der Unterhaltung zu ihr gesetzt, nun standen sie auf und traten durch eine Flügeltür ins Foyer.

Irritiert stellte Fanni fest, wie voll es dort war. Eine laut schnatternde Gruppe Frauen, die Fanni – hätten sie sich im Pfarrgarten statt in der TCM-Klinik befunden – dem katholischen Frauenbund zugeordnet haben würde, umringte das Bowlengefäß mit dem aromatisierten Wasser und bediente sich daraus. Die Rezeption war von Ankömmlingen umlagert. Zwei Herren standen diskutierend am Fuß der Treppe, ein einzelner mit Beinschiene saß links von der Eingangstür in einem der Ledersessel.

Wieso sitzt der Kerl mit seiner Beinschiene immer im Foyer herum, als wäre er eine Reklame für orthopädische Hilfsmittel?

Seine Augen fixierten einen Punkt irgendwo hinter Fanni. Sie drehte sich um. In der Ecke, die der Herr anvisierte, befand sich ein Schrank, in dem exotische Schmuckstücke sowie Broschüren zum Thema TCM ausgestellt waren. Die Druckwerke hinter den in schwarze Rahmen eingepassten Glasscheiben trugen Titel wie

»I Ging – das Kosmische Orakel« oder »Leitfaden Ohrakupunktur« und »Chinesische Ernährungslehre«.

Die Frau, die das Angebot gerade studierte, schien sich für »Everyday Qigong Practise« zu interessieren.

Ella Kraus! Unausbleiblich wie der Katholikentag!

Als Fanni gerade auf sie zugehen wollte, um sie zu fragen, was sie gestern Abend in den Kurpark geführt habe, wandte Ella Kraus sich ab und verschwand in einem der Seitenflure. Sie einzuholen war unmöglich, weil es viel zu lange gedauert hätte, das überfüllte Foyer zu kreuzen.

6

Sprudel hatte Fanni durch die Menschenansammlung im Foyer nach draußen gesteuert, hatte den Weg in den Kurpark eingeschlagen und nach einer weit abseits stehenden Parkbank Ausschau gehalten. Nun saßen sie am Rand einer großen Wiese, die der Anlage offenbar den Namen gegeben hatte: Kurpark Auwiesen.

Sprudel zückte sein Mobiltelefon.

Wozu besitzt du selbst eigentlich eines, Fanni Rot? Um es zu Hause in der Schublade zu verstauen? Abgeschaltet, mit leerem Adressbuch und nicht aufgeladen!

Fanni war für die Verrichtungen, die einem ein Mobiltelefon abverlangte, schlicht und einfach zu faul. Sie hatte keine Lust, Namen und Nummern einzuspeichern und sich darum zu kümmern, dass der Akku aufgeladen war. Vor allem aber hatte sie keine Lust, dieses Ding ständig im Auge behalten zu müssen, es von der Handtasche in die Hosentasche zu befördern, von da in die Jackentasche oder sonst wohin, und sich immer merken zu müssen, wo es sich gerade befand – was erwiesenermaßen gar nicht einfach war. Fanni hatte sich schon oft gefragt, ob es wohl jemanden gab, der noch nie eines verlegt hatte. Ihre Tochter Vera hatte es sogar einmal fertiggebracht, ihres – verstaut in der Hosentasche ihrer Jeans – in die Waschmaschine zu verfrachten, wo es im Waschgang »Buntwäsche vierzig Grad« bereitwillig den Geist aufgab.

»Spuren?«, sagte Sprudel gerade, dann lauschte er wieder Marcos Antwort.

Wie oft der Junge sich wohl schon eine andere Schwiegermutter gewünscht hat?

Gar nicht, empörte sich Fanni. Er weiß nämlich recht gut, was er an mir hat. Ich lasse ihn jahrein, jahraus in Frieden, dränge mich nicht auf, frage ihm keine Löcher in den Bauch, bombardiere ihn nicht mit Anrufen – außer …

Eben!

Sprudel beendete das Gespräch. »Ich soll dich grüßen.«

Fanni zog eine Grimasse. »Ja, und?

»Nichts, was uns weiterhelfen könnte. Die Identität des Toten im Schrank ist immer noch nicht geklärt.«

»Unfassbar«, murmelte Fanni. »Und was gibt es zu dem Mord an Sabine zu sagen?«

»Dem vorläufigen Untersuchungsbefund nach«, antwortete Sprudel, »ist Sabine ertrunken. Zuvor aber hat ihr jemand die Hände um den Hals gelegt und zugedrückt. Man hat nämlich Würgemale gefunden. Außerdem hatte sie Druckstellen an den Handgelenken und am Rücken.«

Fanni nickte. »Damit ist der Tathergang wohl klar. Auf dem Steg von der Stadtmitte zum Brauerei-Gasthof Lindner hat der Täter sie gepackt, sie gewürgt und dann über das Geländer hinweg in den Fluss geschleudert.«

»So könnte es sich abgespielt haben«, stimmte ihr Sprudel zu. Nach einer kleinen Pause fuhr er fort: »Wie wir selbst schon erfahren haben, ist die Kripo gerade dabei, Sabines Umfeld unter die Lupe zu nehmen. Viel scheint dabei allerdings nicht herausgekommen zu sein.« Auf seiner Stirn erschien eine senkrechte Falte. »Marco hat versucht, es zu verharmlosen. Aber die Tatsache, dass wir uns zur Tatzeit im Möbelhaus aufgehalten haben, bringt uns ganz schön in die Bredouille.«

Es hatte sich also genauso entwickelt, wie sie befürchtet hatten. Brandel schoss sich zunehmend auf sie ein. Sobald der Tote identifiziert war, würde er alles daransetzen, eine Verbindung zwischen ihnen und dem Ermordeten zu finden. Und wer wollte ausschließen, dass es sie gab?

Vielleicht solltet ihr euch vom Acker machen!

»Selbstverständlich wird auch Sabines Hintergrund durchleuchtet«, fuhr Sprudel fort. »Aber darüber wissen wir ja schon einigermaßen Bescheid, weil sie uns auf der Fahrt selbst erzählt hat, dass sie aus der Pyhrnregion kommt und ...«

Er unterbrach sich, weil ihm Fanni die Hand auf den Arm legte. »Wir könnten dorthin fahren, vor Ort Ermittlungen anstellen. Vielleicht finden wir in Liezen eine Spur von diesem Kazol. Womöglich kannten sich die beiden von früher.« Sie ließ

69

ihre Hand bis zu Sprudels Fingern hinuntergleiten und umfasste sie. »Sie *müssen* sich von früher kennen. Hat Kazol bei dem Streit im Pavillon nicht davon gesprochen, dass er sich etwas Neues aufgebaut hat, das er sich nicht zerstören lassen will? Und heißt das nicht, Sabine wusste über das Vergangene Bescheid?«

Sprudels Miene hatte sich bei Fannis Worten verdüstert. »Brandel wird uns zur Fahndung ausschreiben, wenn wir abreisen.«

»Wer redet denn von abreisen?«, gab Fanni zurück. »Wir tun einfach so, als wären wir an Ort und Stelle. Dass wir uns im Apartment verkriechen sollen, hat ja niemand verlangt. Und wenn wir da nicht anzutreffen sind, sind wir halt Wandern gegangen, ins Museum, in den Gottesdienst.«

In den Gottesdienst! Das wäre blasphemisch, Fanni Rot!

»Über dein Handy sind wir ständig erreichbar«, fuhr Fanni unbeeindruckt fort. »Falls uns Brandel Fragen stellen will, muss er das eben telefonisch tun. Wenn er allerdings auf die Idee kommt, uns aufs Kommissariat zu bestellen, müssen wir ihn hinhalten.«

Sprudel stöhnte vernehmlich. »Als ob das so einfach wäre.«

Sein Einwand verhallte ungehört, denn Fanni hatte bereits einen Plan fertig. »Heute um vierzehn Uhr dreißig müssen wir noch mal in die Klinik. Vorher packen wir zusammen, was wir für eine Nacht brauchen, sodass wir gleich im Anschluss an die Behandlung losfahren können. Bis nach Liezen brauchen wir knapp drei Stunden. Wir können also gerade noch früh genug vor Ort sein, um im dortigen Rehazentrum vorstellig zu werden.«

»Und da fragen wir nach Sabine Maltz«, sagte Sprudel, »obwohl wir ganz genau wissen, dass sie inzwischen …« Er verstummte. Dann fügte er noch hinzu: »Vielleicht wissen sie ja schon Bescheid.«

Fanni runzelte die Brauen. »Woher denn? Ich kann mir nicht vorstellen, dass im österreichischen Fernsehen darüber berichtet wird oder im Kronehitradio. Und wir behalten es für uns. Aber nicht nur das. Wir tun sogar so, als wüssten wir nicht, dass Sabine nicht mehr im Rehazentrum beschäftigt ist.«

»Du meinst, dadurch finden wir mehr über sie heraus?« Sprudels Ton klang unverkennbar skeptisch.

Fanni ging nicht darauf ein. »Später sehen wir uns irgendwo

in der Nähe nach einer Unterkunft um. Falls unsere Nachfor-
schungen heute Abend zufriedenstellend verlaufen, können wir
morgen früh schon wieder nach Bad Kötzting zurückfahren.«
Sie zog Sprudel von der Bank hoch. »Komm, wir haben es eilig.
Wir müssen Waschzeug einpacken, Kleidung zum Wechseln,
Nachtwäsche ...«

Sprudel nickte ergeben, sagte jedoch: »Sollten wir vor der
Abreise nicht noch Hans anrufen und ihm unser Beileid –«

Fanni schaute ihn so entsetzt an, dass er sich unterbrach. »Was,
wenn er noch gar nichts weiß? Dann erfährt er es von uns.«

Sprudel machte ein bestürztes Gesicht, sagte jedoch: »Er wird
es längst wissen. Hat sicherlich als einer der Ersten davon erfahren.
Wollen wir wirklich so unhöflich sein und uns nicht bei ihm
melden?«

Fanni schüttelte beschämt den Kopf.

Sprudel hatte sich wieder hingesetzt und wählte bereits Hans
Rots Nummer.

Fanni konnte das Freizeichen hören und gleich darauf eine
automatische Ansage.

Sprudel legte auf. »Wir versuchen es später noch mal.«

Fanni musste sich eingestehen, dass sie sich ein wenig erleichtert fühlte. Was hätte sie zu Hans sagen sollen? »Es tut mir so leid«?
War Schweigen nicht besser?

»Komm«, sagte sie zu Sprudel, hakte ihn unter und setzte sich
in Bewegung.

Er ließ sich einige Meter weit mitschleifen, dann blieb er
stehen, bockte wie ein störrischer Esel. »Meinetwegen. Machen
wir alles so, wie du gesagt hast, fahren wir nach Liezen. Vielleicht
stoßen wir tatsächlich auf etwas, das uns hilft herauszufinden,
warum Sabine umgebracht wurde.« Er schluckte, als würde ihm
erst jetzt wirklich bewusst, dass sie einem Mord zum Opfer gefallen war.

»Komm«, wiederholte Fanni.

In düsterer Stimmung verließen sie den Park.

An der Straßenecke machte Sprudel erneut halt. »Auch wenn
wir es eilig haben: Bevor wir losfahren, müssen wir noch einen
Happen essen.«

Fanni wandte sich ihm zu und gab ihm einen Kuss. »Das tun wir jetzt gleich, Sprudel. In der Konditorei neben der Kirche bieten sie montags immer frischen Apfelstrudel mit Vanillesoße an. Was hältst du davon?«

Jetzt war es Sprudel, der rasant losmarschierte, er verfiel beinahe in Laufschritt, riss Fanni mit.

Ziemlich außer Puste erreichten sie das kleine Konditorei-Café am oberen Markt.

Bad Kötzting erstreckte sich wie viele Orte im Bayerwald längs und quer über etliche Hügel. Genauso wie in Bodenmais, Zwiesel oder Lam befand sich die Kirche auf der höchsten Erhebung, um die sich das obligatorische Wirtshaus, ein paar Geschäfte und die Sparkasse gruppierten.

Fanni sah das Gefälle zwischen dem oberen und unteren Markt, zwischen Spitalplatz und Ludwigsberg, zwischen Auwiesen und Weißenregen mit seiner Wallfahrtskirche als Pluspunkt für die Stadt. Die strammen Auf- und Abstiege betrachtete sie als förderlich für die Gesundheit – sowohl für die der Einheimischen als auch für die der Besucher.

Vor dem Eingang zum Café blieb Sprudel unvermittelt stehen und griff sich an die Stirn. »Ich habe ganz vergessen, dir zu sagen, dass Marco versprochen hat, den Namen ›Kazol‹ durch den Polizeicomputer zu jagen. Vielleicht ist der Kerl ja mal auffällig geworden. Bei ›Meier‹ oder ›Müller‹ hätte das wenig Sinn, meint er, aber ›Kazol‹ scheint ja kein allzu häufiger Name zu sein.« Er schenkte es sich, auf eine Antwort zu warten, die ohnehin nicht kam, sondern öffnete schwungvoll die Tür.

Fanni schmunzelte, als sie bemerkte, wie er genussvoll die Düfte einsog, die ihnen entgegenschlugen, und ließ sich sogar selbst von den Aromen betören.

Frisch gemahlene Kaffeebohne, Bourbonvanille, geröstete Mandeln, Orangenschalen … Wende dich stets der Sonne zu, dann fallen die Schatten hinter dich!

Sie hatten Glück und fanden einen Tisch am Fenster.

»Liezen«, sagte Sprudel, nachdem er seine Portion Strudel vertilgt hatte. »Das liegt auf der steirischen Seite vom Pyhrnpass. Drüben, von uns aus gesehen. Herüben – im Bundesland Oberösterreich – liegen Spital an der Pyhrn mit seiner barocken Stiftskirche und Windischgarsten –«

»Ich weiß«, unterbrach ihn Fanni. »Hans und ich haben früher dort mit den Kindern oft ein paar Tage Urlaub gemacht. Auf einem Bauernhof –«

»Ich weiß«, unterbrach Sprudel sie nun seinerseits. »Das hast du mir erzählt, als wir vor drei oder vier Jahren in der Pyhrnregion in dem Fall um den verschwundenen Altenpfleger ermittelt haben.« Er lächelte schalkhaft. »Wir mussten Max und Ivo mitnehmen, weil …« Er verstummte, als ihm auffiel, wie deprimiert Fanni auf einmal wirkte. »Was ist?«

Fanni wischte sich die Augen, die ihr feucht geworden waren. Warum musste das Leben andauernd Schrecknisse bereithalten? Warum musste es immer und immer wieder so grausam zuschlagen? Sabine und Hans hätten es zusammen schön haben können, so wie sie und Sprudel. Wie sie und Sprudel, wäre da nicht …

»So viele gemeinsame Erinnerungen«, sagte sie mit belegter Stimme. »Alle weg. Verloren. Nicht mehr greifbar.«

Sprudel nahm ihre Hand und drückte sie. »Ach, Fanni. Du musst diesen Erinnerungen nicht so nachtrauern, ihnen nicht so viel Bedeutung beimessen. Wir sind ja dabei, uns neue zu schaffen.«

Fanni musste lächeln. Konnte man den Bestand an Erinnerungen auffüllen wie Vorratsspeicher?

Das Lächeln schwand, als ihr Hans wieder in den Sinn kam. *Er* konnte sich keine neuen Erinnerungen an Sabine mehr schaffen.

Sprudel ließ abrupt ihre Hand los. Sein Blick fixierte die Eingangstür. »Schau mal.«

Fanni sah sich diskret um.

Heudobler und seine Schwester kamen auf ihren Tisch zu, schienen sie und Sprudel jedoch noch nicht bemerkt zu haben. *Sie halten nach freien Plätzen Ausschau!*

Erst jetzt registrierte Fanni, dass es keine mehr gab. Nur an ihrem Fenstertisch waren noch zwei Stühle unbesetzt. Heudobler stand bereits daneben.

»Hallo«, sagte Fanni.

Heudobler wirkte einen Augenblick lang betroffen, dann fing er sich und lächelte. »Dürfen wir bei Ihnen Platz nehmen?« Sprudel wies einladend auf die beiden Stühle. »Bitte sehr. Wir wollten sowieso gleich gehen.« *Geschäftsführer von Einrichtungshäusern scheinen ja früh Feierabend zu haben. Mittags, um genau zu sein!*

Als hätte Heudobler Fannis Gedankenstimme gehört, sagte er: »Meine Schwester und ich haben heute einiges zu besprechen. Karin wird nämlich nächste Woche aus der Klinik entlassen und ...« Er stockte, sah seine Schwester hilfesuchend an. Offenbar wusste er nicht recht, ob er von ihren Plänen sprechen durfte.

Sie nahm es ihm ab. »Seit Gerd in Bad Kötzting wohnt, versuche ich, eine Sekretärinnenstelle im Landkreis zu bekommen. Leider vergeblich. Bis gestern.« Sie schloss für einen Moment die Augen, als müsse sie ein Bild heraufbeschwören. »Ich kann es noch gar nicht glauben. Eine Vollzeitstelle in der Bücherei. Ab dem nächsten Ersten schon.« Sie lächelte verlegen.

»Innerhalb von vierzehn Tagen muss jetzt eine Menge geregelt werden«, übernahm Heudobler wieder. »Karin braucht eine Wohnung, der Umzug ist zu organisieren ... Darum habe ich heute Nachmittag freigenommen. Karin und ich wollen einen Schlachtplan entwerfen.«

»Da dürfen wir auf keinen Fall stören.« Sprudel zückte das Portemonnaie und schaute sich nach der Bedienung um.

Heudobler hob die Hand. »Bleiben Sie ruhig noch. Karin und ich müssen sowieso zuerst die Schreckensmeldung von heute Morgen verdauen, bevor wir Pläne schmieden können.«

»Sie kannten Sabine Maltz?«, fragte Fanni.

Karin nickte. »Ja, natürlich. Sie hat ja in der TCM-Klinik gearbeitet. Sie war für die Küche verantwortlich, für die Zimmer, und frü—«

Bevor sie weiterreden konnte, wurde sie von ihrem Bruder unterbrochen. »Sie ist so eine sympathische Frau gewesen. Und das Essen in der Klinik soll hervorragend geschmeckt haben, seit sie die Oberaufsicht in der Küche hatte.« Zornig rieb er sich über die Augen, als müsse er ein hässliches Bild loswerden. »Ich kann es noch immer nicht glauben, dass sie tot im Altwasser gelegen hat.« Heudobler wirkte auf einmal geradezu erschüttert. »Wer kann diese liebenswerte Person nur dermaßen gehasst haben, dass er sie umgebracht hat?«

»Jemand aus der Klinik vielleicht?«, sagte Fanni und fuhr an Karin gewandt fort: »Haben Sie vielleicht was reden hören? Gab es Ärger zwischen Frau Maltz und jemandem von der Belegschaft? Oder haben Sie womöglich selbst eine Beobachtung gemacht, die darauf schließen lässt?«

»Sicher nicht«, antwortete Karin. »Soweit ich weiß, ist Frau Maltz mit allen sehr gut ausgekommen. Auch mit den Asiaten.« Etwas wie Wehmut stahl sich in ihr Gesicht. »Mit der kleinen Chinesin, die immer die Qigong-Stunden abgehalten hat, habe ich sie einmal Arm in Arm im Park gesehen. Die beiden haben sich recht herzlich unterhalten. Von Zank und Streit keine Rede.«

»Sie sprechen von He Xie, oder?«, fragte Fanni.

»He Xie«, wiederholte Karin. »Ja, so heißt sie.« Erneut ließ sie ein kleines Lächeln sehen, das diesmal weniger befangen ausfiel. »Fast alle Patienten haben sie Hexi genannt. Aber sie hat das immer verbessert – mit einer Engelsgeduld.«

Fanni registrierte, dass Gerd Heudobler seit einigen Momenten vor sich hin starrte. Auch Sprudel schien darauf aufmerksam geworden zu sein, denn er fragte: »Ist *Ihnen* etwas eingefallen, das für die Aufklärung des Mordes wichtig sein könnte?«

Heudobler zögerte, konnte sich offenbar nicht entscheiden, ob er sprechen oder schweigen sollte.

»Red schon, wenn du was weißt«, forderte seine Schwester ihn auf.

Heudobler sah von Fanni zu Sprudel. »Ich habe Frau Waltz einmal mit einem Kerl gesehen, der eindeutig sauer auf sie war. Die beiden standen irgendwann abends auf dem Klinikpark-platz neben einem grünen Honda. Er hatte die Hände auf ihren Schultern. So ungefähr.« Er packte seine Schwester und grub die Finger in ihre Oberarme. »Er hat sie geschüttelt und ange-schrien.«

»Erinnern Sie sich an seine Worte?«, fragte Fanni.

Heudobler dachte eine Weile nach. »›So nicht‹. Ja, ›So nicht‹ hat er gebrüllt. ›So läuft es ganz bestimmt nicht.‹«

»Wie hat der Mann denn ausgeschaut?«, verlangte Fanni zu wissen.

Heudobler zuckte die Achseln. »Es ist schon dämmrig gewesen, als ich die beiden gesehen habe.« Nach einer kurzen Pause setzte er hinzu: »Mittelgroß war er und kräftig. Nicht mehr jung, älter.«

»Und der Mann ist dann in den Honda gestiegen?«, hakte Fanni nach.

Heudobler nickte.

Karin berührte ihn am Arm. »Warum hast du nicht schon vorhin davon erzählt, als uns die Polizei danach gefragt hat? Das könnte doch wichtig sein.«

Heudobler blies entrüstet die Backen auf. »Es ist mir ja gerade erst in den Sinn gekommen.«

»Könnten Sie versuchen, sich zu erinnern, wann genau das gewesen ist?«, sagte Fanni.

Heudobler legte die Stirn in Falten und sah blicklos aus dem Fenster. Die anderen schwiegen, warteten ab. Plötzlich hellte sich seine Miene auf.

»Vergangenen Mittwoch«, antwortete er. »Ja, ich bin mir sicher. Das war der Abend, an dem ich noch nach Regensburg fahren musste und unterwegs einen Motorschaden hatte.«

Das Gespräch wurde durch die Bedienung unterbrochen, die an den Tisch trat und fragte, ob die Gäste etwas wünschten. Sprudel nutzte die Gelegenheit, um endlich die Rechnung zu begleichen.

Mit einem Blick auf die Uhr stellte Fanni fest, dass sie erheblich in Verzug geraten waren, und stand bereits, als Sprudel sein Wechselgeld entgegennahm. Hätte sie geahnt, was an diesem Tisch alles zu erfahren gewesen wäre, dann hätten sie keine zehn Pferde von hier weggebracht.

7

Fanni klickte gerade die Verschlüsse der Reisetasche zu, als Sprudels Mobiltelefon klingelte.

Ganz schlechter Zeitpunkt. In weniger als einer Viertelstunde solltet ihr auf der Behandlungspritsche liegen!

Aber vermutlich wichtig, dachte Fanni, als sie mitbekam, dass Marco der Anrufer war. Außerdem sind wir mit dem Auto in fünf Minuten auf dem Parkplatz vor der Klinik.

Trotzdem würden die beiden sich kurz fassen müssen, und das taten sie auch. Zwei, drei Sätze von Marco, ein knappes »Danke« von Sprudel.

Fanni wartete an der Tür. Kaum hatte Sprudel aufgelegt, verließen sie das Apartment. Seinem Gesichtsausdruck zufolge gab es brisante Neuigkeiten.

Auf dem Weg zur Klinik setzte er Fanni ins Bild.

»Es wurden Gewebespuren gefunden«, sagte er. »An dem Toten im Schrank.«

Fanni erschrak.

»Von verschiedenen Personen«, sprach Sprudel weiter. »Unbekannten Personen – bis auf eine. Der Polizeicomputer hat einen Treffer angezeigt.«

»Eine Übereinstimmung? Mit wem denn?«, drängte Fanni. »Wie lang willst du mich denn noch auf die Folter spannen?«

»Sabine«, antwortete Sprudel.

»Sabine«, wiederholte Fanni verblüfft. »Popeye hatte mit Sabine Körperkontakt.«

Sprudel lenkte den Wagen durch eine lang gezogene Kurve den Ludwigsberg hinunter. »Popeye«, sagte er. »So hat Liesi den Toten genannt. Ob ihn sonst noch jemand unter dem Namen kennt, möchte ich bezweifeln. Vermutlich hat er sie aus irgendeinem Grund an die Comicfigur erinnert, und damit war der Fall für sie klar.«

»Sabines DNS befindet sich an seinem Körper«, sagte Fanni, ohne auf Sprudels Bemerkung einzugehen. »Heißt das, sie haben sich gekannt? Jedenfalls müssen sie zusammengetroffen sein. Aber Sabine hat doch ...« Fanni griff sich benommen an die Stirn. Sprudel musste vor der Brücke anhalten, weil die Ampel auf Rot stand. Er zog die Handbremse an und wandte sich Fanni zu. »Als wir mit Sabine über den Toten im Schrank gesprochen haben, hatte sie noch kein Foto von ihm gesehen. Erinnerst du dich? Hans und Sabine sind aus ihrem Kurzurlaub gekommen, hatten gleich darauf Besuch von den Nachbarn und dann von uns. Sabine hatte keine Zeit, sich Nachrichten anzuschauen. Woher hätte sie also wissen sollen, ob sie den Toten kennt?«

Die Ampel schaltete auf Grün. Sprudel setzte den Blinker und fuhr auf die Brücke. »Dass Sabine und der Tote sich gekannt haben, ist nicht gesagt. Popeye kann in der Klinik ganz zufällig mit ihr zusammengetroffen sein, als er He Xie abgeholt hat. Das hat er vermutlich nicht nur einmal getan, sonst hätte sich Liesi nicht an ihn erinnert, und einen Spitznamen hätte sie ihm erst recht nicht verpasst. Allerdings müsste er Sabine dabei ziemlich nahe gekommen sein, oder sie müsste ihm etwas gegeben haben.«

»Was das wohl hätte sein können?«, fragte Fanni.

Darauf musste Sprudel die Antwort schuldig bleiben. Er bog auf den Parkplatz ein, stellte den Wagen ab und löste den Sicherheitsgurt. Plötzlich schlug er sich an den Kopf. »Das Wichtigste hätte ich beinahe vergessen. Marco hat Kazol ausfindig gemacht.«

Fanni hatte bereits die Beifahrertür geöffnet und wollte gerade aussteigen. Überrascht hielt sie inne.

»Er ist in Bad Kötzting gemeldet«, fuhr Sprudel fort. »Seit mehr als drei Jahren schon.«

»Das kann nicht sein«, erwiderte Fanni. »Das hätte Brandel doch längst herausgefunden, oder?«

Sprudel zog den Zündschlüssel ab. »Nicht unbedingt. Was in gewisser Weise sogar unser Fehler war.«

»Unser Fehler?«, echote Fanni.

»Wir sind von falschen Voraussetzungen ausgegangen«, erklärte Sprudel. »Weil dieser Kazol weiße Pflegerkleidung getragen hat, haben wir automatisch angenommen, dass er in der TCM-Klinik arbeitet, und das haben wir Brandel auch so weitergegeben.«

Sprudel tippte auf seine Armbanduhr, um Fanni daran zu erinnern, dass sie es eilig hatten, und stieg aus.

»Logischerweise hat Brandel zuerst in der Klinik nachgefragt«, sagte er, als sie über den Parkplatz gingen. »Und hat die korrekte Antwort bekommen, dass ein Kazol dort niemandem bekannt sei.« Sprudel hielt für Fanni die Eingangstür zur Klinik auf. »Wer könnte es dem guten Brandel verdenken, dass er geglaubt hat, wir hätten die ganze Geschichte erfunden, um von uns abzulenken, und dass er daraufhin die vermeintlich falsche Spur nicht weiterverfolgte?«

Fanni rieb sich die Augen, als müsse sie ein Traumbild vertreiben. »Kazol *hat* ja auch so ausgesehen, als würde er hier arbeiten.«

»Oder in einer anderen Klinik«, gab Sprudel zu bedenken.

Fanni blieb mitten im Foyer stehen. »Am Ludwigsberg.«

»Eben«, antwortete Sprudel und schob sie durch die Glastür in den Wartebereich. »Er könnte in der Luitpold–Maximilian-Klinik oder im Pflegezentrum angestellt sein und hatte keine Zeit, sich umzuziehen, bevor er – aus welchem Grund auch immer – hierhergekommen ist.«

»Wir müssen uns dort nach ihm erkun…« Fanni konnte den Satz nicht zu Ende bringen, denn gegenüber öffnete sich eine Tür.

»Frau Rot, bitte.«

Im nächsten Moment wurde auch Sprudel in eines der Behandlungszimmer gerufen.

Als sie eine halbe Stunde später im Wartebereich wieder zusammentrafen, sagte Sprudel: »Wenn wir, wie geplant, nach Liezen fahren wollen, müssen wir eine Zusammenkunft mit Kazol einstweilen zurückstellen.«

Fanni schnitt eine Grimasse, sagte jedoch: »Vertagen wir Kazol. Schauen wir uns zuerst Sabines früheren Arbeitsplatz und ihre ehemaligen Kollegen an.«

Eiligst verließen sie die Klinik.

»Und du glaubst, die Strecke über Regen-Grafenau ist kürzer?«, fragte Fanni, als Sprudel den Wagen starten wollte.

Er reichte ihr die Straßenkarte, die aufgeschlagen in einem Fach unter dem Armaturenbrett steckte. »Laut Karte schneiden

79

wir eine hübsche Ecke ab, wenn wir nicht zum Autobahnanschluss Deggendorf fahren«, antwortete er.

»Dann müssen wir aber bis Passau über Land gurken«, hielt Fanni dagegen. »Durch ein Bayerwaldkaff nach dem andern.« Sie klappte die Karte zusammen und legte sie an ihren Platz zurück. »Wir sollten die Fahrzeiten vom Navi berechnen lassen.« Sprudel machte eine einladende Geste. »Bitte sehr.« Dann lehnte er sich zurück und wartete.

Es dauerte eine ganze Weile, bis Fanni »Österreich«, »Liezen«, »Sonderziele« und so weiter eingegeben hatte. Daraufhin erschien die Frage, ob mautpflichtige Straßen erlaubt seien. Fanni berührte das Feld, in dem »ja« stand.

Dann sah sie Sprudel grinsen.

»Was …?«

Er deutete aufs Display. Eine Art Trichter erschien, der seine Öffnung von links nach rechts schwenkte. »Kein Signal. Wir befinden uns hier nicht in Reichweite einer Sendestation.«

Fanni bedachte erst ihn, dann das Navigationsgerät mit einem bitterbösen Blick.

Sprudel startete den Wagen.

Als sie auf die B 85 einbogen, erschienen plötzlich drei Routenvorschläge auf dem Display.

Fanni studierte sie. »Eine gute halbe Stunde«, sagte sie dann. »Wenn wir die Autobahn ab Kreuz Deggendorf nehmen, sparen wir mehr als eine halbe Stunde.«

»Theoretisch«, konterte Sprudel. »Tatsächlich steht zu befürchten, dass wir vor Iggensbach in einen Stau geraten. Die Strecke zwischen Hengersberg und Iggensbach ist doch berüchtigt. Kaum ein Tag vergeht, an dem sich auf diesem Abschnitt kein Unfall ereignet. *Iggensbach*, einer der Spitzenreiter in den Staumeldungen.«

Obwohl Fanni ihm recht geben musste, entschieden sie letztendlich doch, die Autobahnroute zu riskieren, weil die Fahrzeit auf den anderen Strecken ebenso akademisch berechnet war, wie die auf der A 3.

Die Autobahn war wie immer stark befahren. Der Verkehr floss so dicht, dass er Sprudel volle Aufmerksamkeit abverlangte und keinen Spielraum für Debatten über die beiden Mordfälle oder gar die Frage ließ, inwieweit sie zusammenhingen.

Die Ausfahrt Hengersberg passierten sie noch zügig, doch vor Iggensbach gab es Stockungen, die sich aber glücklicherweise nicht zu einem richtigen Stau auswuchsen. Danach ging es wieder mehr oder weniger ungehindert, allerdings ziemlich holprig weiter.

Kurz vor Suben sagte Fanni: »In den Siebzigern bin ich mit Hans mal nach Berlin gefahren. Durch die damalige DDR. Da haben die Straßen ähnlich ausgesehen. Wie ein Flickenteppich.«

Sprudel setzte den Blinker und fädelte auf die Fahrbahn ein, die zum Vignettenverkaufsstand führte. Er deutete auf die Menschenschlange vor dem Schalter. »Hier hat man frühzeitig dafür gesorgt, dass es nicht zu derart maroden Straßen kommt. Das Pickerl scheint ein wahrer Goldesel zu sein. Es hat den österreichischen Autobahnen Flüsterasphalt beschert, kilometerlange Schallschutzwände und unter jedem Buckel einen Tunnel.« Er lachte auf. »Als wir beide vor ein paar Jahren nach Windischgarsten gefahren sind, haben wir sogar einen entdeckt, der überhaupt keinen sichtbaren Zweck erfüllte. Ein Tunnel um des Tunnels willen.« Kopfschüttelnd stieg Sprudel aus, um seinen Beitrag zum österreichischen Straßenbau zu leisten.

Tatsächlich fuhren sie eine Stunde später durch kurze Tunnelröhren, die anmuteten wie vergessene Bausteine. Kein Hügel wölbte sich über ihnen, weder Straße noch Schienen führten über sie hinweg.

»Wozu sind sie bloß da?«, sagte Fanni verwundert.

Seit sie am Voralpenkreuz der Beschilderung nach Graz gefolgt waren, hatte sich das Verkehrsaufkommen zusehends verringert, weshalb Fanni nun auszusprechen wagte, was seit Stunden in ihrem Kopf herumspukte. »Ich frage mich die ganze Zeit«, begann sie, »was Kazol in der TCM-Klinik so Dringendes zu erledigen hatte. Könnte er zu Liesi gewollt haben? Schließlich ist er ja geradewegs zum Qigong-Raum gegangen, wo sie geputzt hat. Aber was hätte er ausgerechnet mit ihr zu besprechen gehabt?«

Ärgerlich biss sie auf ihrer Unterlippe herum. »Wenn wir früher gewusst hätten, dass Kazol nicht in der TCM arbeitet …«

Sie fing wieder an, an der Lippe zu nagen. »Es war doch ein Fehler, loszufahren. Wir hätten Liesi noch mal ausfragen sollen. Sie muss Kazol kennen – und Sabine. Sabine war ja quasi ihre Chefin, oder?«

Sprudel nahm eine Hand vom Steuer und legte sie auf Fannis Arm. »Muss sie deshalb etwas über Sabine wissen? Und dass sie Kazol kennt, ist eine vage Vermutung. Es gibt wahrscheinlich tausend Gründe, warum er in der TCM-Klinik aufgetaucht sein könnte. Vielleicht war es wegen eines Patienten, der von ihm behandelt und dann dahin verlegt wurde.« Er drückte kurz Fannis Arm, ließ dann los und umfasste wieder das Steuer. »Meinst du nicht, dass es ziemlich gleichgültig ist, an welchem Punkt man mit den Ermittlungen ansetzt? Wichtig ist doch, ob was dabei herauskommt. Und das kann man vorher nicht wissen. Könnte man's, dann wäre Verbrechensaufklärung ein Kinderspiel.«

»Er hat sich eingemischt«, sagte Fanni.

Sprudel ließ ein fragendes »Hhm?« hören.

»Kazol hat mich – grob gesagt – aufgefordert, Liesi in Ruhe zu lassen und zu verschwinden.«

»Was man ihm nicht verübeln kann«, meinte Sprudel. »Jeder, der über Liesi Bescheid weiß – das ist ganz Kötzting, nehme ich an – und der ein bisschen hilfsbereit ist, würde doch dafür sorgen, dass sie nicht belästigt wird.«

»Belästigt«, knurrte Fanni. »Ich habe sie ja nicht belästigt.«

Darüber wollte sich Sprudel offenbar auf keine Diskussion einlassen, denn er sagte: »Wie wirkte Kazol denn, als du mit ihm zusammengetroffen bist? Hektisch? Nervös? Von wo ist er gekommen, und wo könnte er hingewollt haben?«

Fanni schloss die Augen, um das Geschehen vor dem Qigong-Raum noch einmal heraufzubeschwören.

»Irgendwie wirkte er mürrisch«, erwiderte sie dann. »Mürrisch und abweisend. Er kam von hinten, also vom Treppenhaus her, und ist auf den Qigong-Raum zugegangen.«

»Wo Liesi geputzt hat«, warf Sprudel ein.

»Wo Liesi auf einmal ganz eilig geputzt hat«, präzisierte Fanni.

»Als ob sie sich ertappt gefühlt hätte?«, fragte Sprudel.

Erneut versuchte Fanni, sich zurückzuversetzen. »Einen

Moment lang habe ich tatsächlich gedacht, sie hätte Angst vor Kazol. Aber jetzt denke ich, dass ich mich getäuscht habe. Sie wollte wohl einfach nur mit der Arbeit fertig werden.«

»Wegen Kazol?«

»Vielleicht.«

»Aber warum denn?«

Die Antwort, die Fanni auf diese Frage am logischsten erschien, lautete: »Weil er kam, um sie abzuholen. Wenn ich das geahnt hätte, wären wir jetzt nicht hier.«

Falls Sprudel vorgehabt hatte, sie erneut mit einer Geste zu beschwichtigen, wurde er daran gehindert, denn am Ausgang des Bosrucktunnels, der ihnen die kurvige Strecke über den Pyhrnpass erspart hatte, wurden sie erneut zur Kasse gebeten.

Mit leisem Bedauern passierten sie die Ausfahrt ins Gesäuse.

»Admont, Hall, Jonsbach, Hieflau«, sagte Fanni wehmütig. »Planspitze, Hochtor, Kalbling. Wir sollten mal wieder einen Wanderurlaub machen, Sprudel.«

Sprudel war deutlich anzusehen, dass er den Wanderurlaub im Gesäuse am liebsten sofort angetreten hätte. Stattdessen fuhr er unerschütterlich weiter und sagte mit Blick auf die Beschilderung: »Nächste Ausfahrt Liezen. Haben wir den Standort der Rehaklinik im Navi?«

Fanni verneinte. »Unter ›Sonderziele‹ sind nur ›Bahnhof‹, ›Parkplatz‹, ›Shoppingcenter‹ und ›Sehenswürdigkeiten‹ angezeigt worden. Damit ich die Fahrzeit berechnet bekam, habe ich einfach ›Bahnhof‹ angeklickt.«

»Bleibt also nur durchfragen«, meinte Sprudel.

»Oder googeln.« Fanni griff nach hinten und angelte ihr Tablet aus dem Seitenfach der Reisetasche.

Die Anschrift der Rehaklinik fand sich auf der Homepage: Waldsamerweg 7.

»So geht das heutzutage«, sagte sie prahlerisch zu Sprudel, schaltete das Tablet wieder aus und gab Straße und Hausnummer ins Navigationsgerät ein.

Eine freundliche Stimme dirigierte sie vom Gewerbegebiet am Stadtrand von Liezen auf die Ennstalstraße Richtung Wörschach,

hieß sie dann bei einer Kapelle links abbiegen und ein schönes
Stück bergwärts fahren.

»Ankunftszeit: siebzehn Uhr zweiunddreißig«, versprach die
Anzeige auf dem Display. Fanni sah auf ihre Armbanduhr. Halb
sechs.

Tatsächlich erreichten sie wenige Minuten später ein Hoch-
plateau und fuhren über einen gepflasterten Weg auf ein schmuck-
loses dreistöckiges Gebäude zu.

*Nüchtern, unpersönlich, geradezu hässlich! An den Federn erkennt
man den Vogel!*

Fanni registrierte, wie Sprudels Blicke den Ort abtasteten.

»Liegt ja ganz idyllisch am Waldrand«, sagte er dann in einem
Ton, als wäre er erleichtert, endlich einen Pluspunkt gefunden
zu haben.

Was es bei diesem Wetter nicht attraktiver macht!

Es hatte kräftig zu regnen begonnen, sodass der Wald trist und
dunkel, beinahe bedrohlich wirkte. Dicke Tropfen platschten wie
Watschen auf die Windschutzscheibe, das Dach und die Kühler-
haube des Wagens. Fanni schüttelte sich, als wäre sie getroffen
geworden, obwohl sie noch im Trockenen saß.

Sprudel folgte dem Hinweisschild zum Besucherparkplatz,
das ihn in einem Halbkreis um das Gebäude herumführte. Eine
Rabatte aus niedrigem Gesträuch war offenbar dazu da, die Bewohner mehr schlecht als recht vom Autoverkehr abzuschirmen.

Hier an der Ostseite rückte der Wald sehr nahe heran, tauchte
alles in tiefe Schatten. Sprudel stellte den Wagen unter einer
Fichte ab, deren tropfende Zweige träge hin- und herschwan-
gen.

Fanni löste ihren Sicherheitsgurt, blieb jedoch sitzen. Auf
einmal kam ihr das Unternehmen unsinnig vor. Was wollten sie
denn eigentlich herausfinden? Dass Sabine als hauswirtschaftliche
Betriebsleiterin (Fanni argwöhnte, der Posten bedingte, sich um
jeden Mist kümmern zu müssen) in diesem Bunker am Waldrand
gearbeitet hatte, wussten sie schließlich längst. Dazu hätten sie
den traurigen Ort nicht mit eigenen Augen sehen müssen.

*Sabine hat es hier gefallen, das sagte sie jedenfalls. Aber darum geht es
jetzt gar nicht. Der Zweck eures Kommens ist, in Sabines Vergangenheit*

zu wühlen und ans Licht zu befördern, was zu dem Mord geführt haben könnte! Vielleicht entdeckt ihr einen verlassenen Ehemann, der sie lieber tot sehen als hergeben wollte!

Der Flecken wirkt auf mich wie ein vergessener Friedhof, dachte Fanni.

»Was ist?«, fragte Sprudel.

»Mir scheint, ich bin ein bisschen müde«, antwortete sie ausweichend.

»Dann lass es uns hinter uns bringen«, sagte Sprudel. Er stieg aus, eilte um den Wagen herum und öffnete für Fanni die Beifahrertür. Hand in Hand liefen sie auf den Eingang der Klinik zu.

Zugegeben, die Stätte wirkt irgendwie unheimlich. Aber auch in der Hölle gibt es Leute, die man kennt!

Fanni fröstelte.

Das Gebäude sah aus, als hätte es schon bessere Tage gesehen. Der ehemals weiße Anstrich wies gelblich graue Streifen auf, die Steinplatten auf dem Vorplatz hatten Moos angesetzt. Ein vergilbter Aushang neben dem Portal informierte Besucher darüber, dass sie ab achtzehn Uhr nicht mehr erwünscht waren. Wer dennoch eintreten wollte, hatte zu klingeln. Ein Aufkleber an der Flügeltür im Windfang ließ wissen, dass sich jeder Besucher beim Pförtner anzumelden habe.

Der saß in einem Gehäuse aus angeschmuddeltem Milchglas, sah mürrisch und bärbeißig aus.

Fanni trat an die Sprechluke und holte Luft. »Wir sind alte Bekannte von Sabine Maltz und möchten ihr Guten Tag sagen.«

Der Pförtner sah sie gelangweilt an. »Zimmernummer?«

»Frau Maltz arbeitet hier«, sagte Fanni.

Daraufhin runzelte er die Stirn und dachte nach. Nach einigen Augenblicken kam die Antwort in auffällig unbeteiligtem Ton: »Frau Maltz *hat* mal hier gearbeitet, ist dann aber weg.«

Fanni tat überrascht. »Wie ist es denn dazu gekommen?«

Der Pförtner zuckte die Schultern und schob eine Fensterscheibe vor die Luke.

Ende der Audienz!

Fanni klopfte ans Glas. »Könnten wir vielleicht mit einer

Kollegin von ihr sprechen? Einer, mit der sie gut bekannt oder befreundet gewesen ist?«

Der Pförtner verzog missbilligend den Mund und machte die Luke wieder auf. »Wer soll denn das sein?«

»Eine der Schwestern, eine der Krankengymnastinnen, eine Küchenhilfe.« Sprudels Stimme schnitt wie ein Wurfmesser durch den Raum. »*Sie* sitzen doch hier und beobachten, wer aus und ein geht und wer sich dabei mit wem unterhält.«

Die Miene des Pförtners wurde bösartig. »Aber ich bin kein Auskunftsbüro.« Die Luke knallte zu.

Das war es wohl. Verbindung abgeschnitten!

»Kann ich etwas für Sie tun?«, fragte eine sympathische weibliche Stimme in Fannis Rücken.

Fanni fuhr herum. »Wir —«

»Die Herrschaften wollten zu Sabine Maltz«, kam ihr der Pförtner zuvor, der offenbar hastig beschlossen hatte, konziliant zu sein.

Mit einem Seitenblick stellte Fanni fest, dass er den Kopf durch die nun wieder geöffnete Luke geschoben hatte.

Sie wandte sich erneut der jungen Frau zu, die sie angesprochen hatte und freundlich lächelte. Sie trug einen weißen Kittel, an dessen Revers sich ein Button mit dem Aufdruck »Teamleitung Pflege. Lisa Weber« befand.

»Frau Maltz hat unsere Klinik leider vor einiger Zeit verlassen«, sagte Lisa Weber bedauernd.

»Sie haben sie gekannt?«, fragte Fanni.

Lisa Weber schüttelte den Kopf. »Wir sind uns nur ein einziges Mal begegnet.«

»Bitte«, sagte Fanni eindringlich, »wir würden gern mit jemandem sprechen, der sie gekannt hat.«

Lisa Weber nickte und strich sich nachdenklich über die Stirn. »Dr. Heinz ist im Urlaub, Schwester Anna hatte Vormittagsschicht, Frau Gerwin ist krank und alle andern …«

»Haben den Hut genommen nach der Sache damals«, ließ sich der Pförtner wieder vernehmen. »Sag ich doch.«

»Tut mir leid«, wandte sich Lisa Weber wieder an Fanni. »Es scheint tatsächlich niemand im Haus zu sein, der Sabine Maltz —

Moment«, unterbrach sie sich. »Die 127. Unser früherer Hausmeister. Der ist zufällig als Patient hier.«

»Dürfen wir mit ihm sprechen?«, fragte Fanni in ausgesucht höflichem Ton.

»Aber ja, nat—«, setzte Frau Weber an, stockte jedoch und stieß geräuschvoll den Atem aus. »Nein, tut mir leid, es geht doch nicht. Der Patient leidet seit zwei Tagen unter einem Infekt, den wir nicht in den Griff kriegen. Gerade eben habe ich erfahren, dass unser Oberarzt angeordnet hat, ihn morgen früh ins Krankenhaus zu verlegen. Tut mir leid«, wiederholte sie. »Tut mir wirklich leid, dass wir Ihnen nicht weiterhelfen können.« Damit eilte sie davon.

»Und bevor Sie mir jetzt *damit* kommen«, brummte der Pförtner, »nein, ich habe keine Adresse von der Maltz in meinem Computer.« Sein Blick sagte deutlich: *Und jetzt verschwindet von hier.*

In Wahrheit hätte Fanni nichts lieber getan, aber dann wäre die Fahrt nach Liezen ganz umsonst gewesen. Außerdem hatte sie Blut geleckt.

Was, bitte, fragte sie sich, hat dieser grantige Pförtner mit »Alle andern haben den Hut genommen nach der Sache damals« gemeint?

Hört sich ganz so an, als wäre etwas Schlimmes vorgefallen! Etwas so Einschneidendes, dass sich die halbe Belegschaft genötigt sah, abzutreten – Sabine nicht ausgenommen. Ein winziges Leck kann auch ein großes Schiff untergehen lassen!

Irgendwo ertönte ein Gong.

»Achtzehn Uhr«, gab der Pförtner bekannt, als gelte es ein Urteil zu verkünden. »Unsere Klinik ist jetzt für Besucher geschlossen.«

Gewichtig trat er aus seinem Glashaus, öffnete die Eingangstür und winkte Fanni und Sprudel hinaus. Hinter ihnen rastete hörbar ein Schloss ein.

Das war es dann wohl!

In Fanni regte sich Kampfgeist. So leicht würde sie sich nicht geschlagen geben. Nachdem sie und Sprudel sich einige Schritte vom Eingang entfernt hatten, blieb sie stehen, drehte sich um und schaute zurück.

Das Klinikgebäude lag im diffusen Licht einer spärlichen Außenbeleuchtung. Der Regen hatte aufgehört, dafür hingen jetzt Nebelschleier am Gemäuer, überzogen es wie Spinnweben.

Im Parterre gab es mehrere große Fenster, die vermutlich zum Speisezimmer und anderen Gemeinschaftsräumen gehörten. Sie waren teils erhellt, teils dunkel, aber samt und sonders geschlossen.

Du willst doch nicht etwa …?

Ich muss mit diesem Hausmeister sprechen, dachte Fanni. Und ich habe nur hier und jetzt eine Chance.

Du weißt ja nicht mal, wie er heißt!

Nein. Aber weitaus wichtiger ist, dass ich mir seine Zimmernummer gemerkt habe.

Was, wenn man dich erwischt?

Daran mochte Fanni nicht denken.

»Lass uns gehen«, sagte Sprudel.

Versonnen folgte sie ihm zum Parkplatz, wo sie erneut einen taxierenden Blick auf die Fassade des Gebäudes warf. Hier auf der Ostseite waren die Fenster kleiner, gehörten vermutlich zu Behandlungs- und Gymnastikräumen. Kein einziges stand offen.

Sprudel hatte den Autoschlüssel bereits in der Hand, wollte gerade die Türentriegelung betätigen, hielt dann jedoch inne. Sein Blick wanderte von Fanni zur Fensterfront und wieder zurück.

»Wir sollten uns die Nordseite ansehen«, sagte Fanni.

Offenbar hatte Sprudel geahnt, was kommen würde, denn er zeigte sich kein bisschen erstaunt, rührte sich aber nicht von der Stelle.

Fanni zog ihn am Ärmel. »Soll der ganze Aufwand umsonst gewesen sein?«

Er setzte zum Sprechen an, klappte jedoch den Mund wieder zu, ohne ein Wort hervorgebracht zu haben.

Hat er nicht oft genug feststellen müssen, dass Widerstand zwecklos ist, wenn Fanni »Miss Marple« Rot sich etwas in den Kopf gesetzt hat?

Fanni zog so lang an seinem Ärmel, bis Sprudel sich in Bewegung setzte. Rasch überquerten sie den fast leeren Parkplatz, um an die Rückseite des Gebäudes zu gelangen. An der Ecke versperrte ihnen ein Lattenzaun den Weg.

Fanni spähte hinüber. Im Licht einer erstaunlich hellen Lampe über einem Seiteneingang konnte sie etliche Müllcontainer und ein Grüppchen ausrangierter Möbel erkennen. Ein Stück abseits befand sich ein offener Schuppen, aus dem das Auswurfrohr einer Schneefräse ragte. Auf dem Hinterhof schien nur eine schmale Trasse vom Haus zum Schuppen gepflastert zu sein, ansonsten wuchsen Gras und hohes Unkraut.

Fanni stellte sich auf die Zehenspitzen, um die Hausfassade so vollständig wie möglich in den Blick zu bekommen. Sie sah ein großes Fenster mit einem Lüftungsschacht daneben und nahm an, dass dahinter die Küche lag. Rechts davon gab es nur Mauerwerk, das allerdings ganz am Ende von zwei schmalen Fenstern unterbrochen wurde. Eines davon stand offen.

»Hilf mir über den Zaun, Sprudel. Und warte hier auf mich.«

Diesmal setzte er ernsthaft zu Widerspruch an, aber Fanni ließ ihn nicht ausreden. »Für dich ist das Fensterchen viel zu klein. Außerdem kann sich *ein* Eindringling leichter unsichtbar machen als zwei. Und überhaupt würde sich der Patient zu Tode erschrecken, wenn wir zu zweit in sein Zimmer stürmen.«

Wieso denn stürmen? Ein Moment Geduld kann viel Unheil verhüten!

Fanni konnte ein grimmiges Knurren nicht ganz unterdrücken. Diese Gedankenstimme mit ihren überkommenen Sprüchen machte sie verrückt.

Sprudel seufzte ebenso vernehmlich wie resigniert und bückte sich, damit Fanni sich auf seinen Schultern abstützen konnte, um über den Zaun zu klettern.

8

Einfacher hätte es gar nicht sein können.

Unter dem offenen Fensterchen stand ein Stahltisch, der vermutlich ausgedient hatte und seinem Abtransport auf die Müllkippe entgegensah.

Fanni kletterte darauf. Oben erkannte sie erfreut, dass der Fenstersims wie eine Schwelle vor ihr lag. Die Umstände wirkten geradezu einladend. Ein großer Schritt ...

Leider musste sie feststellen, dass das Fenster schmaler war, als gedacht.

Und was befindet sich dahinter? Ein blinder Schacht?

Fanni steckte den Kopf durch die Öffnung und lugte in den Raum. Anscheinend handelte es sich um eine Art Vorratskammer: An den Wänden reihten sich Regale, die Putzmittel, Toilettenpapier, stapelweise Pakete und diverse Behälter enthielten. Drei besonders große Behälter befanden sich direkt unter ihrer Einstiegsöffnung, sodass sie sie als Treppenstufe benutzen konnte.

Falls du dich durchs Fenster quetschen kannst!

Daran hegte Fanni wenig Zweifel, weil sie schon immer den Standpunkt vertreten hatte »Wo mein Kopf durchpasst, passt auch der Rest durch«. Sie hatte das sogar schon hin und wieder bewiesen.

Mit der linken Schulter voran schob sie sich seitwärts durch das Fenster, ertastete mit der Fußspitze einen der Behälter und senkte vorsichtig ihr Gewicht darauf.

Na also.

Es hatte keine drei Minuten gedauert, um in den Raum zu klettern. Von dort aus gelangte sie in einen Flur und durch den Flur zu einer Treppe.

Die Patientenzimmer mussten oben sein.

Fanni hastete hinauf und kam in einen weiteren Flur, von dem in regelmäßigen Abständen Türen abgingen. Jede Türfüllung war mit einer Zierkachel bestückt, die eine Nummer trug.

»Hundertsiebzehn«, las Fanni halblaut. Demnach musste 127 ziemlich am Ende des Ganges liegen.

Sie zögerte.

Zu Recht! Auf dem Weg den Flur hinunter kann man dich nämlich von Weitem sehen! Kein Nischchen, kein Eckchen, in das du dich verkriechen könntest, sollte jemand auftauchen!

Da hilft wohl nur Behändigkeit, dachte Fanni und spurtete los.

Die vorletzte Tür auf der rechten Seite wies die Nummer 127 auf. Fanni drückte die Klinke hinunter.

Als sie eintrat, sah sie als Erstes einen Tisch samt Stuhl vor einem halb zugezogenen Vorhang. Erst nachdem sie die Tür geschlossen und sich nach links gewandt hatte, tauchte ein Bett in ihrem Blickfeld auf.

Hier riecht's ja so penetrant nach Pfefferminzöl, als hätte man die Bodendielen damit getränkt!

Ein älterer Mann lag bis an den Hals zugedeckt im gespenstischen Schein einer Rotlichtlampe. Er hatte die Augen geschlossen, doch als Fanni näher trat, öffnete er sie und starrte sie unverwandt an.

Schließlich holte er rasselnd Luft. »Sie sind aber keine von den Schwestern.« Ein Hustenanfall folgte dem kurzen Satz.

Fanni legte die Hand auf die Bettdecke und strich darüber, als wolle sie ein verängstigtes Tier besänftigen. »Nein, ich bin keine von den Schwestern. Und ich dürfte überhaupt nicht hier sein. Wenn man mich erwischt, bekomme ich einen Riesenärger, womöglich eine Anzeige. Trotzdem habe ich mich hergeschlichen, weil ich mit Ihnen über Sabine Maltz reden muss.«

Während sie sprach, hatte sich der Mann im Bett aufgerichtet und sich ein Kissen in den Rücken gestopft.

»Erinnern Sie sich an Frau Maltz?«, fragte Fanni.

Er nickte. »Sowieso. Ich werd die Sabine doch nicht vergessen. Eine so gute Köchin vergisst man nicht. Seit sie weg ist, schmeckt das Essen in der Klinik wie Pappendeckel mit Brackwasser. Und wie sie noch da war ...« Er hustete in sein Taschentuch. »Wie sie noch da war, hätten wir es mit einem Dreisternerestaurant aufnehmen können.« Er lächelte melancholisch. »Haben Sie schon einmal Milchbrätling gegessen? Das ist ein Schwammerl. Eine Delikatesse. Die Sabine hat gewusst, wo man Milchlinge findet. Und wie man sie zubereitet. Nur die Sabine hat das gewusst. Und mich hat sie manchmal eingeladen, wenn sie so was Besonderes gemacht hat – Milchbrätling oder Bärlauchomele…«

Ein Hustenanfall unterbrach ihn.

»Was ist denn aus der Sabine geworden?«, fragte er, als der Anfall vorüber war.

»Sie ist tot«, erwiderte Fanni.

Der Mann im Bett riss die Augen auf und schüttelte den Kopf, als wolle er die Nachricht nicht wahrhaben.

»Sie ist ermordet worden«, fügte Fanni hinzu. »Und ich muss herausfinden, wer es getan hat.«

»Sind Sie eine Kriminalkommissarin?«

»Nein, dann wäre ich ja nicht heimlich hier.«

»Privatdetektivin?«

Allmählich könnte man dich schon so bezeichnen! Wer lang genug auf einem Ast sitzt, mag als Vogel angesehen werden!

Fanni machte eine Geste, die als Bestätigung durchgehen konnte. Dann fragte sie: »Warum hat Sabine ihren Posten hier aufgegeben?«

Der Mann im Bett wischte sich mit dem Taschentuch über die Augen. »Das ist eine lange und traurige Geschichte.«

»Bitte«, sagte Fanni nur knapp.

Er richtete sich auf, griff nach dem Glas auf seinem Nachttisch, trank einen Schluck und lehnte sich wieder zurück. »Unsere Waldklinik ist einmal ein angesehenes Haus gewesen, und Sepp Sunder«, er tippte auf seine Brust, »war der Hausmeister. Unsere Küche ist berühmt gewesen und unsere Heilerfolge sagenhaft. Etliche berühmte Sportler haben sich nach Verletzungen unserem Chefarzt anvertraut. Er ist eine Koryphäe gewesen. Eine Kapazität. Bis sein Leben den Bach hinuntergegangen ist.«

Fanni nutzte Sunders Verschnaufpause, um zu fragen: »Wie hieß er denn?«

»Kazol. Rainer Maria Kazol.«

Fanni gelang es, einen überraschten Ausruf zu unterdrücken.

»Eigentlich hat sein Unglück schon lange, bevor er hier Chefarzt geworden ist, angefangen«, fuhr Sunder schwer atmend fort. »Bei der Geburt seiner Tochter nämlich. Irgendwas ist da schiefgelaufen, das Schneckerl hat eine Zeit lang keinen Sauerstoff bekommen oder so, und das hat in seinem kleinen Hirn eine Menge Schaden angerichtet.« Er musste wieder eine Pause machen und trinken. Fanni wartete geduldig.

»Die Kleine«, fuhr er schließlich fort, »war kein Kretin, wirklich nicht, aber eindeutig zurückgeblieben. Einfältig, leichtgläubig, ein bisserl begriffsstutzig halt. Damit hat die Familie leben müssen. Und sie haben das auch ganz gut hingekriegt, bis die Frau Kazol krank geworden ist. Knochenkrebs. Keine Aussichten auf was anderes als aufs Sterben. Ihr einziger Wunsch ist noch gewesen, dass ihr Schneckerl nicht in ein Heim kommt.« Sunder hustete beängstigend und sagte dann mit erstickter Stimme: »Die Schwester von der Frau Kazol hat die Kleine nach dem Begräbnis mitgenommen – zu sich nach Bayern.« Er schloss erschöpft die Augen, fuhr jedoch fort: »Sie müssen sich vorstellen, wie unserem Chef danach zumute gewesen ist. Die Frau qualvoll gestorben, das Kind weit weg … Wen wundert's, dass er angefangen hat zu trinken.«

Fanni musste sich vorbeugen, um ihn besser verstehen zu können, Sunders Stimme war heiser und sehr, sehr leise geworden. »Wir haben natürlich alle gehofft, dass er sich fängt. Die Ärzte und Schwestern haben ihn gedeckt, haben seine Fehler ausgebügelt und sich um alles gekümmert. Die Sabine hat sich seiner mehr und mehr angenommen, bis die zwei – na ja, Sie wissen schon.« Er öffnete die Augen und warf Fanni einen fragenden Blick zu. Sie nickte, um ihm zu vermitteln, dass sie begriff. Daraufhin sprach Sunder mühsam weiter: »Tatsächlich hat es eine Zeit lang so ausgeschaut, als tät er's packen. Alles hätte einigermaßen gut ausgehen können – aber auf einmal ist die Sache so richtig aus dem Ruder gelaufen.«

Erneut musste sich Sunder ausruhen, bevor er weitermachen konnte.

Steht zu hoffen, dass er noch durchhält bis zum Ende der Geschichte!

Vor allem steht zu hoffen, dass niemand hereinkommt vor dem Ende der Geschichte, dachte Fanni. Sie war inzwischen so nervös, dass ihre Haut kribbelte, als befände sich ein Netz von Ameisenstraßen darauf.

»Es war im Juli vor fünf Jahren«, erzählte Sunder. »Sabine hat wegen einer Kolik ins Kreiskrankenhaus eingeliefert werden müssen. Nichts Schlimmes, wie sich nachher herausgestellt hat, aber sie ist eine Woche fort gewesen, und das hat gereicht.« Sunders Stimme wurde zu einem Flüstern: »Vielleicht hat der Chef Angst gehabt, dass ihm auch noch die Sabine wegstirbt, jedenfalls hat er wieder zu saufen angefangen – schlimmer als zuvor.« Etwas lauter, aber mit Tränen in den Augen fuhr er fort. »Wie es der Teufel haben wollte, hat sich zur gleichen Zeit ein Virus in der Klinik breitgemacht. Fieber, Schüttelfrost, Erbrechen. Nicht, dass nicht schon früher mal eine Grippe im Haus grassiert wäre, aber das war ein anderes Kaliber. Die anderen Ärzte und ein paar Schwestern haben den Chef gewarnt, wollten, dass er die Patienten ins Krankenhaus verlegt. Aber er hat nicht mit sich reden lassen. Er hat in seinem Suff einfach nicht kapiert, was los war. Und als sich die anderen endlich über seine Entscheidung hinweggesetzt hatten, ist es zu spät gewesen. Eine junge Frau – im zweiten Monat schwanger – ist gestorben. Drei andere Patienten sind nie mehr richtig gesund geworden.«

»Wie hat die Frau denn geheißen?«, fragte Fanni. »Diejenige, die gestorben ist, meine ich.«

Sunder sah sie irritiert an. »Wie heißen *Sie* eigentlich?«

»Fanni. Fanni Rot.« Während sie ihren Namen aussprach, sagte sie sich, dass es vielleicht besser gewesen wäre, einen falschen zu nennen.

Da ist jetzt nichts mehr zu retten. Die Zunge des Weisen liegt im Herzen, das Herz des Narren liegt auf der Zunge!

»Fanni«, wiederholte Sunder. »So ähnlich – nämlich Nanni – hat die Ärmste geheißen, die nicht durchgekommen ist. An den Nachnamen kann ich mich nicht erinnern. Wissen Sie, Fanni, mir gegenüber hat man die Patienten selten beim Namen genannt. Weil für mich war nur die Zimmernummer wichtig. Nummer 102 braucht eine neue Glühbirne. Auf 104 pfeift der Heizkörper. In 106 tropft …« Sunder musste erneut innehalten.

»Wie ist es dann weitergegangen?«, fragte Fanni.

»Wie schon?«, sagte Sunder. »Man hat Kazol den Prozess gemacht und ihn verurteilt. Geldbuße, eine Gefängnisstrafe auf Bewährung und Entzug der Dings, der Ap...«

»Approbation.«

Sunder ließ ein bestätigendes Husten hören. »Nach dem Urteil ist Kazol aus der Region verschwunden. Und obwohl außer ihm niemand angeklagt worden ist, hat sich einer nach dem anderen aus der Klinik abgeseilt.«

»Aber Sabine ist geblieben«, sagte Fanni.

Sunder nickte. »Ein paar Jahre noch. Genau weiß ich es nicht, weil ich schon in Pension war, als sie dann auch weggegangen ist. Während des Prozesses hat sie Kazol voll unterstützt. Für ihn ausgesagt und so. Damit hat sie sich aber nicht überall beliebt gemacht.« Er stieß einen keuchenden Seufzer aus. »Trotz allem hat sie ihn nicht retten können und die Klinik sowieso nicht. Da ist dann alles den Bach ...« Sunder verstummte und warf Fanni einen warnenden Blick zu. Sein Zeigefinger schälte sich aus dem Bettzeug und deutete auf die Tür, deren Klinke sich gerade senkte.

Ertappt!

Automatisch machte Fanni ein paar Schritte seitwärts, presste sich mit dem Rücken an die Wand. Die Tür flog so schwungvoll auf, dass sie die Hände abwehrend vorstrecken musste, um nicht am Kopf getroffen zu werden. Sie packte die Klinke und hielt sie fest.

Das wird nicht viel helfen, wenn derjenige, der gleich eintritt, die Tür hinter sich wieder schließen will!

Dem war offenbar nicht so, denn Fanni hörte Schritte und daraufhin vom Bett her eine weibliche Stimme, die ihr bekannt vorkam. »Na, Herr Sunder. Wie geht es uns denn? Hat die Einreibung gewirkt? Lassen Sie uns mal Fieber messen.«

Deine Chance, Fanni Rot!

Es blieb ihr gar nichts anderes übrig, als die Gelegenheit schleunigst zu nutzen.

Leise, ganz leise schlich sie sich aus dem Spalt zwischen der Wand und der offenen Tür. Aus dem Augenwinkel gewahrte sie eine Frau im weißen Kittel, die sich über Sunder beugte, dann war sie schon aus dem Zimmer.

Draußen im Flur wandte Fanni sich in Richtung Treppe.

Flink weg jetzt!

Sie blieb jedoch stocksteif stehen.

In der Mitte des Ganges hatten sich Aufzugtüren geöffnet, und einer jener fahrbaren Tische, die in Krankenhäusern zur Essens- und Medikamentenausgabe verwendet wurden, kam in Sicht.

Und in weniger als einer halben Sekunde wird die Person erscheinen, die ihn vor sich herschiebt. Also mach gefälligst die Fliege!

Wie denn? Fannis Keuchen stand dem von Sunder in nichts nach.

Rette dich in eins der Zimmer!

Fanni wurde klar, dass ihr keine Wahl blieb. Sie drehte sich um und rannte an Sunders Zimmer vorbei ans Ende des Ganges, wo sich die letzte Tür befand.

Fanni riss sie auf.

Drinnen war es dunkel.

Na, umso besser!

Sie drückte die Tür hastig hinter sich ins Schloss, dann musste sie erst einmal abwarten, bis sich ihre Augen halbwegs an die Dunkelheit gewöhnt hatten.

Ist es nicht auch auffällig still hier drin?

Fanni horchte: kein Atemgeräusch, kein Rascheln, nicht das leiseste Knistern.

Mit der Zeit schälten sich Formen aus dem Dunkel. An der Wand gegenüber fand ihr Blick zwei helle Streifen. Vertikal. Höchstens drei Finger breit.

Das ist das Fenster! Die Vorhänge müssen ganz zugezogen sein!

Fanni zögerte nur kurz. Dann durchquerte sie das Zimmer, zog die Vorhänge auf und sah sich um.

Auf dem Bett lag eine nackte Matratze. Die Schranktüren standen offen und ließen eine leere Kleiderstange sehen. Die Tischplatte glänzte unbenutzt und sauber. Auf dem Nachttisch lag kein Stäubchen.

Prima! Hier kannst du in Ruhe abwarten, bis draußen die Luft rein ist!

Im selben Moment flog die Tür auf.

Fanni sank auf die Knie und kauerte sich in die Nische zwischen Nachttisch und Wand.

»Hundertachtundzwanzig ist heute Vormittag entlassen worden.« Die Stimme kam aus einiger Entfernung.

»Ach so. Warum ist dann nicht zugesperrt?« Die Sprecherin musste ganz nahe sein. Fanni presste das Kinn an die Brust und kniff die Augen zu, als würde sie das unsichtbar machen.

»Ist halt vergessen worden«, kam die Antwort von der entfernten Stimme.

Daraufhin knallte die Tür zu, und es folgte ein Geräusch, das Fanni vor Schreck erstarren ließ: Der Schlüssel drehte sich im Schloss.

Gefangen! Das hat Miss Marple jetzt davon!

Verstört krabbelte Fanni aus ihrem Versteck, sah sich unschlüssig um, ging zur Tür und drückte auf die Klinke.

Was erwartest du? Ein »Sesam, öffne dich«?

Fanni wusste nicht, was sie erwartet hatte. Gewissheit vermutlich.

Mit hängenden Armen streunte sie durchs Zimmer, blieb irgendwann am Fenster stehen. Mutlos öffnete sie einen der beiden Flügel und beugte sich hinaus. Gut zweieinhalb Meter unter ihr breitete sich eine Rasenfläche aus.

Das muss die Westseite sein. Im Osten befindet sich der Parkplatz, im Norden der Hinterhof, im Süden der Vorplatz mit dem Eingang. Also ist das hier Westen!

»Sprudel«, flüsterte Fanni sehnsüchtig.

Der wartet an der Nordseite auf dich. Am Zaun. Vielleicht ist er inzwischen auch drübergeklettert, steht unter deiner Einstiegsluke und wünscht dir die Pest an den Hals, weil er so viel Angst um dich hat!

Zweieinhalb Meter, dachte Fanni.

Spinnst du?

Rasen federt gut ab.

Nicht gut genug. Bei Weitem nicht gut genug!

»Dann muss man die Federung eben verbessern«, sagte Fanni laut.

Mit einem Sprungtuch?

Mit einem Polster. Sie marschierte zum Bett, zog und zerrte

an der Matratze, bis sie das ungefüge Ding zum Fenster geschafft hatte. Eilig öffnete sie den zweiten Flügel, hievte die Matratze auf den Sims, gab ihr einen kräftigen Schubs und beugte sich hinaus, um die Landung zu beobachten.

Die Polsterung kam geradezu optimal zu liegen.

Fanni stieg auf den Sims und setzte sich hin. Ihre Füße baumelten exakt über dem Mittelpunkt des sich vom dunkleren Rasen hell abhebenden Rechtecks.

Wenn du im Wasser landest, dann tadle dich selbst und nicht den Fluss!

Fanni schnitt eine Grimasse und ließ sich fallen.

Sie landete auf allen vieren mitten auf der Matratze.

Knochen und Sehnen fühlten sich heil an.

Fanni rappelte sich auf und lief, so schnell sie konnte, an der Hausmauer entlang nordwärts.

Kein bisschen Deckung weit und breit!

Dennoch erreichte sie unangefochten die Nordwestecke des Hauses, wo der Zaun begann, der den Hinterhof einfasste.

»Sprudel, wo bist du denn?« Fannis Stimme klang wie ein Quieken.

Der wartet doch auf der Ostseite! Du musst über den Zaun und den Hinterhof durchqueren, wenn du zu ihm willst! Du kannst aber auch nach ihm rufen, was ich allerdings nicht unbedingt empfeh…

Fanni blendete die Gedankenstimme aus. Sie kletterte über den Zaun, schlich durch den Hinterhof und erwartete, auf der gegenüberliegenden Seite Sprudel vorzufinden.

Aber da war er nicht.

Beim Auto vielleicht?

Nein, dachte Fanni. Sprudel würde seinen Posten nicht einfach verlassen.

Hat er aber!

Entgegen ihrer Überzeugung entschloss sie sich, beim Wagen nachzusehen.

Der stand einsam auf dem Parkplatz. In Fanni regte sich ein schlimmer Verdacht.

Sie eilte zur Vorderseite des Gebäudes und sah ihre Ahnung bestätigt.

Sprudel hatte am Zaun ausgeharrt, bis er die Ungewissheit über Fannis Verbleib nicht mehr ertrug. Da war er hinübergestiegen und hatte sich auf dem Stahltisch vor dem Fenster postiert. Minutenlang hatte er gelauscht und sich durch die Öffnung spähend den Hals ausgerenkt. Vergeblich. Letztendlich hatte er versucht, Fanni zu folgen. Leider stellte sich heraus, dass sie recht gehabt hatte. Sosehr er sich auch drehte und wand, er passte nicht durch die Öffnung.

Es blieb ihm also wieder nichts anderes übrig, als geduldig zu warten. Das tat er auch – lang. So lang, bis er davon überzeugt war, dass etwas passiert sein musste.

Verschiedene Szenarien blitzten in seinem Kopf auf, samt und sonders gefährlich für Fanni. Irgendwann hielt er es einfach nicht mehr aus. Er konnte nicht länger tatenlos herumstehen, musste etwas unternehmen, egal, welchen Aufruhr er damit verursachte.

Sprudel fasste also den Entschluss zu handeln und begab sich zum Klinikeingang, wo er kurz zögerte, dann aber entschlossen die Hand hob, um auf den Klingelknopf zu drücken.

Im selben Augenblick bog Fanni um die Ecke. Sie öffnete den Mund zu einem Warnschrei, der Sprudel an seinem Tun hindern sollte, wagte jedoch nicht, den Laut auszustoßen. Stattdessen bückte sie sich nach einem Kieselstein, den sie in Sprudels Richtung schleuderte.

Das Steinchen traf ihn an der Wange.

Sprudel ließ die Hand am Klingelknopf sinken und wirbelte herum.

Fanni schwenkte beide Arme wie ein Bodenlotse am Flugfeld.

Die linke Hand auf die Wange gepresst, rannte er auf sie zu. Fanni packte seine rechte und zog ihn zum Parkplatz.

Für lange Erklärungen war keine Zeit.

»Tut mir leid«, sagte Fanni atemlos, als Sprudel den Wagen auf die Hauptstraße lenkte. »Ich habe mich nicht getraut zu rufen. Auf die Idee, dass ich dich mit dem Steinchen treffen könnte, bin ich überhaupt nicht gekommen. Ich habe noch nie ein Ziel getroffen.«

Sprudel lachte glucksend. Auf seiner Wange prangte ein blutunterlaufener Fleck, der zur Hälfte unter einer seiner tiefen Wangenfalten verschwand. »Halb so schlimm. Hauptsache ist, dass du wieder da bist. Ich habe mir bei der endlosen Warterei im Hinterhof die schlimmsten Sachen ausgemalt.«

»Tut mir leid«, wiederholte Fanni.

Sprudel antwortete nicht. Er musste sich auf den Verkehr konzentrieren, der jetzt nach Geschäftsschluss im Gewerbegebiet weit dichter war als bei ihrer Ankunft. Erst auf der Autobahn hatten die Stockungen ein Ende.

In Spital nahm Sprudel die Ausfahrt.

»Was …?«

»Wollten wir nicht erst morgen früh zurückfahren?«, beantwortete er Fannis unausgesprochene Frage.

So war es ausgemacht!

»Glaubst du etwa, wir finden in Spital auf Anhieb eine Unterkunft?«, meinte Fanni skeptisch.

»Haben wir schon.« Sprudel verlangsamte das Tempo und warf prüfende Blicke nach rechts. »Wir müssen dem Wegweiser nach Oberweng folgen.«

Fanni entdeckte das Schild zwei Kilometer hinter Spital, und Sprudel bog ab.

»Als ich am Zaun auf dich gewartet habe, bevor ich mich auf die Suche nach dir gemacht habe«, erklärte er, während er über die schmale Straße bergwärts kurvte, »habe ich Unterkünfte gegoogelt und auf die Schnelle eine online gebucht. Landhotel Oberweng. Soll herrlich liegen.«

9

Zweifellos. Das Hotel lag so hoch über dem Tal, dass der Blick vom Eingang aus übers Tote Gebirge bis zu den Haller Mauern schweifen konnte.

Lange Zeit standen sie schweigend da und ließen die in der Dämmerung verblassenden Berggipfel auf sich wirken. Fanni spürte Sprudels Arm um ihre Schultern und lehnte sich an ihn. Seine Nähe tat ihr gut.

Eben! Keiner versteht, warum du seit diesem Anschlag so rumzickst. Zum Teufel mit den fehlenden Erinnerungen! Hat Sprudel nicht recht, wenn er sagt, dass das Leben laufend neue kreiert?

Sie tastete nach der Blessur auf seiner Wange. »Tut's sehr weh?«

Er drehte sie zu sich herum, schloss sie fest in die Arme und küsste sie. »Jetzt kaum noch. Und wenn ich dann gleich ein feines Abendessen bekomme und einen guten Rotwein dazu, überhaupt nicht mehr.«

Hand in Hand betraten sie das Hotel.

Das Zimmer hielt zwar nicht ganz, was die Internetseite des Hotels versprach, aber die Gaststube war gemütlich, und das Essen schmeckte ausgezeichnet. Fanni war dankbar für den Moment der Entspannung.

Auch die Ewigkeit besteht aus Augenblicken!

Bla, bla, bla, dachte Fanni, entschied sich jedoch, die Verschnaufpause noch ein wenig auszudehnen.

Erst beim Espresso berichtete sie, was sie in der Klinik von Sepp Sunder erfahren hatte und wie sie einer Entdeckung entgangen war.

Um das zu verdauen, bestellte Sprudel unverzüglich zwei Stamperl Zirbenschnaps. Sie stießen damit an und kippten den würzig-scharfen Inhalt in einem Zug hinunter.

»Zapfenstreich«, sagte Sprudel danach. »Lass uns schlafen gehen und die Denkarbeit auf morgen verschieben.«

Fanni stimmte ihm widerstrebend zu.

»Kaffee, bitte, und eine große Kanne heiße Milch dazu«, sagte Sprudel zu der Frau mittleren Alters, die im Frühstücksraum bediente und offenbar die Besitzerin des Hotels war. Sie hatte sich Fanni und Sprudel bei ihrer gestrigen Ankunft als Frau Militzer vorgestellt.

Wie immer waren die beiden am Morgen nur schwer aus dem Bett gekommen und folglich die letzten Gäste im Frühstücksraum.

Kommissar Brandel hatte zum Glück nichts von sich hören lassen – kein Anruf, auch keine Nachricht auf der Mobilbox –, sodass sie sich nicht zu beeilen brauchten. Zur Behandlung in der TCM-Klinik wurden sie an diesem Dienstag erst um sechzehn Uhr erwartet.

So weit wollten Fanni und Sprudel den Zeitpunkt für ihre Rückkehr allerdings nicht hinauszögern.

Irgendwie seltsam, dass euch der Brandel noch nicht zum Verhör einbestellt hat!

Dem musste Fanni widerstrebend zustimmen.

Vielleicht ist es ja ein gutes Zeichen!

In Fanni regte sich Hoffnung. Hatte Brandel inzwischen eine vernünftige Spur? Eine, die geradewegs zum Mörder führte? Waren sie und Sprudel aus dem Schneider?

Sprudel schälte einen steirischen Apfel, und Fanni erhob sich, um am Büfett noch eine Scheibe von dem würzigen Bergkäse zu holen, als ihr Blick auf das Foto fiel.

Es hing an der mit hellem Holz verkleideten Wand gegenüber ihrem Tisch in einer Reihe weiterer gerahmter Bilder, die verschiedene Wandergruppen auf Berggipfeln zeigten. Wie bei solchen Aufnahmen üblich, hatten sich die Gruppen ums Gipfelkreuz postiert. Im Vordergrund befand sich jeweils eine männliche Person – der Anführer, Pose und Kleidung nach zu urteilen. Auf sämtlichen Fotos hielt dieser Mann links und rechts ein Mädchen im Arm.

»Popeye«, sagte Fanni laut.

Wie bei der Comicfigur zeigten die beiden Gesichtshälften des Burschen eine deutliche Inkongruenz. Das rechte Auge war zugekniffen, der rechte Mundwinkel wies schräg nach oben.

Das linke Auge war weit offen und blickte verschmitzt in die Kamera. Die linke Backe wirkte dicker als die rechte, als befände sich eine Pflaume darin oder Luft. Der kleine Kerl (auf keinem der Fotos überragte er eine seiner Gefährtinnen) trug ein Käppi mit schmalem Schild und bauschigem Kopfteil, das er sich von der Popeyefigur geliehen haben mochte.

Sprudel hatte aufgeblickt.

»Schau«, sagte Fanni, »der Mann, den niemand kennt.«

Während sie das Foto betrachteten, war Frau Militzer an ihren Tisch gekommen, um zu fragen, ob sie noch etwas wünschten. Fanni und Sprudel verneinten.

Offenbar merkte die Gastwirtin, wofür sich ihre Gäste interessierten. »Das ist der Wigg mit seinen Wandergruppen«, sagte sie lächelnd und fügte dann bedauernd hinzu: »Schon ein bisschen schade, dass er weg ist, der Wigg. Obwohl der Schos seine Sache auch ganz gut macht. Aber der Schosi ist halt nicht der Wiggerl.« Sie trat näher an die Bilder heran und stieß den Zeigefinger in Popeyes aufgeblasene Backe. »Man möcht es ja nicht glauben, wenn man ihn so anschaut, aber die Weiber fliegen auf ihn.«

Fanni fasste den kleinen Kerl intensiver ins Auge, versuchte, seine Ausstrahlung wahrzunehmen, und stellte fest, dass sie das Gefühl überkam, ihn berühren zu wollen.

Woran liegt das?, fragte sie sich. An einer Wirkung, die wir Sexappeal nennen?

Also mal ehrlich, wie Hugh Jackman oder George Clooney sieht der nicht aus!

Bestimmt nicht, räumte Fanni ein.

Es blieb ihr keine Zeit, weiter über die Art von Anziehungskraft nachzugrübeln, über die Wiggerl verfügt haben mochte, denn Frau Militzer sah sie eindringlich an. »Der Schos hat morgen die Tour zum Kleinen Pyhrgas auf dem Programm. Er geht über die Gowilalm, wo man recht gut einkehren kann.« Sie lächelte gewinnend. »Soll ein wunderschöner Tag werden morgen, und Sie zwei täten noch gut in die Gruppe passen, die er beisammenhat.« Nun wandte sie sich an Sprudel, zwinkerte ihm zu. »Wollen Sie nicht noch dableiben und morgen mitgehen? Sie täten es nicht bereuen. Der Schos kann es mit den Damen zwar bei Weitem nicht so gut wie der Wigg, aber lustig ist er, der Schosi, ein echter Spaßvogel. Ein Urviech, kann man fast sagen. Beim Freitagsstammtisch in Oberweng und beim Sonntagsfrühschoppen in Edlbach ist ohne den Schos rein gar nix los.«

Während Sprudel Frau Militzers Angebot höflich, jedoch entschieden ablehnte, schossen Fanni so viele Fragen durch den Kopf, dass sie nicht wusste, welche sie zuerst stellen sollte.

Frau Militzer hatte Sprudels Absage mit einem verbindlichen Lächeln akzeptiert und schichtete nun die leeren Müslischalen ineinander.

Wenn du nicht gleich in die Puschen kommst, verschwindet sie in der Küche, und das war's dann!

»Was ist denn aus dem Wigg geworden?«, fragte Sprudel.

»Kennen Sie ihn etwa?«, fragte Frau Militzer zurück.

Bevor er verneinen konnte, was offenbar seine Absicht war, sagte Fanni: »Wir sind uns nicht sicher.«

»Ludwig Kirchner aus Hieflau im Gesäuse«, spulte Frau Militzer daraufhin herunter, als stünde er neben ihr und sie müsse ihn Fanni und Sprudel vorstellen.

»Ähm«, machte Fanni.

Und wie jetzt weiter?

Sprudel rettete die Situation, indem er einfach bei der Wahrheit blieb. »Der Name sagt uns nichts. Aber wir könnten den Herrn Kirchner schon einmal getroffen haben.«

Frau Militzer lachte laut. »Das glaube ich gern, dass Sie den Wiggerl schon einmal getroffen haben. Der ist nämlich ganz schön rumgekommen.«

»Beruflich?«, fragte Fanni lahm.

Erneut lachte Frau Militzer. »So könnte man sagen.« Sie schaute sich im Frühstücksraum um, wo inzwischen kein weiterer Tisch mehr besetzt und sogar das benutzte Geschirr bereits abgeräumt war. Dabei gelangte sie offenbar zu der Ansicht, dass sie im Moment nichts Wichtiges zu tun hatte und sich Zeit für einen Plausch mit Gästen nehmen konnte.

»Wie gesagt, der Wigg kommt aus Hieflau«, erklärte sie. »Wo man die Kletterberge und die Steilanstiege direkt vor der Nase hat. Schon als kleiner Bub soll er jede Felswand raufgekraxelt und im Winter jeden Hang runtergebrettert sein.« Sie zog sich einen Stuhl heran und setzte sich. »Der Wigg war noch keine fünfzehn, da hat man ihn zwischen Admont und Hinterstoder schon für die nächste Olympiade gehandelt – daran kann ich mich selber noch erinnern.« Sie klopfte sich mit der flachen Hand auf den Oberschenkel, um ihre Worte zu bekräftigen. »Aus dem Wigg hätte echt was werden können. Ein zweiter Toni Sailer vielleicht, ein Thöni oder Killy. Und selbst wenn es für die Spitzenklasse nicht ganz gereicht hätte, dann hätte er sich in Hieflau ein schönes Geschäft aufbauen können: Wandertouren, Skitouren, Rafting und solche Sachen. Da sind doch die Leute seit einigen Jahren ganz wild drauf.«

Frau Militzer hob die verschränkten Hände zum Himmel, als wolle sie Gott im Nachhinein noch um Beistand für Ludwig Kirchner bitten. »Aber sein unseliges Laster hat ihn alles gekostet – alles.« Sie seufzte. »Der Wigg hat nämlich die Finger nicht von den Weiberröcken lassen können. Schon in jungen Jahren hat es ihn umgetrieben wie einen Hirsch in der Brunft, und schon damals hat er jede rumgekriegt – zumindest so gut wie jede.« Ihre Wangen überzogen sich mit einem Anflug von Röte, dann sah sie Fanni fragend an. »Können Sie sich vorstellen, was für einen Haufen Scherereien ihm das eingetragen hat?«

Fanni musste sich nicht die Mühe machen, ihr zu antworten, denn Frau Militzer sprach bereits weiter: »So viele, dass er sich schon bald in Hieflau nicht mehr halten konnte – und sonst auch nirgends lange.« Sie wirkte fast traurig, als sie fortfuhr: »Letzten Endes ist aus dem Wigg nur ein Herumtreiber geworden. Von Hieflau ist er irgendwann zu den Großeltern nach Ardning gezogen, dann zu Verwandten ins Stodertal, von da nach Rosenau am Hengstpass und so weiter. In späteren Jahren hat er sich einige Zeit im Salzkammergut aufgehalten. Zuletzt in Bad Aussee, wo er in einem Sportgeschäft am Loser gearbeitet hat. Die dortige Skischule ...« Sie verstummte, ließ das Wort »Skischule« in der Luft hängen.

Hört sich an, als hätte er in dieser Skischule wieder »Scherereien« gehabt!

Fanni fragte danach.

Frau Militzer zuckte die Schultern. »Er hat nicht darüber reden wollen, aber irgendwas Gravierendes muss da vorgefallen sein. Als er zu uns nach Oberweng kam und für die Sommersaison eingestellt werden wollte, ist er ... ist er nicht mehr der alte Draufgänger gewesen.«

»Er ist also von Bad Aussee hierhergekommen und dann wohin ...«

Fanni unterbrach sich, weil Frau Militzer den Kopf schüttelte. »Bad Aussee ist schon ein paar Jahre her. Von der Zeit danach hat er aber gar nicht gern geredet. Mir ist es so vorgekommen, als wäre er da noch rastloser gewesen als zuvor. Und wie gesagt, er hat sich verändert gehabt, war längst nicht mehr so unbekümmert wie früher. Der Wiggerl war auf einmal zerfahren, reizbar, irgendwie kribbelig, als müsste er ständig auf der Hut sein.«

Als Frau Militzer in nachdenkliches Schweigen verfiel, stellte Fanni diejenige Frage, auf die sie unbedingt noch eine Antwort haben musste. »Wohin wollte denn der Herr Kirchner, nachdem sein Vertrag mit Ihnen erfüllt war?«

»Wer sagt denn, dass er sich an unsere Abmachung gehalten hat?«, erwiderte Frau Militzer heftig. »Hat er nämlich nicht. Sonst müsste er nämlich noch da sein.«

Das hat sie eindeutig vergrätzt, die Gute!

»Mit etlichen Stamperl Obstler hat der Wigg am Sonntagabend vor zwei Wochen den Schos so weit gebracht, dass er für ihn übernimmt. Und am Montag war er weg, der Wigg. ›Servus, macht's gut.‹ Mehr hat er nicht ...« Frau Militzer sprang plötzlich auf und eilte hinaus.

Erst als der Glockenton ein zweites Mal erklang, begriff Fanni, dass die Klingel an der Rezeption betätigt worden war.

»Bad Aussee, Salzkammergut«, sagte Fanni versonnen, während sie den letzten Rest aus der Kaffeekanne auf ihre und Sprudels Tasse verteilte. »Der Schlüssel, nach dem wir suchen, könnte eventuell da zu finden sein.«

Sprudels Replik kam streng. »Jetzt aber keine Sperenzchen mehr. Wir fahren nach dem Frühstück nach Bad Kötzting zurück. Ohne den kleinsten Umweg.« Als er Fannis enttäuschte Miene sah, lächelte er sanft. »Ich muss doch nicht extra betonen, dass ich nichts lieber täte, als mit dir zusammen ein paar Tage im schönen Salzkammergut zu verbringen.« Fast unhörbar pfiff er ein paar Takte einer bekannten Operettenmelodie vor sich hin, bevor er fortfuhr: »Aber wir können es uns einfach nicht leisten, den Bogen zu überspannen. Je länger wir wegbleiben, desto größer ist die Gefahr, dass Brandel Lunte riecht.«

Genau, und das könnte euch teuer zu stehen kommen!

»Klugscheißer«, brummte Fanni und meinte ihre Gedankenstimme.

»Bitte?«

»Ich gebe zu, dass du recht hast«, sagte Fanni vernehmlich.

Sie hatten den Kaffee ausgetrunken und den letzten Rest ihres Frühstücksbrötchens aufgegessen, rührten sich jedoch nicht von der Stelle.

Fanni hing ihren Gedanken nach.

Sprudel hing seinen Gedanken nach.

»Eine Menge Fadenschlingen, aber kein vernünftiges Strickmuster«, sagte Fanni nach längerem Schweigen.

Seit wann versteht Miss Marple was von Handarbeit?

Sprudel stellte seine leere Tasse am Tischrand ab und platzierte die Untertasse daneben. »Sabine und Kazol.«

Fanni schob ihr Gedeck an den Tischrand gegenüber. »Ludwig Kirchner.«

Sprudel legte ein Messer als Verbindungslinie dazwischen. »DNS von Sabine an Kirchner.« Dann rückte er sein Saftglas vor Kazol. »Liesi.«

Fanni postierte ihres bei Ludwig Kirchner. »He Xie.«

Sprudel runzelte die Stirn. »Sind all diese Beziehungen von Bedeutung?«

Fanni antwortete nicht, weil sie damit beschäftigt war, daumennagelgroße Schnipsel von ihrer Serviette zu pflücken.

Als sie eine Handvoll beisammen hatte, streute sie sie über das Arrangement. »Kirchners Verflossene. Frau Militzer beispielsweise.«

Sprudel starrte auf die weißen Flocken. »Sabine könnte auch eine von ihnen gewesen sein.«

»Durchaus«, erwiderte Fanni.

»Vielleicht hat sie Kirchner dafür gehasst«, spekulierte Sprudel.

»Und ihn – Jahre später – bei einer zufälligen Begegnung im Affekt erschlagen«, ergänzte Fanni.

Sprudel sah sie prüfend an. »Das ist doch denkbar, oder?

»Durchaus«, wiederholte Fanni. »Nehmen wir also an, Sabine hätte Kirchner erschlagen, weil sie eine alte Rechnung mit ihm offen hatte, wer hat dann Sabine umgebracht? Und warum?«

Sprudel deutete auf seine Untertasse. »Kazol. Wir haben ja selbst mitbekommen, wie sich die beiden gestritten haben.«

Fanni musste sich den Streit der beiden erst ins Gedächtnis rufen, bevor sie weitermachen konnte. »Kazol wollte nicht, dass Sabine bei der Polizei eine Aussage macht.«

»Eine schwer belastende Aussage«, präzisierte Sprudel.

»Eine Aussage, die sie selbst belasten würde?«, fragte Fanni skeptisch.

Sprudel starrte missmutig das Gedeck an, das für Sabine und Kazol stand, und verfiel in Schweigen. Plötzlich zuckte er zusammen. »Sabine kann Kirchner gar nicht erschlagen haben. Sie war ja zur Tatzeit mit Hans zusammen. Die beiden sind am Donnerstag früh losgefahren und erst im Laufe des Samstags aus München zurückgekommen. Sabine hat sogar das Wochenende noch in Erlenweiler verbracht, bis wir sie wieder nach Bad Kötzting mitgenommen haben.«

Fanni begann, die Serviettenflöckchen aufzusammeln. »Er ist es nicht wert, dass du alles ans Licht zerrst, dass du das Fundament zerstörst, das ich mir hier mühsam aufgebaut habe«, rekapitulierte sie, was ihr von dem Streit zwischen Sabine und Kazol wort-wörtlich wieder eingefallen war. »Wen hat Kazol damit gemeint? Wer ist es nicht wert, dass Sabine bei der Polizei eine Aussage macht, die Kazol schaden würde? Kirchner?« Sie bekam vor lauter Konzentration eine steile Falte auf der Stirn. »Kazol kann doch eigentlich nur das Opfer gemeint haben. Kirchner also.«

Sprudel stöhnte und hob die Hände, als hielte Fanni eine Pistole auf ihn gerichtet. »Ich weiß es nicht.«

»Aber Kazol muss es wissen«, sagte Fanni. »Und was den Mord an Sabine angeht, ist er unser Hauptverdächtiger.«

Vergiss die Kraus nicht, die ist mir gar nicht geheuer!
Ella Kraus, dachte Fanni. Wie könnte sie ins Bild passen? Wäre sie mit Kazol liiert, würde alles irgendwie Sinn ergeben. Aber ist sie nicht ganz offensichtlich hinter Heudobler her?

Sprudel nahm die Saftgläser, stand auf, ging ans Büfett und füllte sie.

Als er zurückkam, hielt ihm Fanni eine Handvoll Schnipsel hin. »Für den Mord an Kirchner haben wir mehr Kandidaten, als uns lieb sein kann.«

»Was halb so schlimm wäre«, antwortete Sprudel, »wenn wir auch eine Liste mit Namen und Adressen hätten.«

10

Für die Rückfahrt nach Bad Kötzting (zwischen Iggensbach und Hengersberg hatte sich ein Lkw quer gelegt, weswegen eine Fahrspur gesperrt werden musste) benötigten Fanni und Sprudel mehr als drei Stunden, sodass sie erst am Nachmittag ankamen. Sprudel stellte den Wagen in der kleinen Parkbucht gegenüber dem Gästehaus ab, in dem sich ihr Apartment befand. Als sie mit ihrem Gepäck auf den Eingang zugehen wollten, hielt ein barscher Ruf sie zurück.

»Wo kommt ihr zwei denn her?«

Fanni schluckte. Brandel. Ertappt. Mist.

Quatsch! Das ist doch die Stimme von Hans Rot!

Bevor Fanni sich umwenden konnte, spürte sie eine Hand auf ihrem Arm.

»Ich warte schon seit einer guten Stunde auf euch.« Hans deutete anklagend auf eine verwitterte Planke, die ein Stück am Straßenrand entlanglief. Offenbar hatte er dort gesessen, während er gewartet hatte.

Fanni gab keine Antwort. Sie war Hans keine Erklärungen mehr schuldig.

Und wenn sie in einem solchen Ton verlangt werden, schon gar nicht!

Unversehens packte Hans ihr Handgelenk so fest, dass Fanni leise aufschrie. »Warum hast du das getan, Fanni? Hast du es nicht ertragen können, dass ich eine Partnerin gefunden habe, die mich geliebt und respektiert hat?«

Fanni starrte ihn entgeistert an.

Meschugge! Der ist meschugge! Sabines Tod hat den armen Hans den letzten Rest von Verstand gekostet!

Sprudel drängte sich zwischen Hans und Fanni, wodurch Hans gezwungen wurde, sie loszulassen. Er legte ihm die Hand auf die Schulter und schob ihn sachte vorwärts. »Lass uns drinnen reden, Hans.«

Einen Moment lang schien es, als wolle Hans Rot sich sträuben, doch dann trottete er gehorsam auf die Eingangstür zu.

Während sie die Treppe hinaufstiegen, sprach Sprudel leise auf ihn ein. »Ich verstehe sehr gut, wie du dich fühlst. Und mir ist auch klar, was die Nachricht von Sabines Tod bei dir ausgelöst hat. Aber glaub mir, du verrennst dich ganz fürchterlich, wenn du Fanni und mir unter–«

Hans unterbrach ihn. »Ah, verrannt soll ich mich haben. Habt ihr zwei nicht jahrelang den Beweis dafür geliefert, wie hinterfotzig ihr seid?«

Darauf blieb Sprudel stumm. Er holte die Schlüssel fürs Apartment aus der Tasche, schloss auf und ließ Hans eintreten.

»Ich habe dich nie betrogen«, sagte Fanni.

Hans ließ sich aufs Sofa fallen. »Aber angelogen bis zum Gehtnichtmehr.«

Fanni setzte sich neben ihn und nahm seine Hand. »Ich habe dich nicht über jeden meiner Schritte informiert. Aber umgekehrt war es doch genauso. Ich wusste ja auch nicht immer –«

Hans lachte bitter auf. »Es hat dich doch auch gar nicht interessiert.«

Kann man wohl schlecht abstreiten!

Fanni drückte seine Hand, die sie noch in ihrer hielt. »Dass Sabine ermordet wurde, ist furchtbar. Ihr Tod ist nicht nur für dich ein schlimmer Verlust, sondern für uns alle. Sabine ist sympathisch und liebenswert gewesen. Sie war ein Mensch, mit dem man einfach gern zusammen ist.« Fanni wischte sich die Augen, die ihr wieder einmal feucht geworden waren. »Wir vier hätten ein gutes Team abgegeben. Wir hätten uns gegenseitig unterstützen können, so wie wir es wegen Minnas Reitkurs geplant ha…« Sie stockte und fragte dann erschrocken: »Was wird jetzt draus?«

»Abgesagt«, antwortete Hans giftig. »Auf die nächsten oder übernächsten Ferien verschoben, sodass *du* dich um Minna kümmern kannst – falls du nicht inzwischen im Gefängnis landest.«

Fanni verspürte eine gewisse Erleichterung darüber, dass Minna vorerst nicht auf einem Pferd sitzen würde. In den Zeitungen war schon so oft von Reitunfällen berichtet worden – teils mit tödlichem Ausgang –, dass Fanni Minnas Kommen mit äußerst gemischten Gefühlen entgegengesehen hatte. Mit etwas Glück könnte Minna bald in einer Entwicklungsphase stecken, die weniger halsbrecherisch ist, dachte Fanni. Socken stricken zum Beispiel. Socken stricken wäre ideal. *Auch als Beschäftigungstherapie im Gefängnis sehr zu empfehlen!* Jäh kam Fanni in den Sinn, was Hans soeben gesagt hatte.

Sie ließ seine Hand los, rückte ein Stück von ihm ab und fixierte ihn, bis er ihr in die Augen sah. Dann sagte sie akzentuiert: »Ich habe Sabine nicht umgebracht, Hans. Abgesehen davon, dass ich keinen Grund dazu hatte – ich habe Sabine gemocht und euch das Glück von Herzen gegönnt –, wie hätte ich es denn anstellen sollen? Sabine war gut fünf Zentimeter größer und etliche Kilo schwerer als ich, wie hätte ich sie würgen und übers Brückengeländer schleudern können?«

Hans deutete mit dem Kinn in Richtung Sprudel. »Er hat dir natürlich geholfen.«

»Warum, um Gottes willen, sollte Sprudel das tun?«, rief Fanni. »Er hatte doch erst recht keinen Grund, Sabine zu töten. Im Gegenteil. Was konnte ihm lieber sein, als dass du wieder in festen Händen bist?«

Daraufhin schien Hans ins Grübeln zu kommen, gab jedoch nicht auf. »Aber ihr seid die Letzten gewesen, die Sabine –«

»Sind wir nicht«, fiel ihm Fanni ins Wort und berichtete kurz, was sie und Sprudel am Tatabend im Park mitbekommen hatten.

In das darauffolgende Schweigen sagte Sprudel: »Fährst du nicht einen Honda, Hans?«

Hans sah auf. »Ja. Einen Civic Tourer Diesel. Hundertzwanzig PS. Noch kein Jahr alt.«

»Grün?«, fragte Fanni.

Hans rollte die Augen. »Wollt ihr mich verarschen?«

»Nein«, erwiderte Fanni. »Aber jetzt wirst du gleich sehen, wie schnell man in Verdacht geraten kann. Du bist nämlich dabei beobachtet worden, wie du Sabine geschüttelt und angebrüllt hast. Ihr habt also Streit gehabt. Was, wenn deine Wut auf Sabine so groß war, dass du …«

Der Streit war am Mittwoch. Einen Tag bevor die beiden zusammen weggefahren sind. Das hätten sie doch nicht getan, wenn sie sich ernsthaft verkracht hätten!

Fanni achtete nicht auf den Einspruch ihrer Gedankenstimme,

sondern konzentrierte sich auf Hans, der dunkelrot angelaufen war. In Wahrheit unterstellte sie ihm keineswegs, Sabine etwas angetan zu haben. Sie wollte ihm nur demonstrieren, wie es war, zu Unrecht verdächtigt zu werden.

»Ich habe Sabine nicht geschüttelt«, erwiderte Hans mit gepresster Stimme. »Und angebrüllt habe ich sie auch nicht. Allerdings muss ich zugeben, dass wir uns gezankt haben. Auf dem Parkplatz vor der Klinik. Einen Tag, bevor wir in Urlaub gefahren sind.«

Besitzt du auch noch die Unverfrorenheit zu fragen, worum es ging?

Könnte nicht schaden, darüber Bescheid zu wissen, dachte Fanni, entschied jedoch, der Wortwechsel zwischen Hans und Sabine ginge sie nichts an.

Absichtsvoll griff sie wieder nach der Hand ihres Exmannes, drückte sie einen Moment lang freundschaftlich und sagte: »Meinst du nicht auch, dass es besser wäre, gemeinsam herauszufinden, wer Sabine ermordet hat, als uns gegenseitig zu verdächtigen?«

Hans antwortete nicht, doch Fanni sah ihm an, dass sie gewonnen hatte.

Wann hätte Hans je einmal zugegeben, dass er einen Fehler gemacht oder auf diese oder jene Weise überreagiert hätte?

Sprudel hatte eine Flasche Mineralwasser vom Küchentresen genommen und schenkte drei Gläser voll.

Sie tranken, stellten die Gläser ab. Schwiegen.

Nach einiger Zeit sagte Hans. »Wie sollen wir das denn anstellen?«

Fanni, aus tiefen Gedanken gerissen, blickte verwirrt auf.

»Herausfinden, wer Sabine ermordet hat«, präzisierte Hans.

»Indem wir möglichst viele Informationen über sie zusammentragen«, antwortete Fanni und schaute ihn beschwörend an. »Je mehr wir über Sabine wissen, desto leichter kommen wir dahinter, wer *tatsächlich* einen Grund gehabt hat, sie zu töten.«

Hans presste beide Hände aufs Gesicht. Nach einer Weile ließ er sie wieder sinken und sagte tonlos: »Was weiß ich schon von ihr?«

»Erzähl uns das bisschen«, verlangte Fanni.

Hans nickte gefügig. »Sabine wohnt und arbeitet erst seit kurzer Zeit in Bad Kötzting. Sie kommt aus der Steiermark, wo sie auch aufgewachsen ist ...«

Was Hans zu berichten hatte, war in wenigen Sätzen gesagt und beschränkte sich in der Hauptsache auf das, was Sabine selbst auf der Fahrt von Erlenweiler nach Bad Kötzting über sich erzählt hatte.

Hans hat sich doch von jeher nur für das interessiert, was ihn persönlich betrifft. In Bezug auf Sabine würde ich schätzen: Kochkünste, Umgänglichkeit, Entgegenkommen ... Warum hätte der Hans sich denn ändern sollen?

Fanni dachte, dass ihm eine derart harsche Beurteilung nicht gerecht wurde, wollte sich aber auf keinen Disput mit ihrer Gedankenstimme einlassen. Sie unterließ es jedoch, ihm von Kazol zu berichten, obwohl sie das eigentlich im Sinn gehabt hatte. Was, wenn Hans wieder etwas in den falschen Hals bekam, und ihr unterstellte, Sabine bloß anschwärzen zu wollen?

»Hast du einen Schlüssel für Sabines Wohnung?«, fragte sie stattdessen.

»Ja, warum?«

»Wir könnten nachschauen, ob wir da was finden, das uns weiterhilft.«

Hans verzog den Mund und tippte sich an die Stirn. »Was meinst du denn, was die Polizei so ziemlich als Erstes gemacht hat?«

Fanni schenkte sich die Antwort. Selbstverständlich hatte die Kripo Sabines Wohnung bereits durchsucht. Was nicht hieß ...

»Und dann haben sie die Wohnung versiegelt, darauf kannst du wetten«, sagte Hans. »Da kann man nicht einfach reinspazieren.«

Fanni sah Hans vorwurfsvoll an. »Du willst gar nicht wirklich wissen, wer Sabine umgebracht hat. Du suchst nur einen Sündenbock.«

Hans verdrehte die Augen, wandte sich an Sprudel. »Siehst du, so ist sie. Immer mit dem Kopf durch die Wand. Kein bisschen Vernunft, kein bisschen Umsicht.« Er schlug einen demonstrativ kameradschaftlichen Ton an: »Was meinst du, was wir tun sollten?«

»Wir könnten uns Sabines Wohnung ansehen«, erwiderte Sprudel trocken.

Hans stöhnte vernehmlich.

Die Wohnung, in der Sabine gelebt hatte, lag im Dachgeschoss eines dreistöckigen Hauses zwischen Bahnhof und Ludwigstraße. *Keine schlechte Wahl. Die TCM-Klinik ist nur ein paar Schritte entfernt, der einzige Supermarkt am Ort befindet sich genau vis-à-vis, und zur Oberpfalzbahn ist es auch nicht weit!*

Das Haus besaß einen kleinen Vorhof, der von blühenden Gewächsen geradezu überwuchert war.

Sehr idyllisch! Romantisch! Pittoresk!

Mit einer ungeduldigen Handbewegung wischte Fanni das Geplapper ihrer Gedankenstimme weg. Forsch schritt sie auf die Haustür zu, versuchte so zu tun, als würde sie hier täglich aus und ein gehen.

Hans dagegen zauderte, sah sich ein ums andere Mal um, ließ deutlich erkennen, wie beklommen er sich fühlte.

»Willst du jeden wissen lassen, was wir vorhaben?«, raunzte Fanni ihn an.

Hans fuhr zusammen.

Den Rüffel hättest du dir sparen können. Die Straße liegt da wie ausgestorben, und im Haus rührt sich auch nichts!

Fanni nahm Hans den Schlüssel aus der Hand.

Nachdem sie die Tür aufgeschlossen hatte, setzte sie sich an die Spitze der kleinen Gruppe und stieg die Treppen hinauf.

An Sabines Wohnungstür war ein Schild aus Keramik mit ihrem Namen angebracht. Auf dem Boden lag ein Fußabstreifer mit dem Aufdruck »Willkommen«.

Fanni schnitt eine Grimasse.

Nur weil du Gäste selten wirklich willkommen heißt und keinen Sinn für ein bisschen Schnickschnack hast, musst du über andere noch lange nicht abfällig urteilen!

»Schaut euch das mal an«, sagte Sprudel leise und zeigte auf das polizeiliche Siegel, das ein gutes Stück über Fannis Augenhöhe angebracht war.

»Aufgebrochen«, flüsterte Hans.

Fanni stellte sich auf Zehenspitzen.

Tatsächlich, da ist euch einer zuvorgekommen!

Irgendjemand war mit einem Messer scharf an der Türkante entlanggefahren und hatte das Siegel aufgeschlitzt.

Fanni sank auf ihre Fußsohlen zurück, dann bückte sie sich, um das Türschloss zu inspizieren. Es war unversehrt. Als sie aufsperren wollte, wurde sie jedoch von Sprudel daran gehindert.

Recht hat er. Der Eindringling könnte sich ja noch in der Wohnung befinden!

Sprudel legte eines seiner großen Ohren an die Tür und lauschte. Fanni und Hans hielten den Atem an.

Nach einer Weile zuckte Sprudel die Schultern. »Nichts.«

Fanni deutete mit fragendem Blick auf den Schlüssel, den sie einsatzbereit in der Hand hatte.

Sprudel nickte.

Sie steckte den Schlüssel ins Schloss und drehte ihn so leise wie möglich.

Die Tür sprang auf.

Fanni drückte mit der Schuhspitze dagegen, sodass sie vollends zurückschwang.

Sie gab den Blick in eine kleine Diele frei, wo Mäntel, Jacken, Schals und Handschuhe in einem einzigen Durcheinander auf dem Boden lagen. Die Schubfächer der Kommode unter dem Garderobenspiegel waren herausgerissen und leer.

Und wie euch da einer zuvorgekommen ist!

Fanni stieg vorsichtig über die Kleidungsstücke und trat durch die gegenüberliegende Tür in ein Wohnzimmer, das mit hellen Möbeln und Polsterbezügen in warmen Farben ausnehmend hübsch eingerichtet war. Leider sah es hier noch schlimmer aus als in der Diele. Sämtliche Bücher waren aus den Regalen gerissen und wüst verstreut. Sofakissen, Vasen, Schälchen und Bilderrahmen sowie Dutzende CDs bedeckten in mehr oder weniger großen Haufen den Boden. Eine Flasche Wein war offenbar zu Bruch gegangen, denn es gab eine Menge Scherben und eine Lache aus rötlicher Flüssigkeit.

»Wer …?«, begann Hans fassungslos, sprach jedoch nicht weiter.

»Der, den wir suchen, nehme ich an.« Fanni presste die Kiefer aufeinander. Sie war so wütend, dass sie kein weiteres Wort herausbrachte. Sowohl Kommissar Brandel als auch Hans hatten nichts Besseres zu tun gehabt, als sie und Sprudel zu verdächtigen, während Sabines Mörder sich ins Fäustchen lachte und mit aller Gründlichkeit sämtliche Hinweise beseitigte, die einen Fingerzeig auf ihn geben konnten.

Sprudel brachte die Sache auf den Punkt: »Falls es hier etwas zu finden gab, ist es jetzt weg.«

»Wir sehen uns trotzdem gewissenhaft um«, entschied Fanni. Mit einer Handbewegung gab sie den beiden Männern zu verstehen, dass sie hier im Wohnzimmer (nach was auch immer) suchen sollten, dann marschierte sie hinaus.

Zurück in der Diele, schaute sie sich kurz um und registrierte den Blick, den Hans Rot Sprudel zuwarf: *Siehst du, so ist sie*, sagte er deutlich.

Fanni ging auf die Tür zu, hinter der sie das Schlafzimmer vermutete, trat ein und fand das inzwischen schon vertraute Chaos vor. Sie stieg über Kleiderhaufen, zerknülltes Bettzeug, einen umgekippten Hocker, eine zerbrochene Nachttischlampe. Ab und zu bückte sie sich, hob etwas hoch und schaute es sich genauer an.

Nach minutenlangem fruchtlosem Stöbern stellte sie sich in die Zimmermitte, drehte sich um ihre eigene Achse und ließ Sabines Hinterlassenschaft auf sich wirken.

Was fehlt, ist eine Kassette, dachte sie. Eine Schatulle oder so etwas, in der Sabine Dinge aufbewahrt hat, die ihr wichtig gewesen sind.

Die wird er mitgenommen haben, oder die Polizei, die ja vor ihm da gewesen sein muss. Sabine könnte ihre Krimskrams-Schatulle aber auch im Wohnzimmer aufbewahrt haben!

Fanni hätte nicht sagen können, warum sie glaubte, Sabines Erinnerungsstücke müssten sich hier im Schlafzimmer befinden.

Sie ließ sich auf die Knie nieder und schaute unters Bett, unter die Kommode …

Das Futteral aus Leder lag unter dem Schrank und erwies sich als leer. Fanni wollte es gerade auf dem Bett ablegen, als sie den

Zettel entdeckte. Er steckte in einem Außenfach, war gelb und hatte die Größe jener Merkzettel in quadratischen Kästchen, wie sie auf fast jedem Schreitisch zu finden sind. Am rechten Rand waren chinesische Schriftzeichen aufgedruckt, die wie ein Strichcode erschienen.

Fanni war sich sicher, solche Zettel schon irgendwo gesehen zu haben.

Na, wo schon? In der TCM-Klinik. Dort gibt es scharenweise Leute, die Chinesisch können, und reihenweise Schreibtische!

»Fanni?«

Sie versenkte den Zettel, auf dem eine Notiz stand, die sie ohne Brille nicht entziffern konnte, in ihrer Hosentasche und eilte ins Wohnzimmer zurück.

Sprudel kniete vor einem Bücherhaufen und zeigte auf drei Fotoalben, die er anscheinend darunter hervorgezogen hatte. »Das ist das Einzige in diesem Durcheinander, was für uns von Interesse sein könnte.«

»Allerdings verheißt es nichts Gutes, dass die Alben noch da sind«, fügte Hans hinzu.

»Trotzdem«, entschied Fanni. »Wir nehmen sie mit, damit wir sie uns in Ruhe anschauen können.«

Hans Rot schickte Sprudel den Siehst-du-so-ist-sie-Blick.

Fanni drehte ihm den Rücken zu und verschwand im Badezimmer.

So gründlich Fanni, Sprudel und Hans auch vorgingen, ihre Ausbeute beschränkte sich letzten Endes doch nur auf die drei Fotoalben, die Sprudel in einer Plastiktüte aus der Küche verstaute, und den gelben Zettel, der in Fannis Hosentasche steckte.

»Wir müssen Kommissar Brandel Bescheid geben, dass hier eingebrochen worden ist«, sagte Hans, als sie ihre Suche endlich aufgaben und sich anschickten, die Wohnung zu verlassen.

Fanni sah ihn aus schmalen Augen an. »Damit er es uns in die Schuhe schieben kann? Und nicht einmal ganz zu Unrecht, weil wir nämlich Hunderte von Fingerabdrücken und DNS-Spuren hinterlassen haben.«

Hans schloss sacht die Tür hinter ihr und glättete das Siegel.

»Dann halt nicht«, hörte sie ihn murmeln.

Ja, Hans, so ist sie, dachte Fanni, während sie die Treppe hinabstieg.

»Nanu, was machen Sie denn hier?«

Erwischt!

Fanni war als Erste aus der Haustür getreten und sah sich auf einmal Heudobler und seiner Schwester gegenüber. Sie entschloss sich zum Gegenangriff. »Und Sie?«

Zu ihrer Überraschung röteten sich Karins Wangen, sie senkte den Blick auf die Schuhspitzen. »Es scheint wohl pietätlos ...«

Ihr Bruder kam ihr zu Hilfe. »Selbstverständlich hätten wir warten sollen, bis ... wenigstens bis nach der Beerdigung. Aber wir stecken in der Klemme. Karin braucht so schnell wie möglich eine Wohnung. Nicht, dass es sonst keine gäbe in Bad Kötzting. Nur keine so geeignete ...« Er verstummte, fügte aber dann noch hinzu: »Karin hat zufällig mitbekommen, wie sich zwei Putzfrauen in der Klinik über die Wohnung unterhalten haben. Sie läge zentral, habe zwei Zimmer, sei hell und praktisch geschnitten.«

»Erst einmal wollten wir uns das Haus ansehen.« Karin hatte sich gefasst, ergriff wieder das Wort. »Und eventuell beim Eigentümer nachfragen, ob die Wohnung wieder vermietet wird und ab wann.«

»Bestimmt nicht von heute auf morgen«, mischte sich Hans ein. »Außerdem sind Sabines Sachen ...«

Fanni trat ihm auf den Fuß.

Hans verstummte.

Weil daraufhin eine peinliche Pause entstand, beeilte sich Fanni, Hans und die Geschwister Heudobler miteinander bekannt zu machen.

»Hans Rot«, stellte sie ihren Exmann vor. »Hans und Sabine haben sich sehr – nahegestanden.« Sie registrierte Gerd Heudoblers argwöhnischen Blick. Und dann kam, was zu befürchten war.

»Ja, natürlich«, sagte Gerd Heudobler. »Ich habe Sie ja zusammen gesehen. Auf dem Parkplatz vor der Klinik ...« Seine Stimme versandete.

119

»Haben Sie schon mit dem Vermieter gesprochen?«, fragte Sprudel an Karin gewandt.

Sie deutete auf den untersten Klingelknopf. »Als Sie herausgekommen sind, habe ich gerade draufgedrückt.« Dann warf sie einen bezeichnenden Blick auf die Tür, die Sprudel hinter sich geschlossen hatte. »Scheint aber nicht da zu sein.«

»Lass uns ein Stück durch den Park gehen und es dann noch mal versuchen«, meinte ihr Bruder. »Haben wir alle denselben Weg?«, fragte er in die Runde.

Fanni nickte.

Als sie Sabines Wohnung verließen, hatte Hans angekündigt, dass er nach Hause fahren wolle, was bedeutete, dass er zum Klinikparkplatz gehen musste, wo er seinen Wagen abgestellt hatte. Fanni und Sprudel hatten in einer halben Stunde Behandlungstermine in der Klinik und deshalb genügend Zeit, Hans und die Heudoblers zu begleiten.

»Haben Sie heute die Lokalzeitung gelesen?«, fragte Gerd Heudobler, nachdem sie eine kurze Strecke zurückgelegt hatten.

Fanni und Sprudel verneinten. Sie waren mit Heudobler ein Stück voraus, Hans und Karin folgten in einigem Abstand.

»Dann wissen Sie ja noch gar nicht, dass der Tote im Schrank identifiziert worden ist.«

»Kirchner?«, fragte Fanni überrascht.

Heudobler stutzte. »Ludwig Kirchner, ja, so heißt er. Kommt aus Österreich. War so eine Art Bergführer und soll hier Arbeit gesucht haben.«

»In Bad Kötzting?«, fragte Fanni verblüfft.

»So steht es in der Zeitung«, erwiderte Heudobler. »Er hat in Lohberg eine kleine Wohnung gemietet und beim Tourismusverband nachgefragt, ob sie jemanden brauchen, der Wandertouren führt.«

»Und der Vermieter hat ihn auf dem Bild, das in den Fernsehnachrichten gezeigt worden ist, erkannt?«, fragte Fanni.

»Die Wirtin vom Osser-Schutzhaus«, stellte Gerd Heudobler richtig. »Laut Zeitungsbericht hat er bei ihr vorgesprochen und seine Dienste angeboten. Nächtliche Fackelwanderungen für die Hüttengäste, gemeinsames Schwammerlsuchen, Naturlehrstreifzüge, solche Sachen. Sie hat ihm versprochen, darüber nachzudenken, deshalb hat er ihr seinen Namen und die Adresse in Lohberg hinterlassen.«

»Wie lange genau hat er denn schon dort gewohnt?«, wollte Fanni wissen.

Gerd Heudobler bedachte sie mit einem misstrauischen Blick. *Du machst dich von Minute zu Minute verdächtiger. Zum einen muss man sich fragen, woher du auf einmal den Namen des Ermordeten wusstest, und zum andern kann man sich über deine überspitzte Fragerei nur wundern!*

Heudobler antwortete jedoch bereitwillig: »Offenbar ist Kirchner Samstag vor acht Tagen in der Lohberger Wohnung eingezogen.« Er legte die Stirn in Falten, als hätte er eine knifflige Rechenaufgabe zu lösen. »Genau eine Woche, bevor Sie ihn tot aufgefunden haben.«

»Seltsam, dass ...«, begann Fanni, verstummte jedoch.

»Seltsam, meinen Sie, dass ihn nicht mehr Leute auf dem Foto erkannt haben?«, fragte Gerd Heudobler.

Fanni nickte.

Heudobler wedelte ablehnend mit der Hand. »Der Kommissar Brandel findet das gar nicht seltsam.«

Als Fanni ihn daraufhin erwartungsvoll ansah, erklärte er: »Herr Brandel ist heute früh bei mir im Büro gewesen, weil es noch ein paar Fragen zum Zeitablauf gab.«

»Zeitablauf?«, wiederholte Fanni in fragendem Ton.

So kannst du nicht weitermachen. Der Heudobler nimmt dir bloße Neugier doch schon längst nicht mehr ab!

Heudoblers Blick sprach Bände, doch er antwortete ausführlich. »Herr Brandel wollte sich noch einmal erkundigen, wann genau wir am Abend vor dem Leichenfund das Geschäft geschlossen haben, ob an diesem Tag viele Kunden in der Garderobenabteilung waren und wann ich das letzte Mal durchgegangen bin. Zwangsläufig sind wir dann auch auf die Zeitungsmeldung zu sprechen gekommen, und ich habe mich – wie Sie – darüber gewundert, dass niemand sonst Kirchner erkannt hat. Hinweise kommen garantiert, hat Brandel gesagt, aber manchmal dauert's halt.«

»Hat Brandel eine Verbindung zwischen den beiden Toten herstellen können?«, fragte Fanni.

Gerd Heudobler wirkte einen Moment lang verwirrt, dann schien ihm ein Licht aufzugehen. »Zwischen Ludwig Kirchner und Sabine Maltz?« Er schüttelte den Kopf. »Von einer Verbindung hat der Kommissar nichts erwähnt.«

»Die Identifizierung des Opfers hat also die Lösung der beiden Mordfälle kein bisschen näher gebracht«, sagte Fanni darauf nörglerisch.

Heudobler sah sie vorwurfsvoll und ein wenig überheblich an. »Es war ein wichtiger Schritt. Ein äußerst wichtiger. Außerdem gibt es im Fall Sabine Maltz ebenfalls neue Erkenntnisse. In der heutigen Zeitung steht nämlich auch, dass nach einem Zeugen gesucht wird. Rainer Maria Kazol. Er soll kurz vor ihrem Tod mit Sabine Maltz gesehen worden sein, darum will die Polizei ihn befragen. Kazol arbeitet als Pfleger in der Luitpold-Maximilian-Klinik, wo er aber laut Zeitungsbericht krankgemeldet ist. In seiner Wohnung war er allerdings auch nicht anzutreffen. Scheint verschwunden zu sein, der Zeuge.«

Die kleine Gruppe war inzwischen auf dem Parkplatz vor der Klinik angekommen.

»Offenbar lohnt sich ein Blick in die Zeitung«, sagte Fanni halb zu sich selbst.

Heudobler lachte auf. »Allemal, falls Sie sich vorwiegend für die beiden Mordfälle interessieren. Titelseite plus Kommentar. Seite drei sämtliche Spalten. *Der* Knüller in Bad Kötzting.«

Er winkte zum Abschied, ging seiner Schwester entgegen, nahm sie am Arm und spazierte mit ihr durch die Bahnunterführung in den Park.

Fanni und Sprudel verabschiedeten sich von Hans Rot, blieben jedoch auf dem Parkplatz stehen, bis sein grüner Honda in die Hauptstraße eingebogen war.

»Fünfzehn Minuten«, sagte Fanni dann mit einem Blick auf ihre Armbanduhr. »Für ein paar Schritte haben wir noch Zeit.«

Sie schlugen den Weg zum Geschicklichkeitsparcours ein. Er führte über eine Hängebrücke, deren Überquerung dem Besucher bereits Standvermögen abverlangte. Hinter der Brücke öffnete sich ein quadratischer, von Büschen eingerahmter Platz, der mit diversen Übungsgeräten zum Trainieren des Gleichgewichts ausgestattet war: Es gab einen Balken zum Drüberbalancieren, eine Reihe unterschiedlich hoher Stufen zum selben Zweck, eine Rollenrutsche und außerdem etliche Vorrichtungen, von denen Fanni nicht wusste, wie man sie benutzen musste.

Dort, wo die Hängebrücke endete und zwei Steinstufen zum Parcours hinunterführten, lehnte Ella Kraus am Begrenzungspfosten des Geländers. Sie starrte in das trübe Wasser, das träge unter der Brücke hindurchfloss.

Spontan sprach Fanni sie an. »Sie kommen wohl auch zu ambulanten Behandlungen in die TCM-Klinik?«

Ella Kraus verneinte recht kurz angebunden.

»Aber ich habe Sie schon so oft hier gesehen«, insistierte Fanni, obwohl sich Sprudels Hand mit warnendem Druck auf ihren Arm gelegt hatte.

Ella Kraus sah ruckartig auf, und Fanni meinte, blankes Erschrecken in ihren Augen zu erkennen. Eine Sekunde später hatte sie sich gefangen und sagte unwillig: »Ich bin sicher, Sie verwechseln mich mit jemandem, Frau Rot.«

Sie verwechselt dich aber offensichtlich nicht!

Noch während sie sprach, hatte sich Ella Kraus von dem Pfosten abgestoßen und war über die heftig schaukelnde Brücke davongeeilt.

Fanni schaute ihr einen Moment lang nach, dann kehrte ihr Blick zum Geländer zurück. Auf einmal hatte sie die Empfindung, dass sie etwas übersehen hatte. Etwas sehr Wichtiges. Etwas, das mit dieser Brücke zusammenhing.

11

Fanni schloss die Augen, als sich Shi Weis Hände auf ihren Rücken legten und mit der Massage begannen.

Kazol, grübelte sie. Am Arbeitsplatz krankgemeldet, zu Hause nicht anzutreffen.

Bedeutet das, wonach es aussieht?

Vermutlich, dachte Fanni. Ja, vermutlich ist er untergetaucht. War das der endgültige Beweis dafür, dass er Sabine getötet hatte? Aber wenn ja, warum hatte er es getan?

Fanni dachte wiederum an das, was sie von dem Streit zwischen den beiden mitbekommen hatte: Sabine hatte eine Aussage bei der Polizei machen wollen, aber Kazol war strikt dagegen gewesen. Hatte die Aussage mit dem Mord an Kirchner zu tun gehabt oder nicht?

Was hat Kazol bei dem Streit denn noch gesagt? »Denk doch an Schneckchen. Sie wird darunter zu leiden haben. Man wird mit dem Finger auf sie zeigen.«

Schneckchen, wer war Schneckchen? Plötzlich zuckte Fanni heftig zusammen. Warum war sie nicht schon längst darauf gekommen, gleich nach dem Gespräch mit Sunder? Er hatte Kazols geistig behindertes Kind »Schneckerl« genannt. Schneckchen war nach dem Begräbnis der Mutter bei deren Schwester untergebracht worden – in Bayern. Liesi musste Kazols Tochter sein.

»Sie spüren Schmerz?«, fragte Shi Wei erschrocken.

Fanni winkte ungeduldig ab. »War nicht Ihre Schuld.«

Passt, dachte sie, nachdem sie ihre Gedanken geordnet hatte. Kazol ermordet Kirchner, gesteht es Sabine, die will es der Polizei melden, er versucht, sie davon abzuhalten, führt Liesi ins Feld. Sabine lässt sich nicht umstimmen. Er würgt sie, wirft sie in den Fluss.

Passt aber nur dann, wenn Kazol tatsächlich Kirchners Mörder ist. Dazu müsste es eine Verbindung zwischen den beiden geben!

Liesi könnte etwas darüber wissen, dachte Fanni.

Und wenn Sabine aus ganz anderen Gründen zur Polizei wollte?
Vielleicht hat Kazol gegen seine Bewährungsauflagen verstoßen!
Mag sein, gab Fanni zu. Aber die Aussicht, mit so etwas auf-
zufliegen, ist doch kein Mordmotiv.
Es sei denn ...
Es sei denn was?
Wer sagt denn, dass das Motiv nicht ganz woanders zu suchen ist
und Sabines Drohung nur noch der Tropfen war, der das Fass zum
Überlaufen brachte?
Und wo soll das eigentliche Motiv zu suchen sein?
In dem Tümpel mit den ganz banalen Mordmotiven beispielsweise!
Als da wären?
Eifersucht!
Darüber sann Fanni eine Weile nach.

Denkbar, räumte sie dann ein und begann sich auszumalen,
wie es dazu hätte kommen können, dass Rainer Maria Kazol
seine frühere Geliebte Sabine Maltz aus Eifersucht ermordete.
Erstaunlicherweise ergab sich ein recht überzeugendes Bild.

Kazol war, nachdem man ihm die Approbation abgesprochen
hatte, nach Bad Kötzting gezogen, weil dort seine Tochter Liesi
bei ihrer Tante untergebracht war, und hatte in der Rehaklinik
»Luitpold–Maximilian« eine Stelle als Pfleger angenommen.
Womöglich hatten er und Sabine vereinbart, dass sie nachkom-
men sollte, sobald sich in der Region ein Arbeitsplatz für sie fand.

Der Zeitpunkt war da, als in der TCM-Klinik der Posten
einer hauswirtschaftlichen Betriebsleiterin ausgeschrieben wurde.
Kazol informierte Sabine umgehend, sie bewarb sich und wurde
angenommen.

So weit, so gut. Aber was war dann schiefgelaufen?

Vorerst vielleicht nichts, wenn man davon absah, dass Sabine
offenbar erst einmal auf Abstand bedacht war, denn sie entschied
sich für eine eigene Wohnung.

Was durchaus verständlich ist. Nach allem, was geschehen war. Sabine
tat gut daran, das Terrain erst einmal zu sondieren!

Zweifellos, dachte Fanni. Aber was dabei herausgekommen
ist, scheint ihr nicht besonders gefallen zu haben. Hätte sie sich
sonst mit Hans eingelassen?

Kazol hatte also das Nachsehen. Das muss ihn ganz schön gewurmt haben!

Das muss es, gab Fanni ihrer Gedankenstimme recht. Denn die Chancen, dass es mit Sabine wieder werden würde wie früher, begannen zu schwinden. Und irgendwann ist Sabine ihm ganz entschlüpft.

Was Kazol endgültig klar wurde, als sie mit Hans in Urlaub gefahren ist. Da hat er rotgesehen – nicht Fanni Rot, nur rot!

Sehr witzig. Wirklich unglaublich witzig. Fanni schnitt eine Grimasse.

»Frau Rot.«

Fanni fühlte sich an der Schulter gerüttelt. »Frau Rot. Tuinamassage ist fertig.«

Fanni richtete sich ruckartig auf, wovon ihr schwindelig wurde. Sie musste sich am Rand der Massageliege festhalten und setzte sich schnell hin. Shi Wei hatte den Raum mit einem knappen »Bye« bereits verlassen.

Beim zweiten Versuch gelang es Fanni, auf den Füßen zu stehen, ohne mit den Händen nach Halt suchen zu müssen. Sie zog ihre Jacke über und stellte mit einem Blick auf ihre Armbanduhr fest, dass Sprudels Behandlung erst in einer Viertelstunde zu Ende sein würde.

Du solltest ein Gläschen von dem aromatisierten Wasser im Foyer trinken und dich dazu in einen der recht bequemen Sessel dort setzen!

Fanni wollte sich gerade daranmachen, den Rat ihrer Gedankenstimme zu befolgen, als ihr einfiel, dass sie Liesi um diese Zeit vielleicht wieder im oberen Stockwerk beim Putzen antreffen könnte.

Sie verzichtete auf die Erholungspause und stieg die Treppe hinauf. Schon von Weitem hörte sie das Schwappen von Wasser und das leise Plätschern, das entsteht, wenn ein Lappen ausgewrungen wird.

Liesi befand sich auf einem breiten Flur mit hohen Fenstern, unter denen eine Sitzgarnitur gruppiert war. Gegenüber an der Wand stand eine Vitrine, deren Türen offen waren. Liesi war damit beschäftigt, die Glaseinsätze abzuwaschen.

»Hallo, Liesi.«

»Hallo, Schlumpfinchen.«

Schlumpfinchen!

Fanni musste lachen. Liesi verpasste Menschen, die sie nicht kannte, offenbar immer Namen von Comicfiguren.

Durchaus treffende Bezeichnungen! Jedenfalls was dich und Kirchner angeht!

Fanni wusste nicht recht, wie sie ein Gespräch anfangen sollte, deshalb nahm sie eine fein ziselierte Drachenfigur aus der Vitrine und betrachtete sie. »Schwer sauber zu kriegen.«

»Du musst es mit dem Pinsel machen«, erklärte Liesi. »Mit dem Pinsel geht es gut. Im Nagelstudio von Tante Manu machen wir so knifflige Sachen immer mit dem Pinsel sauber.« Sie griff in ihre Schürzentasche und förderte einen weichen Malerpinsel zutage, den sie Fanni hinhielt. »Du musst es ausprobieren.«

Fanni tat ihr den Gefallen und reinigte dem Drachen die Krallen, während sie überlegte, wie sie auf Kazol zu sprechen kommen könnte. Aber eine Überleitung vom Thema Nagelpflege zum Thema untergetauchter Vater wollte ihr partout nicht einfallen. Deshalb entschloss sie sich, einfach mit der Tür ins Haus zu fallen. »Holt dich dein Papa heute nach der Arbeit ab?«

Liesi schüttelte den Kopf. »Der ist ja nicht da.«

Fannis nächste Frage kam so schnell, dass Liesi zusammenfuhr. »Wo ist er denn?«

Liesi strich sich eine Haarsträhne aus der Stirn und dachte nach. »Das hat er nicht hingeschrieben.«

Fanni überlegte kurz, dann fragte sie: »Hast du einen Brief von ihm bekommen oder eine Postkarte?«

»Nein«, antwortete Liesi.

Daraufhin wusste sich Fanni nicht anders zu helfen, als zu fragen: »*Wo* hat dein Papa es *nicht* hingeschrieben?«

Umgehend kam die einleuchtende Erklärung. »Auf das Handy von Tante Manu.« Liesi legte den Lappen weg und sah Fanni strahlend an. »Aber er hat hingeschrieben, dass er mir einen Zeichentrickfilm mitbringt, wenn er wieder heimkommt.«

Daher stammt also Liesis Beschlagenheit in der Comicwelt. Wahrscheinlich hat sie sich in Gesellschaft von Biene Maja und den Schlümpfen von klein auf zu Hause gefühlt!

»Wann kommt er denn zurück?«, fragte Fanni.

Liesi zuckte die Schultern.»Ganz bald. Bestimmt ganz bald.«

Wohl eher gar nicht. Falls er Sabine auf dem Gewissen hat, tut er gut daran, sich hier nicht mehr blicken zu lassen!

Liesi griff wieder nach ihrem Putzlappen, spülte ihn aus und nahm eine weitere Glasscheibe in Angriff.

Fanni setzte den Pinsel an und säuberte dem Drachen die Nüstern. Anscheinend, sinnierte sie dabei, ist es nicht ganz ungewöhnlich, dass Kazol seine Tochter in der TCM-Klinik abholt.

An dem Tag, an dem du ihm über den Weg gelaufen bist, hat er nicht gerade den Eindruck erweckt, als wäre er zum ersten Mal hier!

Fanni dachte an dieses Zusammentreffen zurück, und das brachte sie auf den Gedanken zu fragen:»Als Popeye das letzte Mal He Xie hier abgeholt hat, ist er da mit deinem Papa zusammengetroffen und hat mit ihm gesprochen?«

Liesi wienerte die Scheibe.»Popeye hat nicht mit Papa sprechen können, weil Papa spät dran war.«

Kazol war also manchmal aufgehalten worden, was wohl auch der Grund dafür war, dass er noch seine Berufskleidung trug, als sie ihm begegnet war.

»Popeye hat immer nur mit He Xie gesprochen«, sagte Liesi.

»Über was denn?«, fragte Fanni.

Liesi kicherte.»Er hat ›Puppi‹ zu ihr gesagt und hat ihr ein Bussi gegeben.«

Popeye hatte also auch He Xie herumgekriegt. Und das innerhalb von wenigen Tagen. Ob er dabei wohl jemandem in die Quere gekommen war?

Wem denn? Hexis Verlobter hockt doch in China, und sie ist mittlerweile ja auch brav zu ihm heimgekehrt!

Trotzdem, sagte sich Fanni und fragte:»Ist He Xie auch manchmal von jemand anderem abgeholt worden?«

Bevor Liesi antworten konnte, gab es einen Schlag, der Fanni von den Füßen riss. Sie landete auf allen vieren, hörte Liesi schrill aufschreien und sah zwei Qigong-Kugeln über den Boden rollen. Dann erst spürte sie den Schmerz.

Die beiden mit Emaille überzogenen, beinahe faustgroßen Kugeln hatten sie am Schulterblatt nahe der Wirbelsäule getroffen.

Ein paar Zentimeter höher und du hättest ein Schädel-Hirn-Trauma!
Eine feuchte Hand glitt über ihre Wange. »Hast du dir wehgetan?«

»Ein bisschen«, krächzte Fanni.

Wer um Himmels willen hatte versucht, ihr zwei Qigong-Kugeln an den Kopf zu werfen? Die Dinger flogen doch nicht von allein durch die Luft.

»Fanni? Hier bist du ja. Was machst du denn auf dem Boden?« Sprudel war die Treppe heraufgekommen und sah sie erstaunt an.

»Wir haben sauber gemacht«, erklärte ihm Liesi. »Schlumpfinchen hat den Drachen abgestaubt. Aber der hat gespuckt.« Sie deutete anklagend auf die beiden Kugeln, die vor der Vitrine liegen geblieben waren.

Sprudel machte ein Gesicht, als wolle er sie ohrfeigen.

Fanni griff nach seiner Hand. »Liesi kann nichts dafür. Die Kugeln sind von da gekommen.« Weil sie sich mit der anderen Hand am Boden abstützen musste, machte sie mit dem Kopf eine Bewegung zum Treppenaufgang, dem sie den Rücken zugewandt hatte.

Liesi hatte sich gebückt und die Kugeln aufgehoben. »Die gehören in die Schale auf dem Tischchen neben dem Aufzug.«

Sprudels Miene zeigte sich immer noch bedrohlich. Als er zum Sprechen ansetzte, hielt Fanni ihn mit einem Zusammenpressen seiner Finger zurück. »Sie hat nichts gesehen, sonst hätte sie nicht gesagt, der Drache hätte die Kugeln ausgespuckt.«

Und wenn sie jemanden schützen will? Ihren Vater beispielsweise!
Für so einen Schachzug ist Liesi zu einfach gestrickt.

Sprudel schien zu einem ähnlichen Ergebnis gekommen zu sein, denn sein Gesichtsausdruck wandelte sich von bedrohlich zu besorgt. Vorsichtig griff er Fanni unter die Achsel und half ihr hoch. »Ich bring dich zum Arzt.«

»Der gibt dir aber eine Spritze«, sagte Liesi in warnendem Ton.

Fanni bemühte sich um ein Lächeln. »Puh, eine Spritze.« Dann wandte sie sich ernst an Sprudel. »Es hat mich wirklich nur an der Schulter erwischt, gibt zwar einen riesigen Bluterguss, aber das ist auch alles.«

»Du musst eine Salbe drauftun«, sagte Liesi, »und einen Kräutertee trinken.« Sie hatte ihre Arbeit wieder aufgenommen, hatte die letzte Scheibe abgewischt und schloss soeben die Tür der Vitrine. »Jetzt ist alles fertig.« Sie nahm den Eimer auf und ging in Richtung Treppe davon.

Fanni sah ihr einen Moment lang nach, dann wandte sie sich wieder an Sprudel. »Ist dir jemand begegnet, als du die Treppe heraufgekommen bist?«

Sprudel verneinte. »Niemand.«

»Aber derjenige, der ...« Fanni unterbrach sich, weil Sprudel sich mit der flachen Hand an die Stirn schlug.

»Der Fahrstuhl. Als ich oben an der Treppe angekommen bin, haben sich die Türen gerade geschlossen.«

Fanni lehnte sich an ihn. »Lass uns nach Hause gehen. Ehrlich gesagt fühle ich mich im Augenblick ein bisschen schlapp.«

Sprudel musterte sie kritisch. Plötzlich lachte er auf. »Das liegt bestimmt auch daran, dass du nichts im Magen hast. Seit unserem Frühstück in Oberweng haben wir nichts mehr gegessen, ja nicht einmal was getrunken.«

Da hat er recht! Wetten, dass du ohne Sprudel irgendwann verhungern und verdursten würdest, Fanni!

Sprudel legte ihr den Arm um die Taille. »Da wäre noch etwas«, sagte er.

Fanni zog eine Augenbraue hoch.

»Kein Wort von Mord und Totschlag beim Essen. Und jetzt rufe ich uns ein Taxi, damit wir so schnell wie möglich heimkommen.«

Fanni bestand jedoch darauf zu laufen und setzte sich damit durch.

Ja, so ist sie!

Der Anstieg nach Weißenregen strengte sie allerdings mehr an als sonst und dauerte entsprechend länger. Das verschaffte ihr aber auch Zeit, darüber nachzudenken, wie weiter vorzugehen war.

Das Beste wäre gewesen, Kazol zu befragen. Der aber war untergetaucht.

Dann war da noch Liesis Tante, die offenbar ein Nagelstudio betrieb, in dem Liesi sich oft aufhielt.

Inwieweit wusste diese Tante über Kazols Verhältnis zu Sabine Bescheid? Möglicherweise gar nicht. Und Ludwig Kirchner kannte sie sicher nicht einmal, sonst hätte sie sich wohl bei der Polizei gemeldet, nachdem ein Foto von ihm in den Nachrichten gezeigt worden war.

Warum war Kirchner nach Bad Kötzting gekommen? Niemand hier schien ihn gekannt zu haben.

Außer Sabine! Sie muss ihm ja recht nahe gekommen sein. Unheimlich nahe sogar, wenn man ihre DNS an ihm feststellen konnte, obwohl ein paar Tage dazwischenlagen!

Und noch jemand ist ihm ziemlich nahe gekommen, dachte Fanni. He Xie. Aber sie kann uns genauso wenig Auskunft geben wie Sabine.

Blieb nur eine einzige Person, die offenbar persönlich mit Kirchner gesprochen hatte und deren man auch habhaft werden konnte.

Die Wirtin vom Osser-Schutzhaus. Fanni hielt es für opportun, ein paar Worte mit ihr zu wechseln. Es war allerdings noch nötig, Sprudel dafür zu gewinnen.

»Was hältst du davon, morgen eine Wanderung auf den Osser zu unternehmen, Sprudel?«, fragte sie.

Er sah sie alarmiert an. »Auf Kirchners Spuren?«

Dachtest du etwa, Sprudel riecht den Braten nicht?

Fanni schmunzelte. »Hauptsächlich, um Sauerstoff zu tanken. Fördert die Hirndurchblutung.«

»Fühlst du dich denn stabil genug dafür, nach der Sache eben? Und haben wir morgen überhaupt Zeit dafür?«, fragte er.

Fanni blieb stehen und zog das kleine Kalenderbüchlein aus der Hosentasche, in das sie sich die Behandlungstermine notiert hatte. Sie blätterte bis Mittwoch, den 17. September, und tippte mit dem Finger auf den Eintrag. »Schau, morgen liegen unsere Termine wieder erst am Nachmittag. Wenn wir nicht allzu spät aufbrechen, sind wir rechtzeitig zurück.« Sie steckte den Kalender ein und blinzelte Sprudel zu. »Was für einer Sache?« Dann ging sie, so zügig sie es vermochte, weiter.

Sprudel folgte ihr mit einem resignierten Kopfschütteln.

Wenige Minuten später erreichten sie die letzte Station des

Kreuzwegs, dessen verwitterte Bildsäulen den Fußpfad zur Wallfahrtskirche säumten. An dieser Stelle wurde das Gelände flacher und fiel hinter der Kirche zur Ortschaft Weißenregen hin ab. Am Straßenrand mussten sie stehen bleiben, weil vom Ludwigsberg her ein Auto kam. Während sie warteten, dass es vorbeifuhr, wurde Fanni wieder schwindelig, und ein flaues Gefühl breitete sich in ihrem Magen aus.

Jetzt rate mal, woher das kommt! Unterzuckerung, Überbeanspruchung – such es dir aus!

Sie klammerte sich an Sprudels Arm, froh darüber, dass sie es nicht mehr weit hatten: nur noch über die Straße, eine kleine Anhöhe hinunter und die Zufahrt zum Gästehaus Meier wieder hinauf.

Das Auto verschwand in Richtung Berghäusl.

Als Fanni ihm nachschaute, sah sie von dort die alte Frau herkommen, die ganz allein in einem kleinen Häuschen unterhalb des Meier'schen Grundstücks wohnte.

Heißt sie nicht Probst? Ja, so heißt sie, das steht auf dem Postkasten!

Frau Probst schleppte einen sichtlich schweren Henkelkorb. Plötzlich hob sie eine Hand und winkte. Fanni und Sprudel kreuzten die Straße. Als Frau Probst erneut winkte – und damit offenbar sie meinte –, blieben sie unter der Tafel mit den Wanderrouten stehen und warteten auf sie.

Schnaufend kam sie heran. »Jetzt schaun Sie sich das bloß an. Hat einer schon solche Steinpilze gesehen? Der da«, sie griff in den Korb, »das Prachtstück da wiegt allein schon ein ganzes Pfund. Ein Schwammerljahr ist das heuer. Ein Schwammerljahr! Kiloweis hab ich die Schwammerl schon in der Gefriertruhe.«

Fanni dachte an die Strahlung, die von den Pilzen ausgehen mochte, und hatte Mühe, einen Schreckenslaut zu unterdrücken.

Frau Probst setzte eine geheimnisvolle Miene auf und trat noch einen Schritt näher heran. »Schaun S' her, was ich noch gefunden hab.« Sie klaubte unter den Pilzen herum, bis sie ausgegraben hatte, was sie Fanni zeigen wollte. »Wissen S', was das ist?«

Fanni wusste es. Allerdings erst seit vergangenem Sonntag. Sabine Maltz hatte an ihrem Todestag Milchlinge für ihre Gäste zubereitet.

»Man müsste sie eigentlich stehen lassen«, flüsterte Frau Probst reumütig, »aber sie sind eine Delikatesse, eine wirkliche Delikatesse. Da kann man nicht anders, da muss man hinlangen.« Sie sah Fanni forschend an. »Haben Sie noch nie probiert, oder?« Bevor Fanni eine Antwort darauf geben konnte, hielt ihr Frau Probst eine Handvoll hin. »Nehmen Sie, die schenk ich Ihnen. Nur kurz in der Pfanne braten und ...« Sie legte zwei Finger an die Lippen und küsste sie.

Fanni wollte die Milchlinge nicht haben. Zum einen wegen Sabine. Sie hatte das Gefühl, Sabine ein Andenken zu schulden, das in der Einmaligkeit jener Pilzmahlzeit bestand. Zum anderen, weil sie fand, dass eine Portion Pilze pro Woche mehr als genügte.

Sie wird beleidigt sein, wenn du ihr Angebot ablehnst!

Es musste eine Ausrede her.

»Das ist aber nett von Ihnen«, sagte Fanni liebenswürdig. »Und sie sehen so appetitlich aus, Ihre Pilze. Schade, dass ich gegen Phosphor allergisch bin.«

»Und dieses Phosphor ist in den Milchlingen?«, fragte Frau Probst mit großen Augen.

Fannis Gesichtsausdruck wirkte erbarmungswürdig, als sie nickte.

Frau Probst tätschelte ihr die Hand. »Ja, gegen so eine Allergie kann man nicht an. Schaun S', meine Mutter hat zeitlebens einen Ausschlag gehabt, weil sie ...«

Fanni hörte nicht hin. Sie fragte sich, was sie denn eigentlich auf den Tisch bringen wollte.

Ihr hättet einkaufen sollen!

Dazu war es nun zu spät. Hier oben in Weißenregen gab es nicht einmal einen Bäcker.

»Na, wenn S' die Milchlinge nicht vertragen, dann nehmen S' den Braunen.« Frau Probst hielt ihr den riesigen Steinpilz hin, der Fanni äußerst suspekt war.

Welche Bodenverseuchung ihn wohl veranlasst hat, so überdimensional zu wachsen?, fragte sie sich und wollte auch ihn verschmähen.

Bevor sie jedoch kundtun konnte, dass ausnahmslos alle Pilze

Phosphor enthielten, griff Sprudel nach dem Pilz. »Mit Sahnesoße und Hörnchennudeln?«

Frau Probst zwinkerte ihm komplizenhaft zu. »Den Schnittlauch nicht vergessen.«

Um endlich etwas in den Magen zu bekommen, solltet ihr nicht einmal davor zurückschrecken, Baumrinde mit Wurmfarnwedelkompott zu verzehren!

»Denk an das Abkommen«, sagte Sprudel, als sie sich an den Tisch setzten.

Fanni hielt sich daran.

Eine Zeit lang aßen sie schweigend, bis Sprudel die Behandlungen in der TCM-Klinik aufs Tapet brachte. Daraufhin fingen sie an, darüber zu debattieren, ob sie hilfreich oder – wie Hans Rot einmal am Rande angemerkt hatte – für die Katz waren. Danach kamen sie auf Lenis Schwangerschaft zu sprechen und rätselten, ob Lenis und Marcos Kind ein Mädchen oder ein Junge werden würde.

Warum meldet sich eigentlich Marco nicht mehr? Es muss doch neue Erkenntnisse geben! Und warum steht Brandel nicht mit zwei Paar Handschellen vor der Tür? So wie der sich bisher aufgeführt hat, täte man gut daran, sich aufs SEK gefasst zu machen!

Als der Topf mit dem Pilzgericht leer war, meinte Sprudel, er wolle gar nicht wirklich wissen, was dahintersteckte, dass die Pilze heuer wuchsen wie Acker-Spark.

Fanni erwiderte, strahlenbelastet oder nicht, Pilze seien ihr schon als Kind irgendwie unheimlich gewesen. »In meiner Kindermärchenwelt haben sie immer zu den Bösewichten gehört: gestaltenwandlerisch, hinterhältig, scheinheilig …«

»Ja, sie sind wie Kobolde«, gab Sprudel ihr recht.

Leidet ihr beide inzwischen an Altersschwachsinn?

Nachdem der Tisch abgeräumt war, schlugen sie die Wanderkarte auf und sahen sich die rot gestrichelt eingezeichneten Routen an, die zum Osser führten.

Es gab vier, wenn man von zwei weiteren aus Tschechien absah, die auf dem Kamm des Künischen Gebirges entlangliefen.

»Vom Ausgangspunkt Lohberg scheint mir der Anstieg am kürzesten zu sein«, sagte Fanni nach einigem Brüten.

Sprudel nickte. »Von Lambach ist er ein Stück länger.«

»Von Silbersbach wahrscheinlich auch.«

»Lam kommt gar nicht in Frage.« Sprudel maß die Strecke zwischen Daumen und Zeigefinger. »Doppelt so lang.«

Normalerweise hätte Fanni für die längste Strecke plädiert und für den größten Höhenunterschied. Über die siebenhundert Höhenmeter, die von Lam bis zum Ossergipfel zu überwinden waren, hätte sie nur verächtlich die Nase gerümpft. Aber bei der für den morgigen Tag geplanten Tour musste Zeit gespart werden, damit sie für einen Aufenthalt in der Schutzhütte ausreichte, denn die Behandlungstermine in der TCM-Klinik legten den Zeitpunkt ihrer Rückkunft unveränderlich fest. Zudem wurde sie von ihrer Schulter geplagt. Die Stelle, wo die Qigong-Kugeln sie getroffen hatten, tat höllisch weh, der Schmerz strahlte den ganzen Rücken hinunter aus. Aber sie würde sich hüten, Sprudel davon in Kenntnis zu setzen. Er würde ihren Ausflug sonst ohne Zögern abblasen.

»Lohberg also«, sagte Fanni und studierte erneut die Karte. »Oberlohberg, wo der Parkplatz eingezeichnet ist, liegt auf siebenhundert Meter Höhe, der Ossergipfel bringt es auf knapp tausenddreihundert, macht sechshundert Höhenmeter Unterschied.«

Sie wirkte so pikiert, dass Sprudel sichtlich Mühe hatte, nicht zu grinsen.

»Der Anstieg dürfte uns nur wenig über eine Stunde kosten«, sagte Fanni.

Nun grinste Sprudel doch. »Das lässt uns ja schön Zeit für ein deftiges Mittagessen im Schutzhaus. Schweinebraten mit Knödel und Kraut und Zwetschgenbavesen zum Nachtisch.«

Fanni streckte ihm die Zunge heraus.

12

Obwohl die Zeit, die ihnen für den Ausflug zum Osser-Schutzhaus zur Verfügung stand, so klar begrenzt war, schafften es Fanni
und Sprudel am nächsten Morgen wieder einmal nicht, frühzeitig
aus dem Bett zu kommen. Ebenso wenig brachten sie es fertig,
die übliche Stunde am Frühstückstisch abzukürzen.
Deswegen war es fast halb elf, als sie endlich in den Wagen
stiegen.
»Grafenwiesen, Hohenwarth, Lam, Lohberg«, zählte Fanni
die Orte auf, die sie passieren mussten.»Hätte ich mir denken
können«, brummte sie wenig später missmutig.
Früher aufgestanden wärst du trotzdem nicht!
Die kurvige Straße samt Traktoren, Milchtransportern und
Holzlastern ließ selten eine höhere Geschwindigkeit als sechzig
Stundenkilometer zu, die regelmäßig noch gedrosselt werden
musste, weil hinter praktisch jeder zweiten Kurve ein Dorf auf-
tauchte.
»Gotzendorf«, sagte Fanni kurz hinter Grafenwiesen.»Da
stammt doch diese Räuberbraut her?«
Sprudel nickte.»Von Gotzendorf aus sind wir vergangene
Woche auf den Kaitersberg gewandert.«
Fanni kam es vor, als wäre das Monate her.
»Simpering«, stöhnte sie wenig später.»Drittenzell, Haibühl,
was es bloß für Käffer gibt.«
Um kurz vor elf tauchte das Ortsschild»Lohberghütte« vor
ihnen auf.
Fanni, die in den letzten Minuten vor sich hin sinniert hatte,
schreckte hoch.»Sind wir etwa an Lohberg vorbeigefahren?«
Sie zog die Straßenkarte zurate und stellte fest, dass es noch
vor ihnen lag. Gleich darauf erreichten sie es, entdeckten ein
Schild mit der Aufschrift»Wanderparkplatz« und folgten ihm zu
einer eingeebneten Fläche am Waldrand, wo Sprudel den Wagen
abstellen konnte.

Fanni beabsichtigte, die auf der Straße verbummelte Zeit durch forciertes Tempo beim Gehen wettzumachen, was dazu führte, dass sie eine Stunde und zehn Minuten später schwer atmend und nass geschwitzt beim Schutzhaus ankamen.

Auf dem Parkplatz hatte Sprudel sich auf keine Diskussion eingelassen und alles in einen Rucksack gepackt, den er auf den Rücken schnallte. »Du schonst gefälligst deine verletzte Schulter.« Insgeheim war ihm Fanni für dieses Dekret sehr dankbar gewesen, hatte jedoch beim Gehen keine Rücksicht darauf genommen, dass er ein hübsches Gewicht zu tragen hatte und sie nichts.

Der Wanderweg hatte sie breit getreten und wenig steil den dicht bewaldeten Berghang hinaufgeführt, bis der Grenzkamm erreicht war. Dort oben war das Vorankommen schwieriger geworden; überall türmten sich hohe Felsen auf, mussten umgangen oder überklettert werden. Aber irgendwann war das Gipfelkreuz in Sicht gekommen.

Das Schutzhaus lag nur wenige Meter unterhalb des Ossergipfels auf einem winzigen Plateau. Die Gaststube zeigte sich jetzt zur Mittagszeit gut besetzt. Soweit Fanni beurteilen konnte, bediente die Wirtin die Gäste selbst und hatte im Moment eine Menge zu tun.

Wenn du ihr Fragen stellen willst, wirst du dich wohl gedulden müssen, bis der Trubel sich gelegt hat!

Sprudel studierte bereits die Speisekarte. »Es gibt tatsächlich Schweinebraten.«

»Den du dir verkneifen wirst«, erwiderte Fanni. »Hattest du nicht mindestens drei Scheiben Toast mit Schwarzwälder Schinken und eine Schale Müsli zum Frühstück?«

Sprudel zog ein kummervolles Gesicht.

»Und mindestens fünf Tassen Milchkaffee«, fügte Fanni schmunzelnd hinzu.

Sprudel gab sich geschlagen, entschied sich für Apfelstrudel mit Vanillesoße und ein Haferl heiße Schokolade.

Fanni schloss sich an.

Während sie darauf warteten, bedient zu werden, sah Fanni sich in der Gaststube um. Die war recht bescheiden eingerichtet, bot jedoch Raum für mehr als fünfzig Personen. Um einen Tisch in der Ecke waren so viele Stühle gezwängt worden, dass eine ziemlich große Wandergruppe daran Platz gefunden hatte. Die meisten anderen Tische waren von Dreier- oder Vierergruppen umlagert. Einige Gäste hörte man tschechisch sprechen, andere hochdeutsch. Hin und wieder klang es schwäbisch von irgendwoher, ein paarmal sächsisch.

Die Wirtin brachte den Strudel, wünschte eilig »Guten Appetit« und hastete an den Tisch der Wandergruppe, wo man eine Runde Schnaps in Auftrag gab.

Fanni schnappte hier und da ein paar Satzfetzen auf, ließ sie gleichgültig verfliegen. Als sie links neben sich einheimischen Dialekt hörte, schaute sie hinüber und sah vier Männer unterschiedlichen Alters vor je einer Halben »Osser Hell« sitzen. Sie sprachen die Mundart so urwüchsig, dass Fanni Mühe hatte, etwas zu verstehen. Erst mit der Zeit gewöhnte sie sich daran. Dann dauerte es noch mal eine Weile, bis sie begriff, dass es bei dem Gespräch um das geplante Pumpspeicherwerk am Osser ging.

Ein Berg voller Probleme!

Ja, so hatte eine der Titelzeilen gelautet. Fanni erinnerte sich an die Berichte, die vor Kurzem über das Projekt in der Presse erschienen waren.

»Zwei Meter dicke Rohr, von Engelshütt bis aufn Osser rauf. Mich leckst am Arsch«, sagte einer der vier Männer. Er trug eine Bartkreation wie der Gewinner der deutschen Meisterschaften.

»Aber an Strom tät uns das bringen, an Strom«, widersprach ihm ein junger Kerl, der gottserbärmlich schielte.

»An Scheißdreck bringt's«, fuhr der Bärtige auf und fuchtelte Schielauge mit dem Finger vor der Nase herum. »Kapierst das denn net? Die Energie, wo frei wird, wenn das Wasser runtersaust, genau die musst du zum Raufpumpen wieder reinstecken.«

Der junge Mann schielte zu Herzen gehend. »Dann wär das Ganze ja ein Krampf.«

»Na ja, net ganz«, beschied ihm sein Gegenüber, ein Mann mit Schnupftuch in der Faust, der gut in den Sechzigern, aber schlank und drahtig war. »Mit so einer Vorrichtung kannst du nämlich Strom quasi auf Vorrat legen. Wenn du grad Energie übrig hast, dann pumpst du von Engelshütt das Wasser auf den Osser, wird's aber knapp, dann Wasser marsch.«

Schielauge erweckte nicht den Eindruck, als wäre ihm die Sache geheuer.

Der Bärtige wandte sich an den Drahtigen. »Wer ein Hirn hat und eine Liebe für seine Heimat, der is gegen den Plan.«

Während sich die anderen das durch den Kopf gehen ließen, fuhr er fort: »Sogar die Auswärtigen sagen, dass man unsern schönen Bayerwald nicht so verhunzen darf. Der wo neulich mit uns am Tisch gsessen ist –«

»Gell, das ist der gwesen, den wo's nachher umbracht ham«, unterbrach ihn Schielauge.

Fanni horchte auf.

Der Bärtige sprach weiter, als hätte es keine Unterbrechung gegeben: »... der hat klipp und klar gsagt: ›Lassts euch das net gefalln. Auf gar keinen Fall dürfts euch so was gefallen lassen.‹«

»Und nachher ham's ihn umbracht«, vermeldete Schielauge.

Die anderen sahen ihn bestürzt an.

Auf einmal hob sich der Geräuschpegel in der Gaststube drastisch. Fanni blickte sich um und stellte fest, dass die große Wandergruppe im Aufbruch begriffen war. Die meisten anderen Gäste waren bereits weg oder ebenfalls dabei, das Schutzhaus zu verlassen.

Nachdem Ruhe eingekehrt war, trat die Wirtin an ihren Tisch, um nach weiteren Wünschen zu fragen.

Sprudel bestellte noch zweimal heiße Schokolade.

»Kaloriensünder«, hielt ihm Fanni vor. »Das kostet Extra-Höhenmeter.«

Als die Getränke serviert wurden – gemächlich diesmal, weil der Mittagsansturm vorüber war –, ergriff Fanni die Gelegenheit, ein Gespräch mit der Wirtin anzuknüpfen.

»Das am Osser geplante Pumpspeicherkraftwerk hat ja einen wahren Bürgerkrieg entfacht«, begann sie.

»Kann man wohl sagen«, erwiderte die Wirtin, lehnte sich an den Tisch und richtete das Sträußchen aus Plastikblumen in der Vase.

»Wie steht es denn so an der Front?«, fragte Sprudel.

»Was man so mitkriegt, sind viele für das Projekt. Vor allem junge Leute. Energiewende, Klimaschutz, ein wirtschaftlicher Schub für die Region. Sie wissen schon.«

»Aber es scheint auch recht streitbare Gegner zu geben«, sagte Fanni darauf.

»Kriegerische«, antwortete die Wirtin mit einem Schmunzeln. »Die Naturschützer zum Beispiel sagen, dass man wegen einem Pumpspeicherwerk die Gegend nicht verschandeln darf. Aber sie sind bei Weitem nicht so kampflustig wie die ewig Gestrigen. ›Statt der Osserwiese einen See? Heilige Barbara. Nie und nimmer!‹« Sie seufzte verhalten. »Manche hier sind extrem fortschrittsfeindlich.«

»Kirchner war anscheinend auch einer von ihnen«, kam Fanni auf den Punkt.

»Der Ludwig Kirchner?«, fragte die Wirtin erstaunt. »Haben Sie ihn gekannt?«

»Früher mal«, log Fanni. »Ist ewig her. Es ist mir auch erst dann wieder eingefallen, als ich den Namen in der Zeitung gelesen habe.« Sie schnitt eine Grimasse. »Ehrlich gesagt wundert's mich, dass er sich für Energiepolitik interessiert hat. Früher war er nur hinter Weiberröcken her.«

Die Wirtin zog sich einen Stuhl heran und setzte sich ihr gegenüber. »Wenn Sie mich fragen, ist das immer noch so. Von dem geplanten Pumpspeicherwerk hat der doch keine Ahnung gehabt. Er hat halt einfach mitreden wollen. Aber glauben S' mir, die weiblichen Gäste haben ihn viel mehr gereizt. Deswegen hab ich ihn auch abgewimmelt, obwohl er ein paar erstklassige Vorschläge gemacht hat.« Sie ließ den Blick zum Fenster wandern und schaute geradezu verklärt hinaus. »Schneeschuhtouren bei klirrendem Frost, abends, wenn's finster ist und der Wald sein geheimnisvollstes Gesicht zeigt. Wenn's Eis in den Bächen grummelt und kracht, wenn's Käuzchen …«

Ihr Blick kehrte widerstrebend zu Fanni zurück. »Stellen Sie sich vor, wie sich die Leut auf den Glühwein, das Geräucherte, das Schwarzbrot und den Stollen stürzen, wenn sie von so einem Marsch zurückkommen.« Diesmal seufzte sie vernehmlich. »Aber mir ist gleich klar gewesen, dass mir der Ludwig mehr Verdruss einbringen tät als Umsatz. Vielleicht geht es ja anderswo lockerer zu, aber unsere Bayerwäldler verstehen keinen Spaß, wenn ihnen einer das Madel ausspannen möcht. Das hat man gesehen, als er der Nicole schöne Augen gemacht hat.«

»Hat Kirchner etwa die Frau eines Gastes angebaggert?«, fragte Fanni.

»Nicht bloß die von einem, und das innerhalb von ein paar Stunden«, antwortete die Wirtin grimmig. »Zuerst hat er mit der Nicole geschäkert, bis der Mike seinen Hirschfänger rausgezogen und ihn mit einem Blick angeschaut hat, unter dem sogar der Luzifer seinen Schwanz eingezogen hätt.«

Mike (Amerikaner?) verteidigt seine Nicole (Französin?) auf dem Gipfel des Großen Osser (Grenzberg zwischen Bayern und Böhmen) mit einem Hirschfänger (Jagdmesser aus Österreich)! Fällt ein solches Szenario unter den Begriff Globalisierung?

»Und dann«, fuhr die Wirtin fort, »wollt er sich an die kleine Chinesin ranmachen, die kurz darauf mit dem Österreicher gekommen ist. Bei der hat er aber keine Chancen gehabt. Der Kleinen ist es peinlich gewesen. Ich hab dem Ganzen dann ein Ende gemacht und den Ludwig in mein Büro verfrachtet. Er wollt ja sowieso wegen der Stellung als Touristenführer mit mir reden.«

»Die er nicht bekommen hat ...«, begann Fanni, wurde jedoch von einer Schar junger Leute unterbrochen, die laut krakeelend in den Gastraum einfiel und alle freien Plätze belegte.

Fanni und Sprudel hatten mehr als eine Stunde im Schutzhaus verbracht, was bedeutete, dass sie sich beim Abstieg heftig sputen mussten.

Zu wenig Zeit, dachte Fanni verdrossen. Viel zu wenig Zeit. Nicht einmal für ein paar Worte über das, was wir gerade erfahren haben, reicht uns die Zeit.

Dabei wäre ein Gedankenaustausch dringend nötig! Wirft das Gehörte nicht ein neues Licht auf den Mordfall Ludwig Kirchner? Ob dieser Kommissar Brandel wohl auch schon weiß, wie viele Feinde sich der steirische Naturbursche innerhalb kurzer Zeit gemacht hat?

Fanni blendete die Gedankenstimme aus. Im Moment war es

absolut notwendig, sich auf die kantigen, oft spitz zulaufenden Steinblöcke zu konzentrieren, die den Wanderpfad so unwegsam gestalteten.

Aber auch als sie vom Grenzkamm in den bewaldeten Hang abbogen, war an Unterhaltung nicht zu denken. Bei dem Tempo, das sie vorlegten, liefen sie sonst Gefahr, auf einer Wurzel auszurutschen, über einen losen Stein zu stolpern oder über einen der Äste, die Sturm und Wind irgendwann einmal abgebrochen und auf dem Weg verstreut hatten.

Zudem machte Fanni ihre verletzte Schulter mehr und mehr zu schaffen. Der dumpfe Schmerz strahlte nun bis in den Brustbereich aus und nahm ihr den Atem.

Der Abstieg zog sich so in die Länge, dass sie schon glaubte, sie hätten eine Abzweigung verpasst und wären unterwegs nach Wer-weiß-wohin. Letztendlich tauchte dann doch das Schild auf, das den Wanderparkplatz auswies. Die Wegschneise verbreitete sich, wurde flacher und gangbarer.

»Kazol und He Xie?«, sagte Fanni. »Der Österreicher und die Chinesin.«

Sprudel stieß prustend einen Schwall Atemluft aus. »Wäre das nicht schön? Prompt hätten wir eine Verbindung zu Kirchner und ein Motiv für den Mord obendrein: Kazol hat Kirchner erschlagen, weil der ihm He Xie ausspannen wollte. Sogar Sabines Tod ließe sich erklären. Kazol könnte ihr die Tat gestanden haben, und sie hat von ihm verlangt, dass er sich stellt.«

Fanni erlaubte sich den befriedigenden Gedanken, dass gegen diese Annahmen eigentlich nichts einzuwenden sei.

Sie hätte beinahe nicht mitbekommen, wie Sprudel fortfuhr: »Als Grundlage für eine vernünftige Hypothese taugt das allerdings nicht, weil man zwingend voraussetzen muss, Kazol und He Xie seien liiert gewesen. Dafür gibt es aber nicht den geringsten Anhaltspunkt.«

Vielleicht gibt es ihn, und wir haben ihn nur nicht gesehen, dachte Fanni, sprach es jedoch nicht aus, weil Sprudel bereits weiterredete. »Außerdem ist Kazol vermutlich nicht der einzige Österreicher, den man im Osser-Schutzhaus antreffen kann, und He Xie nicht die einzige Chinesin.«

Es gilt nämlich zu bedenken, dass es acht Komma fünf Millionen Österreicher gibt und sage und schreibe eins Komma vier Milliarden Chinesen!

Auf die Minute pünktlich betrat Fanni das Behandlungszimmer Nummer 3.

»Gehen Sie auch gern wandern?«, fragte sie, als Lian Feng die erste Akupunkturnadel zückte.

»Wandern?« Das Wort schien der jungen Frau nichts zu sagen. Fanni bemühte sich zu erklären, was es bedeutete, musste jedoch einsehen, dass das gar nicht so einfach war.

Nach einigem Hin und Her sagte Lian Feng: »In China wandert der Li-Fluss von der Felswand der Neuen Pferde zum Fischdorf Xingpin.«

Behaupte jetzt nicht, sie hätte es nicht begriffen!

Fanni schloss die Augen. Auf einmal fehlte es ihr an Energie, weiterzufragen.

Als alle Nadeln an Ort und Stelle steckten, sagte Lian Feng: »Sie bitte Botschaft ausrichten an Herr Sprudel.«

»Gern«, antwortete Fanni träge. Sie nahm an, dass es um eine Terminänderung ging.

Doch Lian Feng fuhr fort: »Hat mich gefragt, ob He Xie E-Mail schickt.«

Fanni fuhr hoch.

»Ruhig liegen«, mahnte Lian.

Fanni versuchte stillzuliegen. »He Xie hat eine Mail an Sie geschickt?«

»Nicht an mich. Aber an Sulin. He Xie schreibt an Sulin, dass sie Verlobung mit Akuma aufgelöst hat und wiederkommt.«

Jetzt hör dir das an! Was soll man nun darüber denken?

Dass He Xie besagte Chinesin im Schutzhaus gewesen ist, dass sie mit Kazol, dem Österreicher, zusammen war und zu ihm zurückkehrt, dachte Fanni.

Wenn du dich da mal nicht vergaloppierst, Fanni! Kazol könnte ihr Vater sein!

Na und.

Lian Feng hatte sie mit ihren Gedanken und den Nadeln im

Fleisch allein gelassen. Als sie fünfundzwanzig Minuten später zurückkam, fragte Fanni:»Warum hat He Xie ihre Verlobung in China gelöst?«

Lian Feng entfernte die Nadeln und warf sie in den Müllschlucker.»Auf dem Berg ist Feuer‹, sagt Sulin.«

Hört sich an wie einer dieser kryptischen I-Ging-Sprüche!

Wie auch immer, eine Antwort auf Fannis Frage war es nicht, und es würde auch keine mehr kommen, denn Lian Feng war bereits zum nächsten Patienten weitergeeilt.

Fanni zog sich an und verließ den Behandlungsraum.

Obwohl man meinen könnte, sie hätte an diesem Tag bereits genügend frische Luft getankt, wollte sie die gute halbe Stunde, die sie auf Sprudel warten musste, nicht im Foyer herumsitzen.

Fanni zog es in den Kurpark.

Sie durchquerte die Bahnunterführung, bog bei der Imbissstube links ab und steuerte auf die kleine Hängebrücke zu, die zum Geschicklichkeitsparcours führte.

Hier hatte Ella Kraus gestanden und ins Wasser gestarrt. Und als Fanni sie ansprach, hatte sie abgestritten, sich in den Tagen zuvor im Klinikbereich aufgehalten zu haben. Damit hatte sie glattweg gelogen, denn Fanni war sich sicher, dass Ella Kraus es gewesen war, der sie an dem Abend, an dem Sabine starb, im Tunnel Platz gemacht hatte. Sie hatte gelogen und sich schleunigst davongemacht.

Warum?

Sie danach zu fragen würde nichts bringen. Es war kaum anzunehmen, dass sie auf einmal zugänglicher werden würde.

Heudobler, dachte Fanni. Ihn sollte man über die Kraus aushorchen, da könnte einiges ans Licht kommen.

Sie trat auf die schwankende Brücke, hielt sich am Geländer fest und starrte ins Wasser. Es hatte eine dunkle, fast schwarze Farbe, floss träge und roch ein wenig modrig.

Kein Wunder, das ist ein Seitenarm vom Weißen Regen, ein fast stehendes Gewässer! Schau nur, wie dicht die seichten Ufer mit Pflanzen bewachsen sind.

Erneut überkam sie das Gefühl, als hätte sie etwas übersehen. Etwas, das mit Sabine und dieser Hängebrücke zusammenhing.

Runter, bevor dir kotzübel wird von dem Schlingern und Schaukeln!
Nachgrübeln kannst du auch auf festem Boden!
Fanni kehrte auf den Hauptweg zurück und folgte ihm versonnen. In Gedanken noch auf der Brücke, merkte sie gar nicht, dass graue Wolken aufgezogen waren, die den Park in Dämmerlicht hüllten und alle anderen Spaziergänger vertrieben.

Der Pavillon lag verlassen da. Fanni blieb vor dem Eingang stehen. Ihr Blick wanderte über die Stützpfeiler und die Glasscheiben dazwischen, bis er an der Rückwand hängen blieb. Hier hatten sich Sabine und Kazol nach ihrem Streit getrennt. Er war hitzig davongestürmt. Sie hatte sich Zeit gelassen.

Was Fanni und Sprudel erlauscht hatten, ließ keine Zweifel darüber zu, warum Kazol so aufgebracht gewesen war: Sabine hatte gedroht, zur Polizei zu gehen und etwas anzuzeigen. Wem hätte sie damit geschadet? Kazol oder jemandem, den er decken wollte?

Wer sollte das denn sein? Liesi?

Er hat vom »Schneckchen« gesprochen, überlegte Fanni. Wen sonst als Liesi soll er gemeint haben?

»Man wird mit dem Finger auf sie zeigen«, hatte Kazol gesagt. Konnte das heißen, dass Liesi …? Nein. Kurzerhand verwarf sie den Gedanken, Liesi könne eine Tat begangen haben, die Kazol mit allen Mitteln vertuschen wollte.

Wie man die Fakten auch aufreihte, es ergab sich kein wirklich klares Bild.

Was auch daran liegen könnte, dachte Fanni, während sie müde weitertrottete, dass wir manches falsch interpretieren.

Das, was bei dem Streit gesagt wurde, zum Beispiel?

Vor allem das.

Als sie aufsah, merkte sie, dass sie am Lindner-Steg angelangt war, über dessen Geländer Sabine geschleudert worden sein musste.

Wer sagt denn eigentlich, dass es sich um diese Brücke hier handelt?
Es gibt doch Dutzende den Weißen Regen hinauf und hinunter!

Fanni stutzte, doch dann fiel ihr ein, dass in den Nachrichten klipp und klar von der Brauerei Lindner die Rede gewesen war. Ein Angestellter des Brauhauses hatte Sabines Leiche auf seinem

Weg zur Arbeit entdeckt, und der würde doch wohl über denjenigen Steg gekommen sein, der direkt zu seinem Arbeitsplatz führte.

Fanni schaute zu den Brauereigebäuden hinüber, die still dalagen. Übers Wasser zog der Geruch frischer Maische zu ihr. Sie betrat das Brücklein, ging ein paar Schritte, blieb dann jedoch in der Mitte stehen, stützte die Ellbogen aufs Geländer und schaute aufs Wasser hinunter. Es wirkte dunkel, war aber klar, sodass man Steine und grasigen Bewuchs am Boden des Bachbetts erkennen konnte. Dort, wo die Strömung stärker war, kräuselten kleine Wellen die Oberfläche. Drei Enten kamen flussaufwärts geschwommen, jede erzeugte ein formvollendetes V als Kielwasser.

Fanni betrachtete den Zug der Enten und vergaß alles um sich herum. Weder hörte sie die Schritte, die sich näherten, noch spürte sie den Atemhauch, der ihren Nacken streifte, als jemand hinter sie trat. Erst als sich starke, knochige Finger um ihren Hals legten, schrak sie auf.

Fanni wollte nach den Händen greifen, die ihr die Luft zum Atmen nahmen, doch ohne ihr Zeit für den leisesten Laut oder die kleinste Abwehrbewegung zu lassen, drückten die Finger ihre Kehle zu.

Fanni wurde schwarz vor den Augen.

Ihre Knie knickten ein, ihre Muskeln wurden schlaff. Nur ihre Ohren schienen noch zu funktionieren, denn sie vernahm auf einmal das wütende Kläffen eines Hundes.

Im nächsten Moment lösten sich die Hände von ihrem Hals. Fanni schnappte nach Luft, sackte vornüber und stieß gegen etwas Hartes, das sich wie eine Schranke vor ihre Brust legte. Als sie begriff, dass sie mit dem Oberkörper über dem Geländer hing, klammerte sie sich keuchend daran fest. Ihr Kopf pendelte leicht hin und her, als wüsste er nicht, wo er hingehörte. Würde sie ihn je wieder heben können?

Langsam klärte sich ihr Blick. Aber noch wirkte der Bewuchs auf dem Grund des Flussbetts wie ein Muster aus welligen Bändern, das sich ständig veränderte. Irgendwann aber fand ihr Kopf seinen Angelpunkt und kam zur Ruhe. Fannis Blick wurde schärfer. Das Muster stabilisierte sich, ließ in der Strömung wogende Grashalme erkennen.

»Geht es Ihnen nicht gut? Hat Hugo Sie etwa erschreckt?« Fanni straffte sich, so weit es ihr möglich war, und drehte sich schwerfällig um.

Vor ihr stand eine füllige Frau in den Fünfzigern, die sich in einen viel zu engen weißen Jogginganzug gequetscht hatte. Neben ihr saß ein Berner Sennenhund, der treuherzig zu Fanni aufschaute.

»Hugo ist wirklich lieb«, plapperte die Frau los. »Der tut niemandem was. Sie hätten sich echt nicht fürchten müssen. Eigentlich bellt er ja keine Passanten an. Nein, das tut der Hugo nicht.« Sie schaute sich suchend um. »Irgendein Viehzeug muss ihn geärgert haben, ein – ein Marder vielleicht.«

Oder ein Mörder!

Fanni brachte ein verzerrtes Lächeln zustande. »Alles in Ordnung. Hugo hat mich nicht erschreckt. Er hat ...«

Dir das Leben gerettet!

Das wagte Fanni jedoch nicht zu sagen.

»Ich glaube schon, dass er Sie erschreckt hat«, erwiderte die Hundebesitzerin. »Sie sind nämlich ganz blass.« Besorgt fasste sie Fanni schärfer ins Auge. »Ehrlich gesagt sehen Sie fürchterlich aus.«

Fanni versuchte, sich etwas zu entspannen, und beteuerte, es gehe ihr gut genug.

Die Hundebesitzerin schien wenig überzeugt, beharrte jedoch nicht weiter auf dem Thema. Stattdessen sagte sie: »Ich habe gar nicht mitbekommen, dass Hugo so weit vorausgelaufen ist. In der einen Sekunde war er noch neben mir. Dann ist er durchgestartet und um die Kurve gerannt. Ich habe natürlich gemeint, er taucht gleich wieder auf. Das macht er immer. Aber anscheinend ist er bis hierher auf den Steg ...« Ihre Stimme verlor sich.

»Hugo ist schwer in Ordnung«, sagte Fanni und ließ ihn ihre Hand beschnüffeln. Ihr Lebensretter tat es ausgiebig und leckte jeden Finger gründlich ab. Das war Fanni zwar unangenehm (hatte der Hund zuvor an einem Rattenkadaver geleckt?), aber in diesem Fall ...

Seinem Lebensretter darf man schon einiges zugestehen!
... schienen ihr Konzessionen angebracht. »Sehen Sie, Hugo und ich sind die besten Freunde.«

Hugos Besitzerin lächelte und setzte zu einer Erwiderung an. Doch Hugo gelangte offenbar zu dem Schluss, dass seine Aufgabe hier erfüllt war, sprang auf und lief davon.

»Hugo?«

Der Hund hatte das Ende des Steges erreicht und bog zur Hammermühle ab.

Seine Besitzerin zuckte die Schultern. »Er will heim. Wenn Hugo heim will, ist nichts zu machen.« Sie winkte Fanni zum Abschied und beeilte sich, dem Hund hinterherzukommen.

An deiner Stelle würde ich nicht allein auf der Brücke zurückbleiben!
Fanni fuhr zusammen, als hätte sie einen Stromschlag erlitten.

Geh weg hier! Wer weiß, ob der Kerl, der dich abmurksen wollte, nicht zurückkommt!

Endlich regten sich Fannis Lebensgeister. Sie stieß sich vom Geländer ab und rannte in Richtung Kurpark. Als der Pavillon in Sicht kam, schlug sie rechter Hand einen Nebenpfad ein, wodurch sie ein gutes Wegstück abschneiden konnte. Bereits nach wenigen Minuten erreichte sie die Bahnunterführung, hetzte über den Parkplatz und kam völlig außer Atem vor der Klinik an.

Ein Blick auf die Uhr sagte ihr, dass ihr noch fünf Minuten blieben, bis sie Sprudel gegenübertreten musste.

Soll das heißen, du willst ihm nicht sagen, was passiert ist?
Wozu?, dachte Fanni. Wozu ihn beunruhigen? Sprudel hat genug auszuhalten.

Stimmt, du machst es ihm nicht leicht!

Fanni betrat das Foyer und wandte sich nach links, wo sich die Damentoilette befand.

Sie musste eine Weile verschnaufen, bevor sie einen Blick in den Spiegel werfen konnte, der ihr ein bleiches Gesicht mit ungesunden roten Flecken zeigte.

Wenn du Sprudel was vormachen willst, solltest du für ein frischeres Aussehen sorgen!

Fanni hielt die gewölbten Hände unter den Wasserhahn, ließ

sie volllaufen und klatschte sich die Ladung ins Gesicht. Nachdem sie das dreimal wiederholt hatte, fühlte sie ihre Haut prickeln. Sie zupfte einige Papiertücher aus dem Spender und trocknete sich damit ab.

Besser, aber noch lange nicht gut! Eigentlich wäre ein professionelles Make-up vonnöten!

Fanni begann, in ihrer Handtasche zu wühlen. Sie fand eine kleine Tube Ringelblumencreme und eine Puderdose, die sie seit Monaten nicht benutzt hatte. Mit kreisenden Bewegungen trug sie die Creme auf ihrer Gesichtshaut auf.

Plötzlich hielt sie inne, starrte erneut ihr Spiegelbild an. Sie war angegriffen worden. Hinterrücks. Der Kerl hatte sie umbringen wollen. Warum? Wer war er? Wo war er hergekommen? Sie hatte niemanden gesehen.

Gepeinigt stöhnte Fanni auf. Sie hatte nicht einmal daran gedacht, die Frau mit dem Hund zu fragen, ob sie jemandem begegnet war.

Oh ja, eine Täterbeschreibung wäre super! Aber man kann ja nicht alles haben, Druckflecken am Hals und auch noch ein Phantombild des Verursachers!

Fanni öffnete den Kragen ihrer Bluse und beäugte die Würgemale.

Du wirst Halsschmerzen vorschützen und ein Tuch umbinden müssen.

13

Fanni eilte zurück ins Foyer, wo Sprudel vermutlich schon auf sie wartete. Überrascht stellte sie fest, dass er noch nicht da war, und nutzte die Wartezeit, um sich aus dem Bowlengefäß zu bedienen. Ihr Hals fühlte sich wund an, ihr Mund trocken, ihre Zunge geschwollen.

Als sie mit dem gefüllten Glas in der Hand auf einen freien Sessel zugehen wollte, sah sie Gerd Heudobler die Treppe herunterkommen.

Der schaut ja aus, als hätte er ein Rendezvous mit der Steuerfahndung gehabt!

Tatsächlich wirkte Heudobler derart verstört, dass Fanni stehen blieb und ihn ansprach. »Ist alles in Ordnung mit Ihnen?«

Heudobler wandte sich ihr zu, antwortete jedoch nicht. Sein Blick schien durch sie hindurchzugehen.

»Geht es Ihrer Schwester nicht gut?«, fragte Fanni. »Gibt es Probleme bei der Wohnungssuche?«

Heudobler zeigte keinerlei Reaktion.

Fanni packte ihn am Arm. »Stimmt was nicht?«

Endlich regte Heudobler sich, begann stockend zu sprechen. »Karin hatte eine Art Nervenzusammenbruch. Weinkrampf. Herzrasen. Ich konnte sie nicht … Der Doktor musste sie … Der Unfall damals … Sie ist noch immer nicht über den Berg.« Er verstummte, schlug die Hände vors Gesicht.

»Was hat Ihre Schwester denn auf einmal so mitgenommen?«, fragte Fanni mitfühlend.

Heudobler schluckte hart. »Seit diesem Unfall, der sie komplett aus der Bahn geworfen hat, ist sie keiner Belastung mehr gewachsen. Jede Herausforderung, jede Schwierigkeit setzt ihr übermäßig zu.«

Sprudels Auftauchen ersparte Fanni eine Erwiderung. Er kam soeben aus der Ambulanz, und Fanni wedelte mit der Hand, um ihn auf sich aufmerksam zu machen.

»Diese Mordfälle«, sprach Heudobler gedankenvoll weiter. »Eine Angestellte der Klinik erwürgt, ein Kunde in dem Einrichtungshaus, in dem ich arbeite, erschlagen. Der Druck, schnellstens eine Wohnung hier in Bad Kötzting zu finden, die Angst, im Job zu versagen. Das packt Karin nicht alles auf einmal.«

Fanni dachte über Worte des Trostes nach, Worte, die Gerd Heudobler Mut machen konnten, wurde jedoch von Kommissar Brandel unterbrochen.

Er kam mit langen Schritten auf sie zu, ignorierte Heudobler, ersparte sich jede Form von Begrüßung und blaffte: »Wo treiben Sie sich denn ständig rum? Gestern schon und heute wieder hab ich vergeblich an Ihrer Wohnungstür geläutet. Warum ham Sie sich nicht an meine Anordnung gehalten?«

»Haben wir ja«, entgegnete Sprudel mit fester Stimme. »Wir sind durchgehend erreichbar gewesen. Wenn Sie die Nummer von meinem Mobiltelefon gewählt hätten, dann hätten Sie sich den nutzlosen Weg nach Weißenregen schenken können.«

»Und wo bitte ham Sie sich aufgehalten?«, erkundigte sich Brandel in einem Ton, in dem eine deutliche Drohung mitschwang.

»Wir waren heute in Ihrem schönen Bayerwald unterwegs. Kleine Wandertour auf den Osser«, antwortete ihm Sprudel.

»Und gestern?«

»Haben wir Besuch von Hans Rot gehabt. Nachdem Sie ihn verhört hatten, hat er bei uns vorbeigeschaut, und wir haben zusammen einen kleinen Spaziergang gemacht.« Sprudel vollführte eine legere Geste in Richtung Gerd Heudobler. »Dabei haben wir Herrn Heudobler und seine Schwester getroffen.«

Heudobler nickte bestätigend.

Brandel warf zuerst Sprudel, dann Fanni einen skeptischen Blick zu, sagte jedoch nichts mehr.

Bringt der Sprudel es glatt fertig, den Kommissar zu beschwichtigen, ohne nachweislich Lügen zu erzählen!

»Haben Sie Kazol schon aufgespürt?«, fragte Fanni in die Stille. »Er könnte Ihnen sicher aufschlussreiche Antworten liefern.«

Brandels Blick wurde feindselig. »Aufschlussreiche Antworten ham *Sie* neulich geliefert. Woher ham Sie denn eigentlich die Information gehabt, dass die Frau Maltz erwürgt und übers Brückengeländer geschleudert worden ist, bevor die Zeitung davon berichtet hat?«

»Sie haben uns doch gleich am nächsten Morgen mit Ihrem Besuch beehrt. Schon vergessen?«, antwortete Fanni patzig. »Danach hätte sich jeder Sonderschüler zusammenreimen können, was auf dem Lindnersteg passiert ist.«

»Auf dem Lindnersteg, so, so«, sagte Brandel halb zu sich selbst und wirkte verdächtig zufrieden dabei.

Hat Sprudel dich nicht davor gewarnt, Brandel gegenüber zu erwähnen, was Marco euch mitgeteilt hat?

Und ich habe es auch nicht getan, wehrte sich Fanni gegen den Vorwurf der Gedankenstimme. Jedenfalls nicht Brandel gegenüber.

Wie kommt er dann dazu ...?

Kann es sein, dass er blufft?

Fanni wollte gerade zu einer Rechtfertigung ansetzen, als Brandel barsch befahl: »Sie kommen morgen früh um neun Uhr aufs Kommissariat zu einem offiziellen Verhör, alle beide. Und so, wie es aussieht, werd ich Sie dabehalten.« Damit stapfte er davon.

Gerd Heudobler sah Fanni teilnahmsvoll an. »Wie schnell man doch in die Bredouille gerät.« Er reichte ihr die Hand zum Abschied. »Ich hoffe, dass sich bald alles aufklärt.« Daraufhin wandte er sich zum Gehen, drehte sich jedoch noch mal um: »Steht zu hoffen, dass die Polizei dieses Gfraster endlich auftreibt. Diesen Zeugen, der sich einfach nicht melden will. Und Sie haben es auszubaden.«

Offizielles Verhör. Dabehalten. Fanni fühlte Übelkeit aufsteigen. Unglücklich sah sie Sprudel an. »Dieser Kommissar will uns fertigmachen. Du wirst schon sehen, der biegt und zerrt so lange an den Fakten herum, bis er uns anklagen kann.«

Sprudel legte ihr den Arm um die Schultern und führte sie aus dem Klinikgebäude.

»Wir müssen Marco informieren«, sagte er, während sie den Heimweg antraten. »Am besten wäre, wenn er selbst mit Brandel sprechen und ihm alles erklären würde.«

»Aber damit kann er sich einen Riesenärger einhandeln«, rief
Fanni erschrocken.

Sprudel war deutlich anzusehen, dass er lieber Marco Ärger
zumuten wollte als Fanni eine Nacht in einer Gefängniszelle.

»Lass uns das Verhör morgen abwarten«, bat sie. »Wenn Brandel
wirklich ernst macht, schalten wir Marco sofort ein.«

Widerstrebend gab Sprudel nach.

Wie immer stellte er den Wagen in der kleinen Parkbucht
gegenüber dem Gästehaus ab.

Nachdem sie ausgestiegen waren, öffnete er den Kofferraum.
»Ich habe die Zeit, die mir bis zu meinem Termin in der Klinik
geblieben ist, genutzt und fürs Abendessen eingekauft.«

Als Fanni die drei prall gefüllten Tüten sah, zuckte sie zusammen. »Ich habe gar nicht daran gedacht, dass wir nichts zu
essen ...«

Sprudel verschloss ihr den Mund mit einem Kuss. »Dafür hast
du ja mich.«

*Du solltest dich was schämen, Fanni Rot! Einkaufen und Kochen
ist schließlich Frauensache!*

Sagt wer?, rebellierte Fanni gegen ihre Gedankenstimme.
Solche Chauvinisten wie Hans?

»Was gibt es denn zum Abendbrot?«, fragte sie Sprudel.

Grinsend deutete er auf die Tüten. »Du kannst es dir aus-
suchen: Räucherlachs mit Meerrettich, Schinkenröllchen mit
Spargel, Garnelen in Cocktailsoße, Schweizer Käse, Gorgonzola
oder Brie. Was möchtest du?«

Fanni griff nach einer der Tüten. »Von allem ein bisschen.«

Sie überließ es Sprudel, sich um die Einkäufe zu kümmern, und
eilte ins Badezimmer, wo sie als Erstes zur Wundsalbe griff. Die
Druckstellen an ihrem Hals hatten sich bläulich verfärbt und
schmerzten.

*Nie und nimmer kannst du diese Quetschungen vor Sprudel verheim-
lichen!*

Fanni stäubte reichlich Puder über die Cremeschicht, bevor
sie die Würgemale mit einem Tuch bedeckte.

Auf einmal fühlte sie sich völlig erschlagen.

Wenn der gute Hugo nicht gewesen wäre, wärst du jetzt tot! Kazol hätte dich glattweg um die Ecke gebracht!

Das war nicht Kazol.

Wer dann? Die Killergarnele?

Warum sollte Kazol mir auflauern und versuchen, mich umzubringen?, hielt Fanni der Gedankenstimme entgegen. Was hätte er denn von mir zu befürchten? Das, was Sprudel und ich über seine Vergangenheit herausgefunden haben, kann ja kein großes Geheimnis sein. Kazols Arbeitgeber muss darüber Bescheid wissen und die Polizei erst recht. Inwiefern könnte ich ihm also gefährlich werden?

Insofern, als es noch ein anderes Geheimnis geben könnte. Eines, von dem Kazol glaubt, du hättest es entdeckt!

Diese Annahme war nicht ganz von der Hand zu weisen, gab jedoch nur noch mehr Rätsel auf.

Wir müssen Kazol finden, dachte Fanni. Unbedingt und dringendst.

Als sie in die Wohnküche zurückkam, hatte Sprudel bereits den Tisch gedeckt. Es duftete nach frischem Baguette, würzigem Käse und trockenem Rotwein.

Während des Essens bemerkte Fanni, wie ihr Sprudel verwunderte Blicke zuwarf.

Was irritiert ihn? Du hast mit ihm angestoßen, hast ihm guten Appetit gewünscht, hast seine Auswahl gelobt ... Warum zum Henker schaut er drein, als sollte noch was kommen?

Fanni musste nicht lange rätseln.

»Wollen wir nicht anfangen?«, fragte Sprudel. »Wollen wir nicht versuchen, die Informationen, die wir haben, in einen vernünftigen Zusammenhang zu bringen?«

Ach so, er hat damit gerechnet, dass du sofort beginnst, den Drachen zu reiten: Hypothese eins ...

»Hypothese eins«, murmelte Fanni und wusste nicht weiter, weil ihr Hirn auf einmal so leer war, als lägen die Gedanken im Generalstreik.

Sprudel warf ihr einen weiteren erstaunten Blick zu und wartete ab. Erst als die Stille lastend wurde, ergriff er das Wort. »Wir könnten als Grundbedingungen Folgendes festlegen: Erstens, die beiden Morde hängen zusammen. Zweitens, wir haben es mit ein und demselben Täter zu tun. Drittens, das Motiv für den zweiten Mord ergibt sich aus dem ersten.«

»Wenn du meinst.«

Jetzt wirkte Sprudel alarmiert.

Fanni zwang ihr Gehirn, die Arbeit wieder aufzunehmen, was mit einiger Anstrengung auch gelang. »Findest du das nicht ein bisschen gewagt?«

Sprudel stimmte ihr zu, meinte jedoch: »Sofern man keine fundierten hat, muss man halt gewagte Hypothesen aufstellen. Man merkt ja irgendwann, ob sie funktionieren.«

Ein Weg entsteht, wenn man ihn geht!

Warum streikte diese Gedankenstimme nicht ab und zu mal? Am besten unbefristet.

»Wie denn?«, fragte Fanni matt.

Sprudels Miene zeigte sich daraufhin so besorgt, dass Fanni vor lauter Konzentration zwei tiefe Falten auf der Stirn bekam.

Bevor sein Argwohn endgültig Formen annehmen konnte, sagte sie: »Wenn wir davon ausgehen, dass sich der zweite Mord aus dem ersten ergeben hat, dann könnte das Motiv dafür darin liegen, dass Sabine wusste, wer der Täter ist.«

Sprudel nickte sichtlich erleichtert. »Genau das ist der logische Schluss. Kirchners Mörder musste Sabine beseitigen, weil sie ihm gefährlich geworden wäre. Und er hat sofort nach ihrer Rückkehr aus dem Urlaub zugeschlagen.«

»Führt uns das nicht auf der Stelle wieder zu Kazol zurück?«, fragte Fanni. »Darum ging es doch bei dem Streit am Pavillon. Sabine wollte zur Polizei, und Kazol war dagegen.«

Darüber dachte Sprudel ein wenig nach. Schließlich nickte er. »Spielen wir also mal durch, was wäre wenn ...« Er spreizte Daumen und Zeigefinger ab. »Kirchner und Kazol – verfeindet bis aufs Blut, aus welchem Grund auch immer – begegnen sich.« Er klappte den Mittelfinger auf. »Kazol erschlägt Kirchner.« Der Ringfinger folgte. »Als Sabine, die ja noch nicht weiß, was passiert ist, zurückkehrt, passt er sie ab, gesteht ihr die Tat.« Der kleine Finger gesellte sich zu den übrigen. »Und bittet sie, ihn nicht zu verraten.«

Wer die Wahrheit kennt, braucht ein schnelles Pferd!

Fanni wiederholte den Spruch versonnen.

Sprudel sah sie verblüfft an, sagte jedoch: »Sehr richtig. Aber warum sollte Kazol ihr eine solche Wahrheit gestanden haben? Er hätte doch alles abstreiten können. Er hätte versuchen können, sie von seiner Unschuld zu überzeugen, sodass sie gar keine Veranlassung sah, zur Polizei zu gehen.«

»Vielleicht musste er gar nichts gestehen«, entgegnete Fanni. »Und abstreiten hätte nichts geholfen, weil Sabine hundertprozentig sicher war, dass nur er Kirchner ermordet haben konnte.«

Der Einwand gab Sprudel erneut zu denken. Er stellte die leeren Teller auf die Anrichte und schenkte ihre Wassergläser noch einmal voll. Die Rotweinkelche waren noch gut zur Hälfte gefüllt, beide hatten sich beim Wein merklich zurückgehalten. Dann setzte er sich wieder. »Trotzdem sollten wir berücksichtigen, dass sich Kirchner einen ganzen Haufen Feinde gemacht zu haben scheint. Einer von ihnen hat ihn vielleicht genug gehasst, um ihn zu töten.«

»Selbst wenn wir sie alle kennen würden, wüssten wir nicht, bei wem wir anfangen sollten«, erwiderte Fanni erschöpft.

»Wir kennen Kirchners Feinde nicht«, gab Sprudel zu, »aber wir glauben, dreierlei über den Täter zu wissen: Er ist irgendwo in Bad Kötzting zu finden. Er kannte Sabine – und Kirchner sowieso, und ist ihm hier begegnet. Sabine kannte sowohl ihn als auch Kirchner, sonst wäre sie keine Gefahr gewesen.« Sprudel rieb sich gedankenvoll übers Gesicht. »Sieht diese Konstellation nicht ganz danach aus, als würde die Spur in die TCM-Klinik führen?«

»Warum sprechen wir eigentlich immer von einem männlichen Täter?«, fragte Fanni.

»Haben wir irgendeinen Anhaltspunkt, der auf einen weiblichen hinweist?«

»Nein«, gab Fanni zu, »aber eine ziemlich verkniffene Ella Kraus treibt sich verdächtig oft in Kliniknähe herum und lügt das Blaue vom Himmel herunter.«

Nachdenklich zupfte Sprudel an seiner Wangenfalte. »Ella Kraus ist doch bloß hinter Gerd Heudobler her. Was hätte sie denn für ein Motiv –?«

Fanni unterbrach ihn. »Haben Kirchners Verflossene nicht noch mehr Grund, ihn zu hassen und sich rächen zu wollen, als die Männer, denen er sie ausgespannt hat?«

»Zumindest nicht weniger«, stimmte ihr Sprudel zu. »Zudem ist Kirchner keine fünf Meter von Ellas Arbeitsplatz entfernt erschlagen worden. Und sie war nicht gerade kooperativ, als wir zu ihr an den Infoschalter gekommen sind.« Er ließ die Hand sinken. »Nehmen wir doch mal an, unsere Prämissen treffen auf Ella Kraus zu: Kirchner hat sie auf übelste Weise sitzen lassen, Sabine kannte die Geschichte. Unvermutet taucht er in der Garderobenabteilung des Einrichtungshauses auf, weil er für die angemietete Wohnung in Lohberg ein Dielenschränkchen sucht, und trifft dummerweise auf die Frau, die er so gedemütigt hat. Sie macht ihm Vorwürfe, ein Wort gibt das andere, sie rastet aus, packt einen der Schirme, die dort überall herumhängen, und schlägt zu.«

Als Sprudel verstummte, machte Fanni, deren Lethargie zusehends schwand, weiter: »Weil aber Sabine die Zusammenhänge kannte und sofort auf Ella Kraus gekommen wäre, wenn sie von Kirchners Tod im Einrichtungshaus gehört hätte, musste sie beseitigt werden. Damit die Theorie funktioniert, müsste allerdings Kazol ein Interesse daran gehabt haben, die Kraus zu decken. Außerdem müsste er von der Sache gewusst haben, sonst hätte er ja nicht sagen können ›Er ist es nicht wert, dass du alles ans Licht zerrst. Im Grunde war es doch seine Schuld‹. Unverständlich bleibt zudem, warum die Kraus hinter Gerd Heudobler herspioniert.«

»Sie könnte zwei Gründe dafür haben«, meinte Sprudel.

»Liebesgefühle und Befürchtungen«, sagte Fanni.

Sprudel stimmte ihr zu. »Was, wenn Heudobler etwas mitbekommen hat? Was, wenn er darüber redet?«

»Solche Ängste könnten sie fertigmachen«, fügte Fanni hinzu.

»Oder zu einer Panikreaktion verleiten«, ergänzte Sprudel.

Am Tisch breitete sich Schweigen aus.

»Ich frage mich, ob es auch nur ein kleines bisschen aussichtsreich ist, in Richtung Ella Kraus zu ermitteln«, sagte Sprudel irgendwann. »Ihr Alibi zu überprüfen, würde uns schon mal gar nichts nützen: Wenn sie in der Nähe war, als Kirchner erschlagen wurde, kann ihr das nicht angelastet werden. Es ist schließlich ihr Arbeitsplatz. Und selbst wenn sie an dem Tag freigehabt hätte, wer hätte sich schon darüber gewundert, sie im Einrichtungshaus zu sehen?«

»Heudobler«, sagte Fanni.

»Heudobler«, echote Sprudel. »Du hast recht, Fanni, Heudobler wäre es aufgefallen, wenn Ella an ihrem freien Tag aufgekreuzt wäre. – Trotzdem«, fuhr er nach einer Pause fort. »Abgesehen vom Faktor *Tatort* passt die Hypothese, die wir gerade entwickelt haben, auf eine ganze Reihe von Personen. He Xie zum Beispiel. Sie ist zusammen mit Sabine gesehen worden. Vielleicht sind die beiden sich hinter der freundschaftlichen Fassade spinnefeind gewesen. Und mit Kirchner war He Xie auch irgendwie verquickt. Schließlich hat er sie wer-weiß-wie-oft in der Klinik abgeholt. Und könnte man sich nicht auch fragen, ob He Xies Abreise in die Heimat nicht möglicherweise eine Flucht war?«

Wer nicht fragt, der bleibt ein Narr auf immer!

Wer dauernd quasselt, hat keine Zeit zum Denken, schoss Fanni zurück und versuchte mit aller Macht, sich zu konzentrieren.

Laufend neue Hypothesen aufzustellen führt zu gar nichts, sagte sie sich nach einigen Augenblicken. Höchstens zu immer größerer Verwirrung.

Ein Durchbruch war nur mit einem zielbewussten Schritt zu erreichen, und der führte wieder zurück zu der Auseinandersetzung im Kurpark.

»Wir brauchen Kazol«, sagte sie deshalb diktatorisch. »Ohne ihn sind wir aufgeschmissen. Er kann und er muss uns Antworten liefern.«

Sprudels Miene drückte Bedenken aus, doch sie ließ sich nicht abbringen. »Wir müssen ihn finden.«

Unversehens sprang sie auf. »Wir reden noch mal mit Liesi, jetzt gleich. Obwohl ich lieber noch bis morgen gewartet hätte. Wenn wir sie zu oft und zu sehr triezen, macht sie womöglich dicht oder phantasiert sich irgendwas zusammen, nur um uns einen Gefallen zu tun.«

Oder sie verpetzt euch! Bei der Tante, beim Papi, bei Brandel ...
Das Risiko mussten sie eingehen. Kazol zu finden, duldete keinen Aufschub.

»Vielleicht hat sie eine Vorstellung davon, wo er sein könnte.« Sprudels skeptischer Ausdruck vertiefte sich. »Selbst wenn, wie willst du etwas Verwertbares aus ihr herausholen? Das könnte bestenfalls ein Psychologe«, fügte er kaum hörbar hinzu.

Fanni griff nach ihrer Jacke. »Niemand weiß, was er kann, bevor er es versucht.«

Mit einem Seufzer schlüpfte Sprudel in sein Jackett und griff nach den Wagenschlüsseln.

Fanni trat forsch ins Foyer der Klinik und fragte am Tresen, ob Liesi im Haus sei, worauf sie die Auskunft bekam, Liesi hätte keine festen Arbeitszeiten, aber so spät wäre sie so und so nicht mehr hier.

Fanni schaute auf ihre Uhr: Viertel nach sieben.

»Sie wird nach Hause gegangen sein«, meinte Sprudel.

Fanni schaute sich ratlos um. »Und wo ist ihr Zuhause?« Sprudel fragte die Frau am Tresen danach, die ihm bereitwillig antwortete. »In der Müllerstraße, über dem Nagelstudio.«

Der Eingangsbereich des Nagelstudios war hell erleuchtet, weshalb Fanni ohne zu zögern auf die Klinke drückte. Die Tür öffnete sich, sie und Sprudel traten ein.

An einem Tisch in einer Nische saß eine schick zurechtgemachte Frau mittleren Alters über die rechte Hand ihrer Kundin gebeugt. Neben ihr stand Liesi.

Die Frau, die Fanni für die Inhaberin des Nagelstudios und Liesis Tante hielt, erhob sich und kam auf sie zu. »Wir haben leider schon geschlossen, können aber gern einen Termin für morgen ausmachen.« Sie schlug ein Buch mit rotem Ledereinband auf und fuhr mit dem Finger ein paar Zeilen hinunter. »Morgen Nachmittag, vierzehn Uhr?«

Fanni sagte zu.

Die Frau schrieb den Termin auf ein Kärtchen und reichte es ihr. »Nagelstudio Manuela Reit«, las Fanni.

Frau Reit nickte ihr zu, dann wandte sie sich ab, um zu ihrer Kundin zurückzukehren. Erst in diesem Augenblick erkannte Fanni, um wen es sich handelte. Gegenüber von Frau Reit saß Karin Heudobler. Sie wirkte sichtlich angeschlagen. Fahl und matt, eingefallen und leidend.

Fanni schaute sich nach Sprudel um und sah ihn auf einen Herrn zugehen, der in der Warteecke saß und in einer Illustrierten blätterte. Als Sprudel näher kam, hob er den Kopf.

Gerd Heudobler.

Eigentlich wenig überraschend, dachte Fanni, während auch sie an ihn herantrat. Sicher wollte er seine Schwester nicht allein lassen, angegriffen, wie sie war.

Heudobler erhob sich wohlerzogen. Mit einem Seitenblick auf seine Schwester sagte er gedämpft: »Vielleicht war es keine so gute Idee, Karin aufstehen zu lassen. Aber sie wollte den Termin unbedingt einhalten, und ich habe mir gedacht, dass ihr die Schönheitspflege guttun könnte.« Er lächelte schmerzlich. »Heißt es nicht: Mach dich umso schicker, je trüber der Tag ist.«

Fanni hatte die Nase voll von Aphorismen, stimmte Heudobler jedoch mit einem Nicken zu. Weil sie, um Liesi auszuhorchen, ohnehin warten wollte, bis die Heudoblers das Nagelstudio verlassen hatten, entschied sie sich – was konnte es schaden –, das Gespräch auf Ella Kraus zu bringen.

»Ist Ihre Mitarbeiterin vom Infoschalter eigentlich auch in der TCM-Klinik in Behandlung?«, fragte sie beiläufig. »Ich bin ihr schon ein paarmal dort begegnet.«

Heudobler schien verwirrt. »Ella? Nein, Ella hält nichts von Alternativmedizin.«

»Ah, Sie sind befreundet«, murmelte Fanni, als würde sie mit sich selbst reden.

Heudobler wirkte auf einmal verlegen. »Unsere Freundschaft hat sich ein bisschen abgekühlt.«

Heu machen, solange die Sonne scheint!

Der Einwurf der Gedankenstimme brachte Fanni aus dem Konzept.

Sprudel sprang ein. »Schade, dass Frau Kraus an ihrem Arbeitsplatz von dem Geschehen in nächster Nähe nichts mitbekommen hat, sonst wäre der Mord an Kirchner gewiss längst aufgeklärt.«

»Schade, aber plausibel«, erwiderte Heudobler. »Der Infoschalter steht ja am Treppenaufgang. Die Ecke der Garderobenabteilung, wo Sie Kirchner gefunden haben, ist von dort nicht einzusehen.«

»Womöglich war Frau Kraus zur Tatzeit ja gar nicht am Schalter«, mischte sich Fanni ein.

»Tatzeit«, wiederholte Gerd Heudobler, als müsse er das Wort aus einer Fremdsprache übersetzen. »Wann …« Im selben Moment schien er sich zu erinnern. »Freitagabend. Ja, natürlich. Sie haben Kirchner am Samstagvormittag gefunden, und wie sich bei der Obduktion herausgestellt hat, ist er am Abend zuvor erschlagen worden. Kommissar Brandel hat mich doch neulich noch mal genau nach meinem Alibi gefragt. Bei der ersten Vernehmung hat er ja von einer groben Schätzung ausgehen müssen.«

»Dann wird er wohl mit Ella Kraus auch noch mal gesprochen haben«, sagte Fanni.

Heudobler zuckte die Schultern. »Vermutlich. Aber das wird auf nichts hinausgelaufen sein. An dem Freitag hat Ella nämlich schon um vier Schluss gemacht; sie hatte irgendeinen Termin – Friseur, Nagelstudio.«

»Und sie ist danach nicht wieder zurückgekommen?«, hakte Fanni nach.

»Warum sollte sie …«, begann Heudobler, unterbrach sich jedoch erschrocken. Er runzelte die Stirn, dachte eine Sekunde nach, dann sprach er befangen weiter: »Sie muss etwas vergessen haben. Ihren Wohnungsschlüssel, die Puderdose, was weiß ich.«

»Frau Kraus ist also um kurz nach vier noch mal zurückgekommen?«, vergewisserte sich Fanni.

Heudobler wirkte auf einmal verkrampft. »Nein, später.«

Seinem Gebaren nach zu urteilen, hatte er Ella Kraus zur Tatzeit im Möbelhaus gesehen.

»Wo sind Sie Frau Kraus denn begegnet? Am Infoschalter?«

Heudobler verneinte. »Ich war mit dem Dekorateur bei den Garderobenständern, da ist sie uns entgegengekommen. Sie war …« Er stieß ein Keuchen aus. »Sie war leichenblass.«

»Fertig.« Karin stand bereits am Tresen und wartete auf ihren Bruder.

Er machte eine Bewegung, als müsse er eine Spukgestalt abschütteln, dann eilte er hinüber, nahm charmant ihre Hand und begutachtete die Nägel. »Das ist ja ein Kunstwerk.«

Von ihrer Warte aus konnte Fanni einen lila Grundton und silbrige Pünktchen erkennen, achtete jedoch nicht weiter auf Karins Nagelstyling.

Obwohl nach der kurzen Unterredung mit Gerd Heudobler die Fährte klar in Richtung Ella Kraus zeigte, wollte sie herausfinden, wo Kazol sich befand – trotz allem war *er* die Schlüsselfigur. Das aber bedeutete, sie musste möglichst unauffällig an Liesi herankommen. Und zwar jetzt.

Unvermutet kam ihr Frau Reit zu Hilfe. »Drehst du bitte die Außenbeleuchtung ab, Liesi, und holst den Reklameständer herein?«

Liesi setzte sich in Bewegung, betätigte etliche Knöpfe in der Fensternische, dann ging sie hinaus.

Fanni verabschiedete sich hastig und folgte ihr.

Weil sie annahm, dass keine Zeit blieb, lang drum herumzureden, kam sie sofort zur Sache. »Liesi. Ich müsste ganz, ganz dringend mit deinem Papa reden. Wo könnte er denn sein?«

Liesi hob die Schultern.

»Wo fährt er denn hin, wenn er wegfährt?«, fragte Sprudel, der nachgekommen war.

»Wohin er mag«, antwortete Liesi.

Fanni unterdrückte einen Seufzer. »Hat er dich schon einmal mitgenommen?«

»Oft.«

»Und wo habt ihr dann gewohnt?«, fragte Sprudel.

Liesi sah ihn geradezu mitleidig an. »Wir haben doch die Wohnung dabeigehabt.«

Was könnte sie damit meinen?

Sprudel war schneller von Begriff. »Dein Papa hat einen Wohnwagen.«

Liesi nickte. »Mit Kühlschrank.«

Im Klartext, Kazol kann überall sein!

Erneut dachte Sprudel spitzfindiger. »Wo stellt denn der Papa den Wohnwagen hin, wenn er nicht damit herumfährt?«

»An den See«, teilte ihm Liesi daraufhin mit.

Spricht sie vom Blaibacher See?

Es bedurfte noch einigen Nachhakens, bis Fanni und Sprudel in Erfahrung gebracht hatten, wo sich der Stellplatz ungefähr befand.

»Da, wo viele Bäume sind und der See ganz dunkel ist. Wo eine Kirche steht und eine kleine Straße ist.«

Fanni kannte die Stelle. Noch am Tag ihrer Ankunft hatten sie und Sprudel von Weißenregen aus einen Abstecher nach Blaibach gemacht, wo sie sich das Konzerthaus anschauen wollten, dessen Bau in der Region für enormes Aufsehen gesorgt hatte. Blaibach hatte sich als freundliches Dorf mit ausnehmend hübschen Häusern gezeigt. Gegenüber der Kirche befand sich das Schlosshotel, im 17. Jahrhundert von Albrecht Notthafft von Wernberg errichtet. Fanni und Sprudel hatten sich umgesehen, konnten das Konzerthaus, von dem sie glaubten, es müsse den Ort dominieren, jedoch nirgends entdecken. Eine freundliche ältere Dame hatte ihnen schließlich den Weg gewiesen. Wenig später standen sie vor einem Bauzaun, hinter dem sich ein Gebilde befand, das aussah wie eine etwa zehn Quadratmeter große Waschbetonplatte, die man hochkant in den Boden gerammt hatte. Davor klaffte ein breiter Graben. »Jetzt verstehe ich, warum es bei Wikipedia heißt: ›Die Architektur des visionär monolithischen Baus steht für zeitgemäßen Minimalismus‹«, hatte Sprudel grinsend gesagt. »Die Akustik im Innern soll allerdings exzellent sein.« Fanni hatte sich ungehalten abgewandt, war weitergegangen und einem Wanderweg gefolgt, der laut Beschilderung zum See führte. Als sie am Ufer entlanggingen, waren sie an der Stelle vorbeigekommen, die Liesi vermutlich soeben beschrieben hatte.

Sie würde gewiss wiederzufinden sein.

Während ihrer Unterhaltung hatten sie sich einige Schritte von der Eingangstür entfernt, weil Liesi dem Ständer mit den Werbebroschüren zustrebte, der sich am Kreuzungspunkt mit der Marktstraße befand.

Sprudel half ihr gerade dabei, die Stützen und Seitenflügel einzuklappen, als Karin und Gerd Heudobler aus der Tür des Nagelstudios kamen. Heudobler blickte sichtlich unschlüssig von seiner Schwester zu der Gruppe am Straßeneck. Dann gab er sich einen Ruck, hakte Karin unter und ging mit ihr in Richtung Klinik davon.

Sprudel übernahm es, den zusammengeklappten Ständer zum Nagelstudio zu tragen. Fanni und Liesi folgten ihm gemächlich. Während er das Ding durch die Tür beförderte, blieben sie am

Frontfenster stehen und sahen Liesis Tante zu, wie sie den Tisch abwischte, an dem sie Karins Nägel gestaltet hatte. An der Wand dahinter gewahrte Fanni ein gerahmtes Zertifikat mit dem Aufdruck »Hand & Nail Care – Manuela Reit«.

Das Dokument erinnerte sie an etwas, das Liesi bei ihrer ersten Unterhaltung erwähnt hatte. Unbewusst sagte sie laut: »Warum er wohl einen eingebundenen Daumen hatte?«

»Wegen dem eitrigen Nagelbett«, antwortete Liesi.

Fanni zuckte zusammen. »Redest du von Popeye?«

Liesi nickte.

»Woher weißt du das mit dem eitrigen Nagelbett?«

»Hat er mir gezeigt.«

»Wann? Wo?«

Liesi deutete durch die Eingangstür auf den Tresen. »Da. Lang bevor er im Fernsehen gekommen ist.«

Wiederum erforderte es einiges Geschick, herauszufinden, wie Liesis Gedankenwelt die Begegnung gespeichert hatte.

Manuela Reit öffnete ihr Studio normalerweise nachmittags um zwei. Liesis Aufgabe war es, eine halbe Stunde vorher aufzuschließen, frische Handtücher bereitzulegen, dies und das zu säubern.

Als sie gerade ein Waschbecken scheuerte, trat Kirchner ein. »Er hat mir seinen kranken Daumen gezeigt«, sagte Liesi, »und gefragt, was man da machen kann.«

Liesi hatte ihm mitgeteilt, dass er darüber mit ihrer Tante sprechen müsse, die aber erst um zwei ins Geschäft kommen würde. Kirchner hatte gemeint, dann würde er es halt später noch mal versuchen.

»Aber das hat er nicht getan«, sagte Fanni.

Liesi schüttelte den Kopf. »Weil er lieber mit seinem Freund mitgegangen ist.«

»Er hatte einen Freund dabei?«

Erneutes Kopfschütteln. »Hat er vor der Tür getroffen.«

Frau Reit hatte inzwischen fertig aufgeräumt und kam mit dem Schlüssel in der Hand auf die Eingangstür zu. Sprudel trat soeben auf die Straße.

Es wurde Zeit, Liesi gehen zu lassen.

Aber Fanni konnte es sich nicht leisten, Rücksichten zu nehmen. »War der Freund jemand, den du kennst?«

Liesi nickte und legte gleichzeitig den Finger an die Lippen.

»Du willst mir nicht sagen, wer?«

Entschiedenes Kopfschütteln. »Hab ich versprochen.«

»Ist es nicht zum Aus-der-Haut-Fahren?«, sagte Fanni auf dem Weg zum Auto. »Kaum meint man, ein Zipfelchen einer Spur zu erwischen, wird es einem wieder aus der Hand gerissen.«

Sprudel nahm sie in den Arm. »Wir haben Kazols Schlupfwinkel. Ist das nicht mehr wert als der Hinweis auf einen Freund Kirchners, der womöglich gar kein Freund war, sondern jemand, der zufällig den gleichen Weg hatte?«

Also eines muss man ja mittlerweile zugeben: Was Liesi so von sich gibt, klingt zwar oft absurd, aber falsch war es bisher nie!

»Was nützt es uns zu wissen, wo sein üblicher Stellplatz ist«, antwortete Fanni verdrossen, »wenn sich Kazol mit seinem Wohnwagen aus dem Staub gemacht hat?« Sie blickte missmutig hinauf in den Himmel, der sich zügig verdunkelte. »Wir können nicht einmal mehr nachschauen, ob er dort steht. Bis wir zum See kommen, ist es stockfinster.«

Sprudel machte halt und schob sie ein Stückchen von sich weg, damit er ihr ins Gesicht sehen konnte. »Wollen wir die Information nicht lieber an Brandel weitergeben, damit die Polizei sich um Kazol kümmert?«

Fanni nickte und zog ihn weiter. »Was bleibt uns schon anderes übrig? Vielleicht können wir uns ja morgen früh beim Verhör damit freikaufen.«

Wie gewohnt hatte Sprudel den Wagen am Klinikparkplatz abgestellt.

Die aufgeregte Stimme hörten sie bereits, bevor der Klinikeingang in Sicht kam.

»Sie müssen nach ihr suchen. Das ist Ihre Pflicht als Polizeibeamter. Ihre verdammte Pflicht und Schuldigkeit.«

Nachdem sie die Ludwigstraße überquert hatten, erkannte Fanni, wem die Stimme gehörte. Der Mann mit Beinschiene, der ihr schon zweimal aufgefallen war, klammerte sich mit einer Hand am Geländer fest, mit der anderen hatte er Kommissar Brandel am Ärmel gepackt.

Brandel sagte etwas Unverständliches, worauf der Geschiente aufgebracht erwiderte:»Ich bin sicher, dass ihr was zugestoßen ist, ganz sicher. Und Ihre Aufgabe ist es …« Er verstummte, als Brandel sich losriss und davonstürmte.

Fanni trat auf den Mann zu. »Wem, glauben Sie, könnte was zugestoßen sein?«

»Ella«, antwortete er matt. »Ella Kraus. Sie ist nicht gekommen.«

»Deshalb muss ihr ja nicht gleich was –«, begann Fanni, aber er ließ sie nicht ausreden.

»Seit vier Wochen, seit wir uns im Park kennengelernt haben, kommt sie jeden Tag her. Wenn sie aufgehalten worden wäre, hätte sie angerufen.« Er griff in seine Jackentasche, zog ein Mobiltelefon heraus und fuchtelte damit vor Fannis Nase herum.

»Vielleicht konnte sie nicht telefonieren«, sagte Fanni beschwichtigend.

»Genau das meine ich«, antwortete er barsch.

15

Nach ihrer Rückkehr ins Apartment verschwand Fanni hastig im Badezimmer.

Ella Kraus, dachte sie, als in der Dusche heißes Wasser auf ihren Kopf und ihre Schultern prasselte und den Bluterguss zum Pochen brachte. Hat *sie* Kirchner erschlagen? Und Sabine? Oder war es doch dieser Kazol?

Zwei Verdächtige und beide verschwunden!

Während sie sich abtrocknete, fragte sich Fanni, ob man diese Koinzidenz als logisch oder als merkwürdig einstufen sollte.

Sie schlüpfte in ihren Morgenmantel, cremte sich das Gesicht ein und wickelte sich ein Tuch um den Hals.

Es musste doch endlich einmal Resultate geben, die man greifen konnte.

Wer loslässt, hat zwei Hände frei!

Fanni schnaubte. Sie hatte diese Sprüche satt. Trugen sie irgendetwas zur Aufklärung der beiden Todesfälle bei, die sich zusehends verkomplizierte?

»Nichts«, knurrte Fanni. »Nada, niente, rien du tout.«

Um an der Quelle anzukommen, muss man gegen den Strom schwimmen!

Und immer musste diese vermaledeite Gedankenstimme das letzte Wort haben.

Als Fanni in die Wohnküche kam, saß Sprudel am Tisch und studierte den Wochenkalender.

»Keine Sorge«, sagte sie und strich ihm über die faltige Wange. »Morgen liegen unsere Termine wieder erst am Nachmittag.«

Er schaute auf, sein Blick fiel auf das Tuch und wurde wachsam.

»Aufkommendes Halsweh«, erklärte Fanni rasch. »Aber wirklich nicht schlimm.«

Dennoch ließ Sprudel es sich nicht nehmen, Kräutertee für sie zu kochen. Während das Wasser zum Sieden kam, kramte er in der Reiseapotheke nach Halspastillen.

Fanni hatte es sich auf der Couch bequem gemacht. Sie wollte soeben nach der Tageszeitung greifen, da fiel ihr Blick auf die Tüte mit den beiden Fotoalben aus Sabines Wohnung, die Sprudel in der schmalen Nische zwischen Wand und Sofa abgestellt hatte, wo sie in Vergessenheit geraten war.

Fanni zog sie heraus, schlug eines der Alben auf und begann eher gleichgültig darin zu blättern.

Sprudel stellte eine Tasse Tee vor sie hin, dann verschwand er seinerseits im Badezimmer.

Das erste Album enthielt Bilder einer sehr jungen Sabine – um die zwanzig, schätzte Fanni –, die sie mit verschiedenen Personen, von denen Fanni keine einzige bekannt vorkam, an unterschiedlichen Orten zeigte: auf einem Waldweg in Wanderhosen, bei einem Gartenfest im Sommerkleid, in einer Großküche in Schürze und Häubchen.

Im zweiten Album dokumentierten die Fotos eine etwas ältere Sabine in ähnlichen Situationen. Nur etwa die Hälfte der Seiten war beklebt. Fanni wollte es gerade zuklappen, als eine Seite weiter hinten auffächerte, die auch noch mit Fotos bestückt war.

Auf einmal blickte ihr eine viel ältere Sabine entgegen, weit über vierzig (den Fältchen nach zu urteilen), wiederum mit Freunden und Bekannten, und immer war Rainer Maria Kazol mit dabei.

Auf einem der Fotos saßen Sabine und Kazol auf einem Baumstamm, eine Thermoskanne und eine Brotzeitdose zwischen sich. Als Fanni die Umgebung näher in Augenschein nahm, erkannte sie, wo sich die beiden befanden. Am rechten Bildrand war die Trasse einer Bergbahn zu erkennen und links oben der Giebel einer Berghütte. »Wurzeralm« stand auf einem Wanderschild neben dem Weg.

Auf dem nächsten Foto machten sie offenbar einen Bummel durch Windischgarsten, denn der Gasthof Kemmetmüller und das Gemeindeamt rahmten sie ein. Sabine trug eine Tüte mit dem Aufdruck »Mode Hofbaur«. Fanni kannte das Geschäft. Es befand sich nicht weit vom Kirchplatz. Kazol hatte eine vollgestopfte Stofftasche in der Hand. Sein freier Arm lag um Sabines Schultern.

Auf dem letzten Bild aalten sich Sabine und Kazol in Badekleidung auf einer Decke an einem Seeufer. Es gab allerdings keinen einzigen Hinweis, der dabei hätte helfen können, den See zu lokalisieren. Es konnte sich um den Gleikersee handeln, der auf Höhe von Windischgarsten an der Pyhrnautobahn lag, aber ebenso gut auch um eines der Gewässer im Salzkammergut. Grundelsee, Traunsee, Altausseer See ...

Alle diese Fotos müssen nach dem Tod von Kazols Frau, aber noch vor dem Desaster in der Klinik aufgenommen worden sein!

Nur wenige Bilder zeigten Sabine und Kazol allein. Auf den übrigen befanden sich durchweg auch andere Personen.

Fanni betrachtete jedes einzelne ganz genau, als hätte sie eines jener Suchbilder vor sich, die zehn winzige Unterschiede aufweisen. Als Kind hatte sie ihren Ehrgeiz darangesetzt, immer alle zehn zu finden.

Aber außer Kazol und Sabine fand sie niemanden, der ihr bekannt vorkam – bis sie umblätterte.

Die Fotoserie auf der letzten Seite präsentierte ein paar hübsche alte Stadthäuser, einen Brunnen (das Wasser ergoss sich aus dem Maul eines Fisches), eine Brücke in Form eines riesigen Mercedessterns.

Wo ist das aufgenommen? Kazol scheint jedenfalls nicht dabei gewesen zu sein!

In einem der Stadthäuser befand sich offenbar eine Bäckerei. Fanni kniff die Augen zusammen und versuchte, die Schrift auf dem Schild über dem Eingang zu entziffern. »Bad Ausseer ...« Den Rest schenkte sie sich.

Das Haus stand in Bad Aussee im Salzkammergut, wo Ludwig Kirchner eine Zeit lang als Skilehrer gearbeitet hatte.

Auf einem Bild weiter unten entdeckte sie ihn.

Kirchner stand schräg hinter einem Siegertreppchen, das sich drei junge Frauen teilten. Er machte das Victoryzeichen und stellte sein schräges Popeye-Lachen zur Schau.

Bevor Fanni die Frauen auf dem Podest näher betrachten konnte, klingelte Sprudels Mobiltelefon. Sie blickte auf, sah es auf dem Tisch liegen, horchte aber – bevor sie Anstalten machte, danach zu greifen – auf die Geräusche aus dem Badezimmer.

Womöglich war Sprudel schon fertig und konnte selbst drangehen. Bedauerlicherweise hörte sie Wasser rauschen. Sprudel stand also noch unter der Dusche.

Du wirst dich schon persönlich bemühen müssen!

Fanni legte das Album weg, erhob sich und warf einen Blick aufs Display.

Marco.

Eilig nahm sie das Gespräch an.

Knapp, geradezu bruchstückhaft, teilte Marco ihr mit, dass er sich mit Kommissar Brandel in Verbindung gesetzt und zu hören bekommen habe, Fanni und Sprudel seien für morgen früh offiziell vorgeladen.

»Er hat sich aber bereit erklärt, die Sache zu verschieben«, sagte Marco.

Fanni atmete erleichtert auf, verschluckte sich jedoch, als er weitersprach.

»Leni und ich fahren morgen so bald wie möglich los. Spätestens gegen Mittag sind wir in Bad Kötzting.«

»Aber ...«

»Brandel will in meinem Beisein mit euch reden. Und ich will Leni nicht anlügen.«

Vor allem will er, dass sie ihrer Mutter den Kopf zurechtsetzt! Ein Verweis aus treuem Mund ist ein Geschenk fürs Leben!

Und eine Stimme im Kopf ist eine Bürde fürs Leben, dachte Fanni.

Kurz nachdem sie das Gespräch mit Marco beendet hatte, kam Sprudel herein. Sie berichtete ihm davon, und er nickte zufrieden. Auf seinem Gesicht breitete sich etwas wie Behagen aus, das jedoch schnell wieder verschwand, als Fanni hinzufügte: »Sie kommen erst gegen Mittag. Das verschafft uns genügend Luft, Kazols Wohnwagen ausfindig zu machen.«

Sie mussten allerdings – um nicht doch noch unter Zeitdruck zu geraten – am Donnerstagmorgen ein bisschen früher aus dem Bett, als ihnen lieb war.

Nach dem (ebenfalls verkürzten) Frühstück schlüpfte Fanni in ihre Wanderhose, weil sie damit rechnete, am Ufer des Blaibacher Sees durch Gestrüpp, Schlammlöcher und Binsen stiefeln zu müssen, um zu Kazols Wohnwagen zu gelangen. *Falls er tatsächlich da noch irgendwo steht!*

Bevor sie die Hose, die sie tags zuvor getragen hatte, weghängte, griff sie in die Tasche, um den Lippenpflegestift herauszuholen. Dabei fiel ihr ein gelber Zettel in die Hand. *Ist das nicht der, den du vorgestern in Sabines Wohnung eingesteckt hast?*

Fanni legte ihn auf das Fotoalbum mit den Bildern von Bad Aussee, die sie sich später noch einmal genauer ansehen wollte. »Wir sollten uns beeilen, Sprudel. Wer weiß, wie lange wir suchen müssen.«

Während sie ihren Milchkaffee trank, hatte Fanni die Umgebungskarte von Bad Kötzting studiert und nahe am Blaibacher See den winzigen Ort Hafenberg entdeckt, der dicht an jener Stelle lag, zu der sie wollten. Die CHA 48 führte dorthin, sodass sie sich den Fußweg von Blaibach her sparen konnten.

Hinter der von Liesi erwähnten Kirche zweigte ein Feldweg in Richtung See ab. Als er endete, parkte Sprudel den Wagen, und sie gingen zu Fuß weiter; folgten einem Wiesensaum, der deutliche Fahrspuren aufwies, passierten eine Baumgruppe und befanden sich kurz darauf oberhalb einer flachen, grasigen Mulde, in der ein Wohnwagen stand.

Obwohl die Sonne schien und die Senke bereits erwärmt hatte, waren sowohl die Fenster als auch die Tür des Campinganhängers geschlossen. Unter dem Vordach standen jedoch ein Stuhl und ein Tisch, auf dem neben einer leeren Tasse ein Buch lag. *Weit kann der Bewohner nicht sein. Einkaufen vielleicht oder joggen. Zu Hause ist er aber anscheinend nicht!*

Sprudel klopfte an die Tür und rief Kazols Namen, woraufhin sich wie erwartet nichts rührte. *Ist es nicht geradezu gespenstisch ruhig hier? Herrscht nicht eine Stille, die in den Ohren lärmt?*

Fanni versuchte, die Beklemmung abzuschütteln.

Wir werden einfach warten, dachte sie, es kann ja wohl nicht lange dauern, bis er wieder zurückkommt.

Sie umkreiste den Wohnwagen, fand jedoch nur fest verrammelte Fenster vor. Als sie wieder zur Vorderseite zurückkehrte, sah sie, dass Sprudel auf den Tritthocker gestiegen war, der als Treppenstufe diente. Er hatte die Hände wie Scheuklappen ums Gesicht gelegt und war bemüht, einen Blick durch das Fenster neben der Tür zu werfen.

Fanni legte die Hand auf die Klinke, drückte sie hinunter.

Keine falschen Hoffnungen! Glück hilft nur manchmal, Arbeit immer!

Die Tür ließ sich mühelos öffnen.

Was riecht denn da so komisch?

Bevor Fanni einen Blick ins Innere des Wohnwagens werfen konnte, war Sprudel vom Hocker gesprungen und an die offene Tür getreten.

Fanni hörte ihn schnüffeln.

Plötzlich packte er sie und stieß sie fort. »Zurück, Fanni. Weg von da.«

Seine Stimme klang so alarmierend, dass Fanni ohne nachzudenken gehorchte. Sie setzte sich in Trab und lief auf die Baumgruppe zu, die oberhalb der Mulde stand. Als sie etwa die Hälfte der Strecke hinter sich hatte, merkte sie, dass Sprudel nicht mitgekommen war.

Keuchend machte sie halt und drehte sich um.

Sprudel war in den Wohnwagen geklettert, und Fanni konnte sehen, dass er sich mit etwas Schwerem abmühte. Im nächsten Augenblick erschien er in der Tür. Seine Arme hatte er um einen schlaffen menschlichen Körper geschlungen, den er aus dem Wagen zu zerren versuchte.

Fanni rannte zurück.

Gemeinsam hievten sie Kazol hinunter aufs Gras und schleppten ihn gut zwei Dutzend Schritte vom Wagen weg. Dann mussten sie aufgeben. Fanni krümmte sich keuchend zusammen. Sprudel atmete nicht weniger schwer, sprach jedoch bereits in sein Handy.

Fanni legte den Finger an Kazols Hals, um den Puls zu ertasten, konnte jedoch nichts fühlen.

Ist er tot?

Sprudel hatte aufgelegt, kniete sich neben Kazol und begann mit der Herzmassage.

Letztendlich landeten sie an diesem Morgen doch noch im Verhörzimmer des Kommissariats.

Brandel stürmte herein. Seine Pflaumennase schillerte, die Haare standen ihm so wirr vom Kopf, als hätte er sie mit einem Reisstrohbesen bearbeitet. »Woher ham Sie das gewusst? Woher zum Kuckuck ham Sie gewusst, wo der Kazol zu finden ist?« Sprudel erklärte es ihm.

»Wird er durchkommen?«, fragte Fanni.

Brandel schoss einen entnervten Blick auf sie ab. »Wern mer ja sehn.«

Er fuhr sich mit allen zehn Fingern in die Haare und rubbelte. *Hat er etwa Läuse?*

Als Fanni dachte, Brandel müsse seine Kopfhaut längst durchgescheuert haben, ließ er die Hände sinken. »Sie verziehen sich jetzt in Ihre Ferienwohnung, und da bleiben Sie, bis ich mich bei Ihnen melde. Kein Ausflug, keine Spritztour. Hamma uns verstanden?«

Fanni und Sprudel nickten gefügig.

»Und bevor Sie gehen«, setzte Brandel hinzu, »wern Sie noch Ihre Aussage zu Protokoll geben und unterschreiben. Der Kollege kümmert sich darum.« Er bedachte sie mit einem argwöhnischen Blick. »Oder ham S' noch was nachzutragen?«

Hatten Fanni und Sprudel nicht.

Es ging schon auf Mittag zu, als sie in ihr Apartment zurückkamen.

Sprudel setzte Kaffeewasser auf. »Wie geht es deinem Hals?«

Fanni hatte ganz vergessen, dass sie angeblich unter Halsschmerzen litt. Sie musste die Täuschung jedoch aufrechterhalten und das Tuch umgebunden lassen, weil sich die Würgemale über Nacht zu einem Brombeerrot verfärbt hatten und auffielen wie bunte Kleckse.

»Geht so«, antwortete sie ausweichend.

Sprudel drückte eine Halspastille aus der Packung und reichte sie ihr.

»Glaubst du, Kazol hat es selbst getan?«, fragte Fanni.

174

»Die Fenster vom Wohnwagen abgedichtet und den Hahn der Gasflasche aufgedreht?«, sagte Sprudel und fuhr, weil es darauf keiner Antwort bedurfte, nahtlos fort: »Ich weiß nicht recht.«

»Spricht einiges dagegen, nicht wahr?«, meinte Fanni.

Sprudel schenkte Kaffee in zwei große Tassen, bis sie halb voll waren, und füllte sie mit warmer Milch auf. »Zum einen die unverschlossene Tür und die Tatsache, dass sie nicht abgedichtet war. Andererseits hätte jemand, der Kazol ins Jenseits befördern wollte, gut daran getan, sie von außen irgendwie zu verriegeln – außer er hatte es eilig und war sich seiner Sache sicher.«

»Zum andern das Buch draußen auf dem Tisch«, ergänzte Fanni. Sie reichte Sprudel den Teller mit Gebäckteilchen, die sie auf dem Nachhauseweg gekauft hatten.

Sprudel stellte ihn auf den Tisch, und sie setzten sich.

Fanni biss in ein Nusshörnchen, kaute, schluckte, trank Kaffee nach. Dann zeigte sie auf den Couchtisch, wo die Fotoalben lagen. »Ich habe sie gestern durchgeblättert. Auf einem der Bilder ist Kirchner zu sehen.« Sie wollte wieder in das Hörnchen beißen, ließ es jedoch bleiben und sagte stattdessen: »Allerdings nicht mit Sabine.«

»Mit wem ist Kirchner denn abgebildet?«, fragte Sprudel.

Fanni hob die Schultern. »Drei Mädchen auf einem Siegerpodest. Wir sollten uns das Bild noch mal genau ansehen.«

Sie hatte den Satz kaum zu Ende gesprochen, da läutete es an der Wohnungstür.

Als Sprudel öffnete und den Besucher begrüßte, erkannte Fanni dessen Stimme.

Marco trat ins Zimmer und schaute sich suchend um. »Wo ist denn Leni?«

Fanni und Sprudel sahen ihn verdattert an. Sprudel fand als Erster Worte. »Seid ihr nicht zusammen ...?«

Marcos Blick wurde wachsam. »Natürlich sind wir zusammen hergefahren, waren aber ein bisschen spät dran. Deshalb habe ich Leni am Kurpark aussteigen lassen und bin gleich ins Kommissariat gefahren. Sie wollte das Stück bis hierher zu Fuß laufen. Besonders weit schien es nicht zu sein.«

»Ist es auch nicht«, murmelte Fanni.

»Vielleicht hat sie bei dem schönen Wetter noch einen Spaziergang durch den Park gemacht«, meinte Sprudel. »Wann habt ihr euch denn getrennt?«

Marco wählte bereits Lenis Handynummer. »Vor gut einer Stunde.«

Fanni überlief es kalt.

»Abgeschaltet«, sagte Marco, und Fanni erkannte am Ton seiner Stimme, wie alarmiert er war. »Ich geh sie suchen.«

»Und ich komme mit.« Sprudel war bereits an der Tür.

Fanni schickte sich an, ihnen zu folgen, aber Sprudel hielt sie zurück. »Einer muss hierbleiben und uns benachrichtigen, falls Leni kommt oder sich meldet.«

Unbedingt!

Fanni nickte und schloss die Tür hinter den beiden. Durchs Fenster beobachtete sie, wie sie die Anhöhe zur Wallfahrtskirche hinaufliefen, um dort auf den Wanderweg einzuschwenken, der in den Ort hinunterführte.

Sehr vernünftig. Vermutlich ist Leni dort gerade unterwegs!

Falls nicht, dachte Fanni, sollten sie sich unten trennen. Einer sollte im Kurpark nach ihr Ausschau halten, der andere im Ortszentrum nach ihr suchen. Womöglich ist Leni ja auf die Idee gekommen, shoppen zu gehen!

In Bad Kötzting?

Fanni räumte den Tisch ab, und zwischendurch lief sie ständig zum Fenster, um hinauszuspähen. Aber Leni wollte einfach nicht auftauchen.

Was könnte geschehen sein?, fragte Fanni sich bang.

Eigentlich nichts, am helllichten Tag mitten in der Stadt!

Aber warum kommt sie dann nicht?

Sie kommt, wenn sie kommt! Deshalb solltest du, anstatt wie eine verirrte Biene herumzusummen, lieber was Nützliches tun!

Seufzend griff Fanni nach dem Fotoalbum, das sie am Abend zuvor weggelegt hatte, und schlug die Seite mit dem Bild von Ludwig Kirchner auf.

Sieht ganz so aus, als würde er am Erfolg der drei Mädel irgendwie teilhaben!

Wer die drei wohl sind?, überlegte Fanni. Sabine muss zumindest eine von ihnen gut gekannt haben, warum sonst hätte sie das Foto in ihr Album geklebt?

Sie holte ihre Lesebrille, setzte sie auf und musterte die jungen Frauen auf dem Siegertreppchen. Alle drei trugen Skianzüge, Skimützen und Sonnenbrillen. Über ihren Köpfen wehte ein Spruchband mit der Aufschrift »Saisonabschluss am Loser 2007«. Eine von ihnen winkte jemandem zu, der offenbar nicht auf dem Bild war.

Was willst du denn finden? Ein bekanntes Gesicht? Bei dieser Maskerade? Auf einem etliche Jahre alten Foto?

Fannis Blick hatte sich an den Gesichtszügen der Frau ganz oben auf dem Treppchen festgesogen: Augenbrauen wie mathematische Ungefährzeichen, eine etwas zu kurze Nase, großzügig geschwungene Lippen.

Warum kam ihr das alles so bekannt vor?

Bevor sie eingehender darüber nachdenken konnte, klingelte das Telefon.

Fanni sprang auf. Leni, Gott sei Dank. Marco hatte sie gefunden. Oder Sprudel.

»Frau Rot?« Weder Marcos noch Sprudels Stimme.

Fanni schluckte. »Ja.«

»Ich habe mir Ihre Tochter ausgeliehen. Wenn Sie sie zurückhaben wollen, müssen Sie herkommen. Aber zu niemandem ein Wort, sonst ist Leni tot.«

»Wo…«, Fanni musste sich räuspern, »wohin soll ich …« Wieder konnte sie nicht weitersprechen.

»Passen Sie gut auf, ich sag es nur einmal: Sie gehen zur Hammermühle und von da in Richtung Bahngleis. Sie folgen den Schienen, bis Sie ein verlassenes Fabrikgebäude sehen. Links davon gibt es ein grün gestrichenes Lagerhaus. Ich erwarte Sie dort in zwanzig Minuten.«

Aber die Stimme kenn ich doch!

Fanni blendete den Einwurf aus und konzentrierte sich darauf, die Wegbeschreibung im Kopf zu behalten.

Der Anrufer legte auf.

Fanni hetzte aus der Wohnung. Der Gedanke, Marco oder

Sprudel zu benachrichtigen, kam ihr überhaupt nicht in den Sinn.

Sie rannte nun ihrerseits die Anhöhe zur Wallfahrtskirche hinauf, um zum Wanderweg zu gelangen, stürmte ihn hinunter und erreichte keuchend die Mühle, an der sie zum Bahngleis abbiegen musste. Wie befohlen folgte sie von dort aus den Schienen.

Das verlassene Fabrikgebäude tauchte hinter der nächsten Kurve auf; das grünlich gekalkte Lagerhaus kam einen Moment später in Sicht.

Fanni gelangte an ein zweiflügeliges Tor, das sie hitzig aufstieß. Mit lautem Klappern fiel es hinter ihr wieder zu.

Vor ihr lag ein von hohen Mauern umgebener Hof. Auf einem ausgedienten Zugschlitten stand Gerd Heudobler und blickte wie der Herrscher über Babylon auf sie hinunter.

Heudobler.

Mit einem Mal wusste sie auch, wer die junge Frau auf dem Foto war. Karin Heudobler.

Fanni rannte auf Heudobler zu. »Wo ist meine Tochter?«

Wortlos zeigte er auf einen Lieferwagen, der mitten im Hof geparkt war. Auf dem Beifahrersitz saß Leni. Ihr Kopf ruhte an der Kopfstütze, als würde sie schlafen. Um ihre Augen war ein Schal gebunden.

»Sie müssen sie gehen lassen!«, schrie Fanni.

Heudobler nickte. »Sobald wir zwei ein paar Formalitäten erledigt haben, bringe ich sie zurück.«

Er stieg vom Schlitten und drängte Fanni durch eine schmale Tür in der Hofmauer. Über einen Korridor führte er sie ins Lagerhaus, dann zwischen alten Kisten und Kartons hindurch in ein winziges Büro. Dort drückte er sie auf den Stuhl am Schreibtisch, legte ein leeres Blatt und einen Stift vor sie hin.

»Sie hätten uns beiden eine Menge ersparen können.«

»Leni«, schluchzte Fanni.

Heudobler blieb unbewegt. »Schreiben Sie.«

Mit zitternden Fingern griff Fanni nach dem Stift.

»Ich, Fanni Rot, gestehe, Sabine Maltz aus Eifersucht ermordet zu haben. Der Mord an Ludwig Kirchner geht ebenfalls auf mein Konto. Mit ihm hatte ich von früher noch eine Rechnung offen.«

Das glaubt doch kein Mensch!

Fanni schrieb unbeirrt, was ihr diktiert wurde.

»Lassen Sie Leni jetzt frei?«

»Datum und Unterschrift«, verlangte Heudobler.

Fanni gehorchte.

Als sie fertig war, griff er nach dem Schriftstück, las es durch, faltete es zusammen und legte es dann zurück auf den Tisch. Erst jetzt fiel Fanni auf, dass er Latexhandschuhe trug, wie sie in Krankenhäusern verwendet werden.

»Kommen Sie mit.«

Fast schlafwandlerisch folgte ihm Fanni in einen Raum mit freiliegenden Balken unterhalb der Decke. Heudobler führte sie an ein Fenster, von dem aus man den Innenhof überblicken konnte. Dort band er ihr die Hände auf den Rücken, schnürte ihre Beine zusammen, steckte ihr einen Knebel in den Mund und fesselte sie an ein Wasserrohr.

»Ich bringe Ihre Tochter in den Kurpark.« Damit ließ er sie allein. Eine Minute später konnte Fanni beobachten, wie er in den Lieferwagen stieg und mit Leni davonfuhr.

Sobald er zurückkommt, wird er dich umbringen, Fanni Rot! Er wird einen Selbstmord vortäuschen und dein Geständnis gut sichtbar platzieren!

Wenn Leni in Sicherheit ist, soll es mir recht sein, dachte Fanni.

Du glaubst ihm? Du glaubst im Ernst, dass er Leni freilässt?

Was hatte sie für eine Wahl?

Vielleicht solltest du anfangen zu beten!

Fanni hing am Wasserrohr.

Ihre Gedanken vollführten Spiralen, kreisten mal um Leni, mal um die beiden Mordfälle.

Heudobler also. *Er* hatte Ludwig Kirchner ermordet. Wegen Karin. Heudoblers Schwester war eine der Frauen auf dem Siegertreppchen. Kirchner hatte sie trainiert, sie hatte gewonnen. Aber irgendwann später war jener Unfall geschehen, an dem Kirchner irgendwie Schuld getragen haben musste. So viel zum Motiv.

Aber warum hat Heudobler so lange gewartet? Warum hat er Kirchner nicht gleich nach dem Unfall abgemurkst, sondern erst Jahre später?

Darüber wollte Fanni nicht spekulieren. Sicherlich gab es Gründe dafür. Genauso wie es Gründe dafür geben musste, dass er Kirchners Leiche in diesem Schrank verstaut und nicht einmal den Schlüssel abgezogen hatte.

Und Sabine? Warum musste sie dran glauben?

Das war einfach zu beantworten: Sabine hätte ihn sofort verdächtigt. Kirchner, die Heudoblers und Sabine mussten Freunde, zumindest gute Bekannte gewesen sein – bis zu dem Ereignis, das Heudobler zu Kirchners Todfeind machte. Im Pavillon hatte Sabine zu Kazol gesagt, sie wolle zur Polizei gehen und eine Anzeige machen. Von ihm hatte sie vermutlich kurz zuvor erfahren, dass Kirchner ermordet worden war. Und wer kam – auch in Anbetracht der Tatsache, wo der Mord geschehen war – also aus ihrer Sicht dafür in Frage? Heudobler.

Er muss in der Nähe gewesen sein, überlegte Fanni, und gelauscht haben, genau wie wir. Ich habe mir die Atemzüge hinter der Hecke anscheinend doch nicht eingebildet.

Aber warum wollte Kazol Sabine davon abhalten, Heudobler anzuzeigen?

Auch dafür wird es Gründe geben, dachte Fanni. Sie meinte sogar, diese Gründe zu kennen, konnte sich jedoch nicht genügend konzentrieren, um sie zu benennen. Leni!

Wird Heudobler sein Versprechen halten und Leni freilassen?, fragte sie sich zunehmend beklommen.

Nicht, wenn er denkt, sie könnte die Polizei auf seine Spur bringen!

Sie hatte die Augen verbunden. Also kann sie ihn nicht gesehen haben.

Doch, in dem Moment, als er sie gekidnappt hat!

Aus Fannis Kehle drang ein Keuchen, ging in ein trockenes Schluchzen über. Es verebbte, als ihr ein Gedanke kam, der Hoffnung keimen ließ.

Wozu sich die Mühe machen, Leni die Augen zu verbinden, wenn sie ihn bereits gesehen hatte?

Er wird sich von hinten angeschlichen haben, mutmaßte Fanni mit wachsender Zuversicht. Ja, natürlich, er hat sie völlig überrumpelt. Das musste er tun, sonst hätte sie sich gewehrt. Geschrien, zugeschlagen, gekratzt, gebissen … Aber sie hat gar nichts mitbekommen, redete Fanni sich ein. Er kann sie gefahrlos freilassen.

Sie schloss die Augen und visualisierte vier Worte, die sie wie eine Leuchtschrift durch ihr Bewusstsein laufen ließ: *Leni wird nichts geschehen – Leni wird nichts geschehen – Leni wird nichts* ...

Sie wusste nicht, wie lang die Beschwörung durch ihren Kopf gegeistert war, als sie das Wimmern hörte.

Fanni horchte ihm nach, versuchte zu lokalisieren, woher es kam.

Es kommt von schräg hinter dir, da muss jemand sein!

Fanni hätte sich gern umgewandt, aber die Fesseln erlaubten nicht einmal eine Vierteldrehung. Erst als sie den Kopf weit nach hinten legte und über ihre Schulter schielte, konnte sie erkennen, dass an einen der Stützbalken ein Bündel gelehnt war, von dem das Wimmern auszugehen schien.

Fanni wand und krümmte sich, bis sie es ein wenig besser in den Blick bekam.

Ella Kraus starrte sie mit weit aufgerissenen Augen an. Der Knebel, der in ihrem Mund steckte, ließ offenbar keine anderen Töne zu als dieses monotone Wimmern, das immer noch zu hören war.

Sie ist an den Balken gefesselt!

Geknebelt und gefesselt – wir alle beide, dachte Fanni. Keine Chance, sich zu verständigen.

Wozu auch?

Um Weisheiten auszutauschen, gab Fanni gallig zurück.

Dann schloss sie erneut die Augen und überließ sich ihren Gedanken.

Leni und ihr Kind würden am Leben bleiben. Mussten am Leben bleiben.

Sie selbst würde sterben.

Für Leni und ihr Kind ging sie gern in den Tod. Nüchtern betrachtet war sie längst überflüssig auf dieser Welt.

Sprudel!

Ach, Sprudel. Sie versank in Erinnerungen.

Ihre Gedanken wanderten zurück ins Jahr zuvor, als sie etliche Wochen allein in Lenis Haus in Birkenweiler gelebt und anschließend gemeinsam mit Sprudel einen Mordfall geklärt hatte. Damals war ihr aufgegangen, dass – mangelnde Erinnerungen an ihn hin oder her – Sprudel derjenige war, mit dem sie künftig zusammen sein wollte. Hans Rot – was ihn betraf, ließ das Gedächtnis sie leider weniger im Stich – war ja von Anfang an eine Notlösung gewesen, die sich im Lauf ihrer Ehe immer wieder als solche bestätigt hatte. Nach fast vierzig Jahren Ehe mit Hans Rot meinte sie, daran etwas ändern zu dürfen.

Wenn sie Leni glauben durfte, hatte sie das bereits vor dem fatalen Anschlag in Marokko getan. Weil aber auch daran jede Erinnerung fehlte, hatte sie diese Entscheidung neu treffen müssen, und das war am Ende ihres Aufenthaltes in Birkenweiler geschehen.

Sie war Sprudel in seine Wahlheimat Italien gefolgt.

Doch da hatte sich gezeigt, dass es gewaltig an den Nerven zerrte, mit einem Partner zusammenzuleben, der einem an Erfahrung im Umgang miteinander um ganze sechs Jahre voraus war. Beide hatten so sehr unter der misslichen Konstellation gelitten, dass sich der Stress irgendwann körperlich bemerkbar machte. Leni hatte dafür gesorgt, dass sie sich therapeutische Hilfe suchten, und so waren Fanni und Sprudel in Bad Kötzting gelandet.

Sprudel ist ohne mich besser dran, dachte Fanni nun. Weder TCM noch irgendeine andere Therapie kann mir die sechs Jahre meines Lebens zurückgeben, in denen er offenbar eine so große Rolle für mich gespielt hat. Wir beide klammern uns an etwas, das zu sehr beschädigt ist, um uns festen Stand geben zu können.

Sprudel ist ohne mich bedeutend besser dran, bekräftigte sie. Ich bin ihm eine denkbar schlechte Gefährtin.

16

Fannis Kopf zuckte hoch und wandte sich automatisch dem Fenster zu, als vom Innenhof her Motorengeräusch zu vernehmen war.

Der Lieferwagen bog ein, wurde abgestellt.

Der Beifahrersitz scheint leer zu sein! Heudobler stieg aus, schloss die beiden Torflügel und verschwand dann in dem schmalen Eingang zum Lagerhaus.

Eine halbe Minute später stand er Fanni gegenüber. »Ihre Tochter ist frei, es geht ihr gut. Ich habe mich an unsere Vereinbarung gehalten.« Während er sprach, griff er in seine Brusttasche, zog sein Handy heraus und tippte auf die Tastatur. Dann drehte er das Display so, dass Fanni das Foto darauf erkennen konnte. Es zeigte Leni mit verbundenen Augen auf einer Parkbank am Waldrand. Ihre Hände waren offenbar am Rücken zusammengebunden.

Fannis Atem stockte. Heudobler nahm ihr den Knebel aus dem Mund.

»Aber —«, begann sie atemlos.

Er hob die Hand, um sie zu stoppen. »Die Fesseln sind gelockert. Sie braucht keine zehn Minuten, dann hat sie sich frei gemacht und kann die Augenbinde abnehmen. Sie wird den Kirchturm sehen und wissen, wo sie sich befindet.«

Hört sich aufrichtig an! Trotzdem ist es erstaunlich, dass er sie laufen lässt. Auch wenn Leni von nichts weiß, Marco, Brandel und Sprudel wissen umso mehr. Und falls Kazol …

»Ihre Tochter wird sich an nichts erinnern«, sagte Heudobler.

»Sie haben sie unter Drogen gesetzt?«

»Nicht sehr. Und nichts, was ihr schaden würde.«

Fanni schrie auf. »Leni ist schwanger!«

Heudobler antwortete nicht darauf, wandte sich ab, ging in den rückwärtigen Teil des Lagerraums und machte sich dort zu schaffen. Das Wimmern war verstummt.

»Was haben Sie mit Ella vor?«, rief Fanni. »Was hat sie Ihnen denn getan?«

183

»Sie hat mir – wie Sie – zu viel nachgeschnüffelt«, erwiderte Heudobler. »Aus anderen Gründen zwar, aber nicht weniger hartnäckig.«

Kurz darauf kam er zurück und sah sie abwägend an.

»Kazol wird alles ans Licht bringen«, sagte Fanni mit überzeugter Stimme.

Heudobler lächelte verächtlich. »Kazol ist tot. Gasvergiftung. Er hat es verdient zu sterben.«

Heudobler weiß nichts von eurer Rettungsaktion! Fanni hatte nicht die Absicht, ihn darüber aufzuklären. Womöglich war Kazol ja tatsächlich nicht mehr am Leben.

»Warum hat Kazol es verdient zu sterben?«, fragte sie stattdessen.

Heudobler wirkte eine Sekunde lang erstaunt. Dann griff er sich an die Stirn. »Natürlich. Sie konnten sich ja bei Weitem nicht alles zusammenreimen.« In beinahe lässiger Haltung lehnte er sich an den Schreibtisch. »Wir haben es eigentlich nicht besonders eilig. Ich kann Ihnen durchaus noch erzählen, wie Kazol zu Ende geführt, was Kirchner begonnen hat.«

Heudobler brauchte nicht viel zu erklären, bis Fanni begriff, wie alles zusammenhing: Die junge Frau, die in der Waldklinik in Liezen starb, weil Kazol im Suff unfähig gewesen war, die nötigen Maßnahmen zu ergreifen, war Heudoblers Frau gewesen. Nanina Heudobler, im dritten Monat schwanger.

»Weshalb ist sie denn in der Rehaklinik behandelt worden?«, fragte Fanni.

»Das eben hatten wir dem Wigg zu verdanken«, antwortete Heudobler grimmig.

»Ludwig Kirchner?«

Heudobler nickte. »Nanni und Karin sind extrem gute Skifahrerinnen gewesen. Sie haben viel miteinander trainiert und bei den Abfahrtsrennen in der Umgebung sämtliche Preise abgeräumt. Als Wigg in Bad Aussee als Skilehrer angefangen hat, sind sie ihm ins Visier geraten.«

»Sie und Ihre Schwester kommen aus Österreich?«, fragte Fanni erstaunt. »An Ihrer Sprache hört man das aber nicht.«

Oder doch? Hat er nicht neulich das Wort »Gfraster« verwendet?

Bei uns in Bayern sagt man das nicht! Da nennt man ein wertloses Individuum anders, je nachdem …

Fanni schaffte es, die Gedankenstimme auszublenden. Irgendwie schien es ihr bedeutsam, dass Heudobler Österreicher war. Es wollte ihr jedoch im Moment nicht einfallen, warum.

»Meine Eltern sind von Ingolstadt nach Bad Aussee gezogen, als Karin sechs war und ich zehn«, erklärte Heudobler. »Im gleichen Jahr hat Karin ihre ersten Ski bekommen, und mein Vater hat sie in der Skischule angemeldet. Nanni war die Tochter vom Besitzer. Sie und Karin sind vom ersten Tag an Freundinnen gewesen.«

»Mehr als ein Jahrzehnt lang«, sagte Fanni, weil Heudobler nicht weitersprach. »Bis der Schürzenjäger Kirchner auf den Plan getreten ist.«

Heudobler sah einen Moment lang verwirrt aus. Dann schien ihm klar zu werden, was sie meinte. »Verstehe. Ja, der Gedanke liegt nahe, wenn man über den Wigg Bescheid weiß. Aber er hat sich recht anständig verhalten. Einerseits wohl, weil Nanni schon mit mir liiert gewesen ist und Karin mit einem Italiener, einem Studenten, der in Bad Aussee als Kellner gejobbt hat; andererseits, weil es ihm erstaunlich wichtig war, die zwei auf dem Siegertreppchen zu sehen. Das war zu der Zeit die schönste Eroberung für ihn.«

Heudobler versank in grüblerisches Schweigen, weshalb Fanni fragte: »Was ist schiefgegangen?«

»Wigg hat alle Warnungen in den Wind geschlagen«, antwortete Heudobler dumpf und fügte halb zu sich selbst hinzu: »Und keiner ist ihm in die Parade gefahren. Wenn ich bloß nicht ausgerechnet an dem Tag nach Salzburg hätte fahren müssen …«

»Woran hätten Sie Kirchner dann hindern können?«, fragte Fanni sanft.

Es war nach dem Abschlussrennen am Loser gewesen. Wigg hatte für den Sommer eine Stelle im Stubaital in Aussicht, und vor der Abreise wollte er mit »seinen beiden Rennmauserln«, wie er Karin und Nanni nannte, noch eine Skitour auf den Elm machen. Als Abschiedsevent sozusagen.

Weil es tagelang schneite, musste das Vorhaben immer wieder hinausgeschoben werden. Aber irgendwann hörte es auf zu schneien, die Sonne schien, und in den Thermometern kletterte die Quecksilbersäule auf fünfzehn Grad.

Reichlich Neuschnee und drastische Erwärmung, das bedeutete vor allem eines: Lawinenabgänge. Es bedeutete aber auch unberührte Tiefschneehänge.

»Drei Spuren im Schnee«, sang Wigg und rüstete zum Aufbruch.

Kurz unter dem Gipfel geschah es. Das Schneebrett, das herunterkam, riss die drei Tourengeher mit. Wigg war der Einzige, der Glück hatte. Er wurde nur leicht verletzt und konnte sich selbst aus den Schneemassen befreien. Nicht weit von sich entfernt sah er die bewusstlose Nanni liegen. Sie war nicht verschüttet worden, weil die Wucht der Lawine sie über einen Felsen katapultiert hatte, der sie dann wie ein Festungswall schützte. Beim Aufprall hatte sie sich jedoch etliche Knochenbrüche und ein Schädel-Hirn-Trauma zugezogen.

Karin lag unter einer dreißig Zentimeter dicken Schneedecke.

Wigg setzte zuerst einen Notruf ab, dann schaltete er sein LVS-Gerät auf »Suche«. Als es auf das Signal des Sendegeräts ansprach, begann er zu graben.

»Nanni und Karin haben das Unglück mit knapper Not überlebt«, sagte Heudobler. »Die Folgen waren schrecklich. Beide litten unter Panikattacken. Nach mehr als einem Jahr – inzwischen waren wir verheiratet – hat Nanni noch immer Rückenschmerzen gehabt, und Karin hat kaum laufen können.«

Der Hausarzt hatte die Heudoblers damals auf die Waldklinik in Liezen aufmerksam gemacht. Rainer Maria Kazol, der Chefarzt, stand in dem Ruf, wahre Wunder zu vollbringen.

Als Nanni und Karin sich in die Klinik einweisen ließen, wusste noch kaum jemand, dass Kazol zum Säufer geworden war.

Anfangs schien der Heilungsprozess bei beiden tatsächlich recht gute Fortschritte zu machen. Doch dann steckten sie sich mit dem Virus an. Nanni starb und mit ihr das Kind, weil sich der Erreger in ihren Herzmuskel fraß. Karin verkraftete den Infekt, erholte sich jedoch nicht vollständig.

*Ist es nicht nachvollziehbar, wie Heudobler die beiden Männer aus
tiefster Seele hassen muss, die all dies verschuldet haben?*
»Warum erst jetzt?«, fragte Fanni.
Erneut sah Heudobler verwirrt aus. »Warum was erst jetzt?«
»Warum haben Sie Nannis Tod, den Tod Ihres Kindes und
Karins Leiden erst jetzt gerächt?«
Heudobler blinzelte perplex. »Ah, Sie sehen immer noch
nicht klar. Glauben Sie mir, Sie sind schwer auf dem Holzweg,
wenn Sie denken, ich hätte nach Nannis Tod geschworen,
Kirchner und Kazol umzubringen. Selbstverständlich habe ich
die zwei Schweinehunde verflucht und zur Hölle gewünscht,
aber ich habe nie wirklich auf Rache spekuliert. Kirchner,
Kazol, Sabine, sie alle hätten nicht sterben müssen, wenn
Kirchner nicht hier aufgetaucht und sich an meine Freundin
herangemacht hätte.« Fast flüsternd fügte er hinzu: »Jahre hat
es gedauert, bis ich wieder so weit war, dass ich mich auf eine
Beziehung einlassen konnte, mir wieder vorstellen konnte, eine
Familie zu gründen. Ich hatte eine Frau gefunden, die ihre
Heimat für mich verlassen wollte, den Mann verlassen wollte,
mit dem sie verlobt war ...«

In Fannis Kopf sprangen jäh ein paar Verriegelungen auf,
etliche dunkle Winkel erhellten sich.

Als die Wirtin vom Osserschutzhaus von einem Österreicher
sprach, hatte sie nicht Kazol vor Augen gehabt, sondern Gerd
Heudobler. *Er* war mit einer Chinesin – nach allem, was Fanni
nun wusste, mit He Xie – zusammen in der Hütte gewesen.

Heudobler hatte unterdessen mit müder Stimme zu erzählen
begonnen, wie es ihm nach Nannis Tod ergangen war.

Kirchner war nach dem Lawinenunglück abgetaucht. Vermutlich hatte er seine Stelle im Stubaital angetreten, war dort
geblieben oder auch weitergezogen; jedenfalls hörte man nichts
mehr von ihm. Wohin auch immer es ihn verschlagen hatte, ins
Ausseer Land kehrte er nie zurück.

Als Nanni gestorben war, zog es auch Gerd Heudobler fort.
Zuerst verlegte er seinen Wohnsitz nach Salzburg, erkannte jedoch schnell, dass er dort nicht sesshaft werden konnte. Irgendetwas trieb ihn gewaltsam weiter, immer weiter. Er versuchte es in

Graz, in Bregenz, in München, sogar in Berlin, fand sich jedoch nach wenigen Wochen oder Monaten wieder mit gepackten Koffern auf einem Bahnhof. Der einzige Fixpunkt in seinem Leben war Karin. Seit sie aus dem Krankenhaus entlassen war, in das man sie wegen der Virusinfektion verlegt hatte, lebte sie in einer kleinen Wohnung am Grundelsee, wo Heudobler sie regelmäßig besuchte.

In jener unsteten Phase gab er kurze Gastspiele in diversen Möbelhäusern in Österreich und Deutschland, bis ihn der Zufall – das Geschick, die Vorsehung, wie immer man es nennen wollte – vor gut einem Jahr nach Bad Kötzting führte. Karin zuliebe machte er sich mit dem Therapieangebot im Kötztinger Rehazentrum vertraut, als er, wiederum durch Zufall, von den Heilmethoden der Traditionell Chinesischen Medizin erfuhr. Noch am selben Tag sprach er in der TCM-Klinik vor. He Xie erklärte ihm, welche Heilerfolge eine Akupunkturnadel, richtig positioniert, bewirken konnte.

Um Gerd Heudobler zu kurieren, brauchte sie ihr Handwerkszeug gar nicht einzusetzen.

»In He Xies Nähe habe ich mich auf einmal weniger zerrissen gefühlt, weniger beschädigt, weniger –«

»Aber He Xie war verlobt«, unterbrach ihn Fanni.

»Deshalb haben wir unsere Beziehung ja geheim gehalten«, erwiderte er. »He Xie wollte vermeiden, dass Akuma über Facebook oder ähnliche Kanäle erfuhr, was sie ihm persönlich sagen musste. Sie wollte ihm gegenübertreten und die Verlobung auf faire Art lösen. Das ist inzwischen auch geschehen. Alles wäre in Ordnung, wenn nicht Wigg ...«

»Er hat He Xie im Osserschutzhaus angebaggert«, sagte Fanni. »Na und? Sie hätte ihm die kalte Schulter zeigen können und damit gut.«

Heudobler schüttelte den Kopf. »So einfach hat er sich nicht abservieren lassen. Er ist nämlich einzig und allein wegen He Xie nach Bad Kötzting gekommen. Er hatte sie im Sommer auf einer Wandertour kennengelernt.«

Fanni sank vor Staunen die Kinnlade hinunter.

»Wigg war wie besessen von ihr«, sagte Heudobler. »Hat nicht mehr vernünftig mit sich reden lassen. Sogar Sabine hat es versucht.«

»Sabine hat sich mit Kirchner getroffen?«, fragte Fanni überrascht. »Woher kannte sie ihn überhaupt?«

»Stammen aus dem gleichen Kaff«, antwortete Heudobler einsilbig.

Woher Sabine die Heudoblers kannte, musste Fanni nicht fragen. Schließlich waren Nanni und Karin Kazols Patientinnen gewesen.

»Die Mühe war umsonst«, nahm Heudobler den Faden wieder auf. »Dafür hat sie sich einen Riesenärger mit ihrem Freund eingehandelt.«

Fanni blinzelte. »Hans Rot?«

»Hans Rot, wer sonst?« Heudobler wedelte unwillig mit der Hand. »Er ist Ihr Exmann, ich weiß.« Dann fuhr er sachlich fort: »Sabine hatte Wigg mit in ihre Wohnung genommen, damit sie ungestört reden konnten. Dummerweise hat mitten im Gespräch ihr Freund angerufen. Er war zufällig in der Nähe und wollte sie treffen. Ich vermute, dass Sabine ihre Absage ein wenig undiplomatisch formuliert hat, jedenfalls war der Rot stinksauer. Die Szene, die er ihr gemacht hat, habe ich selbst miterlebt.«

Und später dazu benutzt, ihn zu belasten!

Fanni drängte den Gedanken zurück, der am Rande ihres Bewusstseins aufgeblitzt war und sie darauf hinwies, wie Sabines DNS an Kirchners Körper gekommen war. Kirchner war in Sabines Wohnung gewesen …

»Aber Hans und Sabine haben sich wieder versöhnt«, sagte sie.

»Und sind zusammen weggefahren«, ergänzte Heudobler.

»Deshalb hat sie nicht mitbekommen, was kurz darauf passiert ist«, vervollständigte Fanni.

»Kirchner hat mir keine Wahl gelassen«, sagte Heudobler. »Nach dem Gespräch mit ihm hat mich Sabine angerufen und eingestehen müssen, dass er stur geblieben ist. Damit hätte ich vielleicht noch umgehen können. Aber dann …« Er musste durchatmen, bevor er weiterreden konnte. »Der Kerl hat He Xie irgendwie so weit gebracht, dass sie mit ihm am Freitag …« Erneut musste er innehalten. »Sie sind zusammen …« Er räusperte sich ein paarmal, wischte sich die Augen. Dann fuhr er fort:»Kurz vor Geschäftsschluss ist Wigg zu mir ins Möbelhaus gekommen und hat …« Abermals versagte ihm die Stimme.

Fanni konnte sich denken, was passiert war und dass Heudobler darüber den Verstand verloren hatte.

»Da haben Sie ihn erschlagen und im Schrank versteckt.«

»Ich wusste ja nicht, wohin mit ihm. Der Schrank war die einzige Möglichkeit, ihn loszuwerden, bevor eine von den Putzfrauen auftauchen würde. Das Geschäft hatte ja glücklicherweise inzwischen geschlossen.«

»Aber in dem Schrank hätte die Leiche doch nicht bleiben können«, sagte Fanni.

Heudobler winkte ab.»Ich hätte sie Samstagnacht entsorgt.«

»Warum haben Sie den Schlüssel nicht abgezogen?«, fragte Fanni.»Dann wäre ich nicht über die Leiche gestolpert.«

Heudobler lachte bitter auf.»Glauben Sie mir, das habe ich.« Mit einer knappen Kopfbewegung wies er auf Ella Kraus.»Es kommt ab und zu vor, dass Schrankschlüssel einfach verschwinden. Deshalb liegen am Infoschalter Zweitschlüssel bereit. Ella hat am Samstag früh gesehen, dass wieder einmal einer fehlt, und hat ihn ersetzt.«

»Aber sie hat nicht …«

Fanni brauchte den Satz nicht zu beenden, denn Heudobler schüttelte bereits den Kopf.»Sie hat nicht hineingeschaut. Aber später hat sie sich Fragen gestellt. Zum Beispiel, wie der fehlende Schlüssel in meine Jackentasche gekommen ist. Das war wirklich Pech, dass ich die Jacke ausgerechnet in dem Moment ausgezogen habe und dabei der Schlüssel herausgefallen ist, als Ella neben mir stand.«

»Ella hat versucht, Antworten darauf zu finden«, murmelte Fanni.

»Mit denen sie mich erpressen wollte«, knurrte Heudobler.

»Der Herr mit Beinschiene«, sagte Fanni.»Ella wird sich abgesichert haben und ihn ins Vertrau–«

»Hat sie nicht«, fiel ihr Heudobler ins Wort.»Der Krüppel ist Pastor. Der hätte ihr Mitwisserschaft und Erpressung nicht durchgehen lassen. Weiß der Himmel, warum Ella sich mit dem angefreundet hat.«

In die daraufhin entstandene Stille sagte Fanni: »Sie hätten, nachdem Sie zugeschlagen und gemerkt hatten, dass Kirchner tödlich verletzt ist, noch halbwegs ungeschoren aus der Sache herauskommen können. Sie hätten die Polizei informieren können und sicherlich milde Richter gefunden.«

Heudobler schwieg.

»Sie haben Sabine auf ganz grausame Art und Weise umgebracht«, warf Fanni ihm vor. »Obwohl sie He Xies Freundin war und versucht hat, Ihnen zu helfen.«

Heudoblers Miene wurde verstockt. »Sie wäre zur Polizei gegangen, hätte Wigg identifiziert und die Zusammenhänge offengelegt. Ich habe selbst gehört, wie sie zu Kazol gesagt hat, dass sie das tun würde.«

Fanni nickte. Genau darum war es bei dem Streit zwischen Kazol und Sabine gegangen, und Heudobler hatte das mitbekommen.

Sie dachte einige Augenblicke darüber nach, warum Kazol so erpicht darauf gewesen war, Sabine das Vorhaben auszureden.

Weil sich die Medien auf die Geschichte gestürzt hätten wie die Katze auf die Maus und alles, aber auch alles drumherum ausgegraben hätten! Kazol wäre in Bad Kötzting erledigt gewesen, hätte sich woanders eine neue Existenz aufbauen müssen! Ohne Liesi! Auf die aber hätte man in Bad Kötzting mit Fingern gezeigt ...

»Sie haben Sabine abgepasst«, sagte Fanni.

»Ich habe genau gewusst, wann und mit wem sie kommen würde«, erwiderte Heudobler. »Sie hat nämlich kurz vor der Rückfahrt nach Kötzting noch bei mir angerufen und gefragt, ob He Xie gut in China gelandet ist.«

»Sie wollten sie sich schnappen und dazu überreden, ihr Wissen für sich zu behalten. Aber Kazol ist Ihnen zuvorgekommen«, machte Fanni weiter.

»Dass die beiden sich getroffen haben, war wohl eher Zufall«, erwiderte Heudobler. »Aber er hat ihr natürlich sofort gesteckt, wer der unbekannte Tote ist.«

»Die beiden haben gestritten«, sagte Fanni.

Heudobler bejahte. »Kazol wollte, dass sie den Mund hält. Ein weiser Rat.«

»Aber Sabine war nicht bereit, die Sache unter den Teppich zu kehren«, sagte Fanni. »Das war ihr Todesurteil.«

Heudobler kehrte die Handflächen nach oben und hob die Schultern. »Was hätte ich denn tun sollen? Ich hab ja vorgehabt, mit ihr zu reden, aber nach dem, was sie zu Kazol gesagt hat, war doch klar …«

»Und als Sabine tot war, musste auch Kazol weg«, fuhr Fanni schonungslos fort. »Denn jetzt, haben Sie gedacht, wird auch er nicht mehr hinter dem Berg halten. Es hat allerdings eine Zeit lang gedauert, bis Sie ihn gefunden haben.«

Heudobler antwortete nicht.

Fanni betrachtete sein verschlossenes Gesicht, dachte an Sabine und daran, wie tüchtig, wie mutig und wie liebenswert sie gewesen war. Dabei kam ihr eine Frage in den Sinn.

»Warum haben Sie Sabines Wohnung so verwüstet?«, sagte sie zu Heudobler.

»Sollte nach Einbruch aussehen«, antwortete er knapp.

»Dann hätten Sie aber auch das Türschloss aufbrechen müssen«, entgegnete Fanni.

Heudobler machte eine wegwerfende Geste. »Nicht unbedingt.«

»Was haben Sie denn in der Wohnung gesucht?«, fragte Fanni.

»Dasselbe wie Sie«, erwiderte er. »Belege für die Verbindung zu Kirchner, zu Karin und Nanni … Beweismittel eben.«

»Weiß eigentlich Karin von Ihren Verbrechen?«, fragte Fanni.

Heudobler rieb sich mit beiden Händen über das Gesicht. »Ich habe versucht, sie im Ungewissen zu lassen.«

Fanni erinnerte sich, wie er sie im Café unterbrochen hatte, als Karin offenbar erwähnen wollte, dass sie Sabine von früher kannten; wie er auf Abstand zu seiner Schwester bedacht war, als er ihr und Sprudel von dem Zeitungsbericht über Kirchner erzählte.

»Aber sie ist dahintergekommen«, sagte Fanni. »Deswegen hatte sie den Zusammenbruch.«

Heudobler starrte blicklos durchs Fenster.

Fanni stellte sich das verhärmte Gesicht seiner Schwester vor und sprach den Gedanken aus, der in ihr aufkeimte. »Sie haben

Karin nur deswegen ins Nagelstudio geschleppt, weil Sie mit Liesi sprechen wollten. Sie mussten sichergehen, dass sie niemandem davon erzählen würde, wie Sie vor dem Studio mit Kirchner zusammengetroffen sind.«

»Blöder Zufall«, murmelte Heudobler. »Aber Liesi hält dicht.«

»Ich würde mich verpflichten, auch dichtzuhalten«, sagte Fanni.

Heudobler lachte glucksend. »Liesi ist zu trauen. Liesi denkt einfach und geradlinig. Sie nicht. Und Sie würden niemals aufgeben. Ihnen muss ich ein für alle Mal das Handwerk legen. Versuchen Sie erst gar nicht, mich rumzukriegen.« Vorwurfsvoll fügte er hinzu: »Sie sollten mir dankbar sein, dass ich Ihre Tochter freigelassen habe.«

Leni.

Fanni hoffte, dass ihre Tochter in Sicherheit war und es ihr gut ging.

Fast zu spät merkte sie, dass Heudobler sich abgewandt hatte. Sie beeilte sich, ihn aufzuhalten. »Wie sind Sie auf Leni gekommen? Woher wussten Sie, dass sie meine Tochter ist? Wie ist es Ihnen gelungen, sie zu entführen?«

Heudobler drehte sich wieder um. »Drei Fragen. Na schön. Ich beantworte sie noch. Es sind nämlich die drei letzten, die Sie in Ihrem Leben stellen werden.«

Fanni wartete schweigend.

»Ich war auf Beobachtungsposten«, erklärte Heudobler. »In meinem Transporter vor dem Haus, in dem Sie das Apartment gemietet haben. Ich wollte Sie erwischen, bevor Sie alles herausfinden und darüber reden. Ich musste ja davon ausgehen, dass Ihnen mein Schnitzer mit dem Altwasser aufgefallen ist. – Ach, ist er nicht?«, fragte er, als er Fannis verdutzte Miene sah. Fanni war deutlich anzusehen, dass sie nicht begriff, wovon Heudobler redete.

Beinahe lehrerhaft begann er zu erklären: »Die Kripo hat den wirklichen Tatort des Mordes an Sabine nie bekannt gegeben. Deshalb haben die meisten Leute angenommen, dass sie am Roten Steg übers Geländer geworfen worden ist oder auf der kleinen Brücke beim Lindner Bräu. Die Hängebrücke im Kur-

193

park hat eigentlich niemand in Betracht gezogen. Außer Ella. Sie hat meinen kleinen Christopheros-Anhänger dort gefunden. Jedenfalls konnte nur der Täter wissen, wo Sabine ertrunken ist: im Altwasser nämlich. Aber das steht unter der Hängebrücke.« Er machte eine bedauernde Geste. »Ein grober Schnitzer, das gebe ich zu.«

Fanni war zu sehr damit beschäftigt, das eben Gehörte zu verdauen, als dass sie hätte antworten können.

Er hat Sabine übers Geländer der Hängebrücke geworfen! Muss ja ein Kraftakt gewesen sein! Obwohl, groß und stark genug …

Heudobler schnitt der Gedankenstimme das Wort ab. »Ich habe also mit einem Fläschchen Äther und einem Wattebausch in der Jackentasche im Transporter Wache gehalten. Eine gute Stunde lang habe ich die Straße kontrolliert und gehofft, dass ich Sie erwischen würde. Aber es hat sich leider nichts getan. Dann auf einmal habe ich eine junge Frau kommen sehen; ich habe sie sofort erkannt. Sabine hat nämlich He Xie einmal Fotos von Hans Rot, seinen Kindern und seinen Enkeln gezeigt. Ich bin ganz zufällig dazugekommen und habe ihnen über die Schulter geschaut.« Er warf Fanni einen taxierenden Blick zu. »Außerdem ist sie Ihnen sehr ähnlich. Die kritische Miene, der forsche Schritt. Als ich gesehen habe, wie sie die Hausnummern studiert hat, war ich mir sicher.«

Er machte eine kurze Pause, als müsse er sich das weitere Geschehen erst ins Gedächtnis rufen. »Ihre Tochter hat nichts mitbekommen. Ich habe gewartet, bis sie auf gleicher Höhe mit dem Transporter gewesen ist, habe die Beifahrertür aufgemacht, ihr den Wattebausch von hinten auf Mund und Nase gedrückt und sie auf den Sitz gezogen.«

»Lenis Mann ist Kriminalkommissar«, sagte Fanni scharf. »Er wird ihre Entführung mit meinem Verschwinden in Zusammenhang bringen.«

Heudobler winkte ab. »Warum sollte er? Bei der Parkbank, auf der ich sie zurückgelassen habe, habe ich Ihrer Tochter zugeflüstert, dass ich mir mit einer Bekannten einen Scherz erlauben wollte und mir dummerweise die Falsche ins Netz …«

Noch während er sprach, wandte er sich zum Gehen.

Fanni hörte ihn irgendwo rumoren.

Nach einiger Zeit kam er zurück. Er löste ihre Fesseln, presste sie rücklings an sich und drückte ihr den Unterarm gegen die Kehle.

Fanni rang nach Luft.

Heudobler führte sie in die Mitte des Lagerraums. Von einem der Balken hing ein Strick herunter, der in einer Schlinge endete. Darunter stand ein Hocker.

Das war's dann wohl! Adieu, Fanni Rot! Jede große Reise beginnt mit einem kleinen Schritt!

Heudobler hievte Fanni auf den Hocker und legte ihr die Schlinge um den Hals.

»Dieser Lagerraum«, hechelte Fanni, »man wird schnell herausfinden, wem er gehört.«

Heudobler lächelte. »Das macht nichts. Das macht ganz und gar nichts.« Er musterte den Hocker, als würde er Maß nehmen. »Sabine hat das Lager gemietet. Für die Möbel, die nicht mehr in ihre Wohnung gepasst haben. Sie hat sie nach und nach verkaufen wollen. Ich hatte den Schlüssel, weil sich Karin für die Bauerntruhe dort in der Ecke interessiert hat. Und jetzt leben Sie wohl, Frau Rot.«

Er holte aus, um gegen den Hocker zu treten.

17

Fanni kniff die Augen zu. Im selben Moment hörte sie einen peitschenden Knall, und gleichzeitig fühlte sie sich fest umklammert.

So fühlt es sich also an, wenn einem die Halsarterien abgeschnürt werden!

»Fanni!«

Die Umklammerung verstärkte sich. Fanni spürte, wie sie ein wenig angehoben, an einen menschlichen Körper gepresst und wieder auf die Füße gestellt wurde.

Hatte Heudobler es sich anders überlegt? Hatte er beschlossen, sie zu verschonen?

»Fanni.« Eine Hand strich ihr liebevoll über den Kopf.

Das ist nicht Heudoblers Hand und auch nicht seine Stimme!

Heudoblers Stimme war aus einiger Entfernung zu hören. Seine Schreie übertönten das Fußgetrampel, das auf einmal eingesetzt hatte.

»Fanni. Bitte sag was.«

»Ist sie okay?«

»Ich glaube schon.«

Fanni schlug die Augen auf.

»Fanni.«

Sie sah die Erleichterung in Sprudels Gesicht, vernahm einen befreiten Seufzer, fühlte seine Lippen an ihrer Schläfe.

»Wie hast du mich bloß finden können?«, flüsterte sie fast unhörbar.

Wer zuschaut, sieht mehr, als wer mitspielt!

Fanni ließ sich in Sprudels Armen zusammensacken. Er hielt sie umfangen, und sie verharrten eine Zeit lang ganz still.

Irgendwann fühlte Fanni eine Hand nach der ihren greifen und sie kameradschaftlich drücken. Sie schaute auf und blickte in Ellas noch sichtlich geweitete Augen. Ein junger Mann – Marco? Ja, Marco hatte den Arm um sie gelegt und stützte sie. Fanni gelang ein Lächeln, und sie drückte nun ihrerseits

Ellas Hand. Einen Augenblick später waren Marco und Ella verschwunden.

Heudobler hatte aufgehört zu schreien. Er lag auf einer Trage und hatte eine Sauerstoffmaske über dem Gesicht. Die Trage wurde an Fanni vorbeigerollt.

Als sie einen Mann entdeckte, der eine Jacke mit der Aufschrift »Notarzt« trug und den Verletzten begleitete, wurde sie auf einmal lebendig.

Sie packte ihn am Ärmel. »Kann Äther ein ungeborenes Kind schädigen?«

Der Arzt blickte sie mit deutlich besorgtem Ausdruck an. Doch bevor er etwas erwidern konnte, sagte Sprudel: »Wir haben das schon geklärt, Fanni. Lenis Kind wird keinen Schaden genommen haben.«

Der Notarzt schien zu begreifen, worum es ging, nickte und folgte der Trage.

»Wie habt ihr hierhergefunden?«, fragte Fanni nun laut. »Ich habe …« Ihre Kehle wurde auf einmal eng. Sie konnte nicht weitersprechen.

Sprudel wiegte sie in den Armen. »Ein gelber Merkzettel mit chinesischen Schriftzeichen an den Rändern hat uns auf die Spur gebracht. Du hattest ihn zu den Fotoalben aus Sabines Wohnung gelegt. Als ich ihn entdeckt habe, war mir klar, dass er auch von dort stammen muss. Ich habe ihn mir genauer angeschaut und gesehen, dass eine Adresse draufsteht. Brandel hat sofort –«

»Brandel?«, fragte Fanni.

»Ham S' gemeint, ich bin blöd?« Brandel ließ seine Pranke auf Fannis Schulter fallen. »Ich bin ihm ja selber auf der Spur gewesen. Ich hab es nämlich gelernt, das Ermitteln. Aber Sie ham ja nix erwarten können. Schaun S', was Sie angricht ham. Mit Blaulicht hamma mitten durch unser schönes Bad Kötzting fahrn müssen.«

Fanni schluckte. »Und ich bin auch schuld, dass Sie auf Gerd Heudobler schießen mussten.«

Brandel zeigte mit dem Daumen über die Schulter. »Dass der Heudobler den Hocker nicht mehr wegtreten hat können, ham S'

Ihrem Schwiegersohn zu verdanken.« Brandel grinste. »Reflexe hat der, Reflexe. Da kamma nicht mithalten.«

Fanni streckte ihm die Hand hin. »Danke, Herr Brandel.« Er ergriff sie und grinste breiter. »Übrigens soll ich Ihnen schöne Grüße von der Frau Militzer ausrichten. Landhotel in Oberweng, da ham S' von Montag auf Dienstag übernachtet, erinnern Sie sich?«

Fannis Wangen wurden heiß, überzogen sich mit Röte. »Tut mir leid, dass wir Sie …« Sie wusste nicht recht weiter.

»Für ganz schön blöd ham S' mich gehalten«, sagte Brandel. »Sie ham überhaupt nicht gemerkt, dass ich immer ganz genau hingehört und hingeschaut und nicht das kleinste Hinweiserl auslassen hab. Wie Sie zuletzt gsagt ham, dass die Frau Maltz am Lindnersteg zu Tode gekommen sein muss, war mir endgültig klar, dass Sie nix wissen, dass Sie selber nach dem Täter suchen.«

»Tut mir leid«, wiederholte Fanni beschämt.

Brandel sah sie prüfend an. »Glaub ich Ihnen sogar. Und ich trag es Ihnen auch nicht nach, dass Sie kein Vertrauen in den Provinzbullen gehabt ham.« Er dachte einen Moment lang nach, dann sagte er: »Geht Ihr Aufenthalt in unserem schönen Bad Kötzting nicht bald aufs Ende zu?«

»Morgen«, antwortete Sprudel. »Wir haben das Apartment nur bis Ende der Woche gemietet.«

Brandel nickte bestätigend. Zweifellos wusste er es längst.

Fanni fragte sich, worauf er hinauswollte.

Brandel wirkte ein bisschen verlegen, als er auf den Punkt kam. »Interessieren würd es mich schon, wie Sie die ganze Geschichte herausgefunden ham. Kazol −«

»Wie geht es ihm?«, unterbrach ihn Fanni.

»Kommt durch«, beschied ihr Brandel. »Und das hat er Ihnen zu verdanken.«

»Wir lassen uns gern ein letztes Mal verhören«, sagte Sprudel lächelnd. »Heute Nachmittag auf dem Kommissariat?«

»Da hab ich einen besseren Vorschlag«, antwortete Brandel. »Der Nachmittag geht sowieso mit Berichteschreiben drauf. Kommen S' heut Abend zum Essen zu uns und bringen S' die jungen Leute mit. Die Tochter und den Schwiegersohn.« Er hob die Hand, um Sprudel, der sich für die Einladung bedanken wollte, am Reden zu hindern. »Ich kann Ihnen als Vorspeise eine besondere Spezialität aus unserer Gegend versprechen. Meine Frau hat heute in der Früh im Osser-Holz Milchlinge gefunden ...«

Nachwort

Der Pilz, den man in der Pfanne brät, heißt eigentlich bei uns »Milchbrätling« und gehört zur Familie der Milchlinge.

Die chinesischen Weisheiten stammen von der Internetseite www.g–buschbacher.de.

Jutta Mehler
SAURE MILCH
Broschur, 208 Seiten
ISBN 978-3-89705-688-6

»Jutta Mehler hat einen Volltreffer gelandet. Aus dem Leben gegriffen, bisweilen schreiend komisch sind ihre Beobachtungen und Detailschilderungen.« Deggendorfer Zeitung

»Ein ebenso spannend wie durchaus humorvoll geschriebener Krimi.« Bayern im Buch

Jutta Mehler
HONIGMILCH
Broschur, 208 Seiten
ISBN 978-3-89705-784-5

»Düsterer Wald, eine Frauenleiche und eine neugierige Hausfrau – mit Jutta Mehlers ›Honigmilch‹ um die Hobbyermittlerin Fanni Rot gibt es nun einen weiteren spannenden Krimi mit Lokalkolorit – nicht nur für Niederbayern lesenswert.« BR, Abendschau

»Ein munterer, rasanter, ironisch gefärbter Krimi.«
Passauer Neue Presse

www.emons-verlag.de

Jutta Mehler
MILCHSCHAUM
Broschur, 208 Seiten
ISBN 978-3-89705-803-3

»*Eigenwillig, mit beachtlicher Menschenkenntnis und bayerischer Bodenhaftung löst die bayerische Miss Marple ihre Fälle im dörflichen Mikrokosmos. Ein großes Lesevergnügen.*«
Deggendorf Aktuell

»*Langsam, aber sicher wird die Bernrieder Romanautorin Jutta Mehler ihrer englischen Kollegin Agatha Christie immer ähnlicher.*«
Wochenblatt Zeitung

Jutta Mehler
MAGERMILCH
Broschur, 208 Seiten
ISBN 978-3-89705-898-9

»*Jutta Mehler hat sich innerhalb weniger Jahre eine breite Leserschicht erschlossen. Mit Menschenkenntnis und Humor zeichnet sie ihre Figuren, und mit Ironie spinnt sie die Fäden der vertrackten Geschichte.*« Bayerwald-Bote

www.emons-verlag.de

Jutta Mehler
MILCHRAHMSTRUDEL
Broschur, 208 Seiten
ISBN 978-3-89705-963-4

»Ein spannender Krimi mit einer eindrucksvollen Protagonistin, bezauberndem Lokalkolorit, trockenem Humor und nicht nur für Niederbayern lesenswert.« Buchjournal

»Wie stets in den Krimis der niederbayerischen Autorin kreist auch in Fannis fünftem Fall die Handlung um einen sozialen Brennpunkt. Spannend. Sehr gern empfohlen.« ekz

Jutta Mehler
ESELSMILCH
Broschur, 224 Seiten
ISBN 978-3-95451-006-1

»Hochspannend und schreiend komisch.« Radio Trausnitz

www.emons-verlag.de

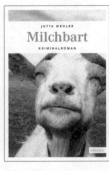

Jutta Mehler
MILCHBART
Broschur, 192 Seiten
ISBN 978-3-95451-285-0

Als ob es nicht genug wäre, dass sich Fanni Rot nach einem knapp überlebten Mordanschlag in Marokko in psychologische Behandlung begeben muss. Zu allem Überfluss findet sie ihre Seelenklempnerin eines Morgens tot hinter dem Schreibtisch – ermordet. Ärgerlich auch: Als Täter kommen eigentlich nur zwei Personen in Frage: Fanni selbst und ein junger Mitpatient. Was bleibt den beiden anderes übrig, als mit vereinten Kräften zu ermitteln?

Jutta Mehler
WOLFSMILCH
Broschur, 208 Seiten
ISBN 978-3-95451-532-5

Fanni Rot zieht sich nach Birkenweiler zurück, um in Ruhe und Abgeschiedenheit über ihre Zukunft nachzudenken, doch daraus wird nichts: Wieder einmal stolpert sie über eine Leiche, diesmal in ihrer unmittelbaren Nachbarschaft. Wer hat den Naturschützer Ole auf dem Gewissen, warum ist sein Körper mit Wolfsmilch eingerieben und vor allem: Weshalb musste er sterben? Mit der ihr eigenen Hartnäckigkeit beginnt Fanni zu ermitteln – und gerät dabei einmal mehr in Lebensgefahr.

www.emons-verlag.de

Jutta Mehler
MORD UND MANDELBAISER
Broschur, 224 Seiten
ISBN 978-3-95451-168-6

»Mehlers neuster Coup. Verbrecherjagd statt Kaffeeklatsch. Humorvoll erzählt die Autorin von der Mörderjagd der drei rüstigen alten Damen zwischen Kaffeeklatsch und Likörchentrinken. Die drei liebevoll gezeichneten Figuren sind den Lesern schnell nahe, die kleinen Nickeligkeiten unter den Damen sind amüsant und lebensecht. Wie ihre Vorgängerromane liest sich auch ›Mord und Mandelbaiser‹ locker und leicht. Der Krimiplot ist stimmig konstruiert, rasant und spannend – ein echter Wohlfühl-Krimi! Auf eine Fortsetzung darf man gespannt sein.« Deggendorf aktuell

Jutta Mehler
MORD MIT STREUSEL
Broschur, 192 Seiten
ISBN 978-3-95451-396-3

Bei dem Versuch, eine Explosion vorzuführen, kommen zwei junge Feuerwehrleute der Deggendorfer Feuerwache ums Leben. Ein Unfall, meinen Polizei, Gutachter und Staatsanwalt. Ein Mord, glaubt der Kommandant. Und bittet das rüstige Rentnerinnen-Trio Thekla, Hilde und Wally um Hilfe. Doch die Ermittlungsarbeit der drei Damen erweist sich als lebensgefährlich …

www.emons-verlag.de

Jutta Mehler
MORD MIT MARZIPAN
Broschur, 208 Seiten
ISBN 978-3-95451-664-3

Auf der Landesgartenschau wird eine junge Frau tot aufgefunden, die Polizei legt die Sache als Unfall zu den Akten. Nicht so die drei rüstigen Hobbydetektivinnen Thekla, Hilde und Wally, die sich mit ganz eigenem Elan in die Ermittlungen stürzen. Die Spur zum Täter führt über diverse Bauprojekte zurück zum Ausgangspunkt, der Gartenausstellung. Doch als den Freundinnen klar wird, wer der Mörder ist, ist es für eine von ihnen beinahe schon zu spät ...

Jutta Mehler
MOLDAUKIND
Gebunden, 304 Seiten
ISBN 978-3-89705-452-3

»Ein äußerst lesenswertes und spannendes Stück Zeitgeschichte.«
Donau-Anzeiger

»Eine eindrucksvolle Familiensaga.«   Süddeutsche Zeitung

www.emons-verlag.de

Jutta Mehler
AM SEIDENEN FADEN
Gebunden, 240 Seiten
ISBN 978-3-89705-504-9

»Ein außergewöhnliches, mutmachendes Buch über eine intensive Mutter-Tochter-Geschichte.« Donau-Anzeiger

»Das Schicksal eines todkranken Teenagers, frei von Weinerlichkeit und voller Humor.« Buchmarkt

Jutta Mehler
SCHADENFEUER
Gebunden, 288 Seiten
ISBN 978-3-89705-580-3

»Jutta Mehler schafft eine verblüffende Harmonie von bitterer Realität und mystischer Spiritualität.« Passauer Neue Presse

»Wohltuend karg, realistisch und pointiert.« Unser Bayern

www.emons-verlag.de

Jutta Mehler
DER KLEINE FLÜCHTLING
Gebunden, 288 Seiten
ISBN 978-3-95451-090-0

»*Alle Erzählstränge und Lebenslinien verknüpft Jutta Mehler zu schicksalhaften Begegnungen, die bisweilen erschütternd drastische Folgen haben.* Beim Lesen lässt sich nur erahnen, wie viel Recherchearbeit die Bernrieder Autorin investiert hat. ›Der kleine Flüchtling‹ ist trotz aller fiktiven Einschübe ein sehr realistischer Roman.« Deggendorfer Zeitung

www.emons-verlag.de